AF187725

Nicole S. Valentin

Herzklopfen
zum Frühstück

Liebesroman

Playlist: Spotify - Nicole S. Valentin – Herzklopfen zum Frühstück

Impressum

Der Autor ist unter der folgenden Adresse zu erreichen. Es handelt sich bei der Adresse um einen postalischen Weiterleitungsservice, da der Autor seine private Adresse nicht bekannt geben möchte.

Nicole S. Valentin

V.i.S.d.P.
Autorencentrum.de
Ein Projekt der BlueCat Publishing GbR
Gneisenaustraße 64
10961 Berlin
E-Mail: bluecatmedia@web.de
Tel- 030/61671496

- PAKETE WERDEN GRUNDSÄTZLICH NICHT ANGENOMMEN! -

Nicoles.valentin@aol.de

Bibliografische Information der Deutschen Nationalbibliothek:
Die Deutsche Nationalbibliothek verzeichnet diese Publikation in der
Deutschen Nationalbibliografie; detaillierte bibliografische Daten sind
im Internet über http://dnb.dnb.de abrufbar.

© 2019 Nicole S. Valentin

Umschlaggestaltung: Casandra Krammer – www.casandrakrammer.de
Umschlagmotiv: istockphoto 844085290
Korrektorat: Jeanine Ziebarth – http://kreativkorrektur.de
1.Auflage, Dezember 2019

Herstellung und Verlag: BoD – Books on Demand, Norderstedt

ISBN: 978-3-7504-2106-6

Alle Rechte, einschließlich das des vollständigen oder
auszugsweisen Nachdrucks in jeglicher Form sind vorbehalten.
Dies gilt ebenso für das Recht der mechanischen, elektronischen
und fotografischen Vervielfältigung und der Einspeicherung und
Verarbeitung in elektronischen Systemen.

Die Handlung und handelnden Personen, sowie deren Namen sind
frei erfunden. Jegliche Ähnlichkeit mit lebenden und/oder realen
Personen ist rein zufällig und nicht beabsichtigt. Markennamen
sowie Warenzeichen, die in diesem Buch verwendet werden, sind
Eigentum ihrer rechtmäßigen Eigentümer.

Prolog

„Niklas, ich will dieses Haus, hörst du? Es ist genau das, wonach ich ewig gesucht habe." Aufgeregt knabbere ich an meinem Daumennagel, während ich das Telefon gegen mein Ohr presse und versuche, meine Atmung wieder unter Kontrolle zu bekommen.

Sicher, es ginge auch mit weniger Dramatik, aber es geht immerhin um mein Leben!

Ja genau, um mein Leben.

Denn wenn ich dieses Haus nicht bekomme, werde ich sterben. Zumindest mein Traum von einer eigenen Frühstückspension muss das. Und das ist definitiv keine Option. Niemals wieder werde ich so etwas Wundervolles finden, das ist so sicher wie das Amen in der Kirche.

Ich kann es regelrecht hören – das Augenrollen meines Cousins am anderen Ende der Leitung – und tippe leicht entnervt mit den Schuhspitzen auf den Boden. Doch als ich einen erneuten Blick auf das Objekt meiner Begierde werfe, entspannen sich meine Gesichtszüge augenblicklich. Es könnte sein, dass man die Herzchen in meinem Blick erkennen kann.

„Klara, du rufst mich an einem Sonntag an. Was, bitte, könnte ich heute für dich in Erfahrung bringen? Du weißt ja noch nicht mal, ob es zum Verkauf steht."

„Niklas, es sieht unbewohnt aus." Damit müsste doch auch ihm einleuchten, dass ich einfach schnell handeln muss. Womöglich ist der Besitzer ja verstorben, Gott sei seiner Seele gnädig, und die Erben wissen nicht so recht, was sie mit diesem Goldstück an Gutshaus anfangen sollen. *Oh, was haben sie für ein Glück, dass ich schon ganz genaue Vorstellungen davon habe, was ich damit anfangen werde.*

„Niklas, bitte." Ich muss an meiner Stimmlage arbeiten, also unterlege ich sie mit ein bisschen Flehen und einem leichten Zittern. „Nikki, bitte, bitte, bitte. Lass mich nicht hängen. Es ist so wunderschööööön." Ich klimpere sogar anständig mit den Wimpern, selbst wenn er es nicht sehen kann.

Ich höre ihn tief einatmen. *Sehr gut, er kapituliert.*

„In Ordnung, schick mir die Adresse. Ich mach mich auf den Weg."

Mein euphorisches Aufkreischen muss seinem Gehörgang geschadet haben, doch ich kann auf solche Nebensächlichkeiten wirklich keine Rücksicht nehmen. Mit zitternden Fingern tippe ich die Adresse in mein Handy.

Wenn mich nicht alles täuscht, wird er etwa eine halbe Stunde brauchen, also kann ich ungestört ein weiteres Mal um dieses Haus laufen, das vielleicht schon bald mir gehört. *Lieber Gott, ich werde auch immer artig sein. Ich verspreche es dir!*

Das Tor zum weitläufigen, ziemlich verwilderten Garten hängt nur noch an einem Scharnier, sodass es ein Leichtes ist, zum Treppenaufsatz des zweigeschossigen Natursteinhauses zu gelangen. Das klassizierende Eingangsportal mit zwei eingezogenen dorischen Säulen trägt einen Balkon.

Das Dach sieht alles andere als vertrauenswürdig aus, aber die entzückenden Erkerfenster mit ihren Holzläden machen alles wieder wett. Ich schätze, es hat mindestens 10 Schlafzimmer.

Wenn ich doch nur hineinkönnte, um es von innen zu sehen. Die Sprossenfenster sind wirklich ausgesprochen dreckig und gestatten mir leider nur einen äußerst unbefriedigenden Einblick. Zumindest lässt sich die Größe der Räume erahnen.

Hinter dem Haus befindet sich eine erhöhte Terrasse, mit Blick in das angrenzende Waldgebiet. Mein Herz schlägt schneller, allein bei der Möglichkeit, dass ich meinen Gästen hier das Frühstück kredenzen könnte. Ein Wintergarten wäre bezaubernd. Die bodentiefen Frontscheiben sind mit schmuddelig-beigen Vorhängen zugezogen, sodass auch hier keine Chance besteht, einen Blick ins Innere zu werfen.

Der Balkon zieht sich um das gesamte erste Geschoss. *Sehr gut, ich habe also meine Deluxe-Zimmer bereits gefunden.*

„Das kann doch nicht dein Ernst sein, Klara!"

Ein Blick über meine Schulter zeigt einen fassungslos wirkenden Niklas, der sich einen Weg durch den Gartendschungel bahnt, um zu mir zu gelangen.

Ich klatsche vergnügt in die Hände. „Du machst dir keine Vorstellung davon, wie ernst es mir ist. Es ist einfach ein Traum."

Skeptisch sieht er an der Fassade entlang und kratzt sich den Hinterkopf. „Wohl eher ein Albtraum. Klärchen, selbst wenn du es günstig erstehen kannst, es wird Unmengen an Geld verschlingen, diese Bruchbude wieder auf Vordermann zu bringen."

Ich sehe ihn herausfordernd an. „Das ist mir egal. Ich habe Geld gespart und du bist doch Architekt. Was soll man mit Vitamin B, wenn es einem doch nichts nützt?" Vorwurfsvoll verschränke ich die Arme vor der Brust.

Er schüttelt den Kopf, hält meinem Blick stand. „Ich kann aber nicht dein Dach decken. Und wenn ich eine Prognose abgeben dürfte ... Die Elektrik müsste wahrscheinlich ebenfalls überholt werden. Von den sanitären Anlagen möchte ich erst gar nicht anfangen."

Ich winke ab. „Wie gut, dass ich dich nicht nach einer Prognose gefragt habe. Nikki, sieh dich doch um. Es ist einfach traumhaft. Direkt am Wald. In der Nähe gibt es einen Badesee. Das Haus hat bestimmt 10 Schlafzimmer. Diese Terrasse allein ist schon Gold wert." Ich drehe mich einmal um meine eigene Achse, schließe die Augen und halte mein Gesicht in die Sonne. „Einfach perfekt."

Niklas lässt seine Lippen ploppen und knibbelt mit dem Fingernagel etwas Kitt aus einem Fensterrahmen, betrachtet ihn eingehend. „Sicher, einfach perfekt."

„Du bist ein Stinkstiefel, Niklas Baringhaus. Was Isa an dir findet, ist mir noch immer ein Rätsel." Ich verlasse die Terrasse, enttäuscht darüber, dass er meine Euphorie nicht teilen kann.

Mein Cousin schließt zu mir auf und verstellt mir den Weg. „Klara, wir müssen zuerst herausfinden, ob das Haus überhaupt zum Verkauf steht. Unter Umständen kannst du dir ja ein Vorkaufsrecht eintragen lassen, wenn der Besitzer damit einverstanden ist. Aber verrenne dich nicht in die Idee, dass es schon in der kommenden Woche dir gehören wird." Sein Blick wandert durch den Garten. „Dieses Haus ist eine Lebensaufgabe, darüber musst du dir im Klaren sein, doch ich kann erst Näheres sagen, wenn sich ein Bauingenieur von der Statik des Hauses überzeugt hat. Du wirst einiges umbauen müssen, sollte tatsächlich dieses Haus deine Pension werden." Er legt erneut eine Hand in den Nacken und fügt seufzend hinzu: „Du solltest dir unbedingt Freunde bei der finanzierenden Bank machen." Das Grinsen in meinem Gesicht wird breiter. *Ich bin ausgesprochen nett. Das dürfte wirklich kein Problem sein.*

Kapitel 1

„Klara, denk an die Tische im Foyer und es fehlen noch Servietten. Einige Gläser haben Fingerabdrücke, bitte austauschen."

„Ich habe nur zwei Hände, Mama. Warum ist Jutta denn wieder krank? Irgendwie beschleicht mich das Gefühl, dass sie Magen-Darm gern an Tagen wie diesen bekommt."

Meine Mutter eilt mit hochgezogenen Schultern an mir vorbei. „Ich kann es doch nicht ändern, Kind. Aber ich bin die glücklichste Mutter der Welt, dass du keine Magen-Darm-Verstimmung hast." Sie wirft mir eine flüchtige Kusshand zu und verschwindet in der Küche. Tja, und ich stehe im Speiseraum und frage mich nicht zum ersten Mal in meinem Leben, warum sie sich das noch immer antut. Sie könnte genauso gut hinschmeißen und sich ein schönes Restleben machen. Aber meine Mutter braucht den Stress wie die Luft zum Atmen.

In weniger als vier Stunden wird eine fast hundertfünfzigköpfige Hochzeitsgesellschaft das Restaurant des *Schloßhotels* stürmen und sich über das Menü meiner Mutter hermachen. Niemand wird es dann mehr zu schätzen wissen, dass die Servietten kunstvoll gefaltet und die Gläser einwandfrei glänzend vor jedem Teller stehen.

Doch meine Mutter legt Wert auf diesen Firlefanz, denn dieser Firlefanz ist schließlich der Grund, warum das Restaurant einen besonderen Ruf genießt. Das behauptet sie jedenfalls.

Ich denke ja, es liegt an der hervorragenden Küche. Man muss mich nur ansehen, um zu verstehen, was ich meine. Meine Rundungen ergeben eine gut gefüllte Größe 40, manchmal sogar eine Größe 42, und das kommt schließlich nicht von ungefähr.

Aber wer bin ich schon, dass ich meine Mutter und ihren Firlefanz infrage stelle?

Ich nehme den Stapel Stoffservietten und mache mich an die Arbeit. Ich bin damit aufgewachsen, beherrsche das kunstvolle Gestalten selbst im Schlaf.

„Klärchen, brauchst du noch Hilfe?" Der alte Gustav steckt seinen Kopf durch die Tür und sieht mich fragend an. Lächelnd schüttele ich den Kopf. „Nein, Gustav, aber lieb, dass du fragst. Ich bin fast fertig. Ruh dich lieber aus, ehe der Sturm losbricht."

Er nickt und ich höre ihn durch den Speisesaal schlurfen. Mit seinen zweiundachtzig Jahren gehört Gustav zum Inventar des Schlosses. Ich gehe davon aus, dass er irgendwann als Gespenst durch die Gänge spuken wird, einfach weil er hierhergehört. Sogar heute hat er es sich nicht nehmen lassen, sich um die Garderobe der Gesellschaft kümmern zu dürfen.

Ich kenne ihn bereits mein gesamtes Leben, denn meine Eltern führen das Restaurant bereits in der zweiten Generation.

Als kleines Mädchen habe ich auf seinem Schoß gesessen, den süßlichen Geruch seines Pfeifentabaks genossen und den spannenden Geschichten gelauscht, die er zu erzählen hatte.

Heute sitze ich selbstverständlich nicht mehr auf seinem Schoß, der arme Kerl würde unter meinem Gewicht zusammenbrechen. Doch seinen Geschichten lausche ich noch immer gern, wenn auch nicht mehr so häufig. Wenn er in einer ruhigen Minute sein Pfeifchen stopft, schleiche ich manchmal hinter ihm her, um noch einmal für einen klitzekleinen Augenblick Kind sein zu dürfen.

Die monotone Fingerarbeit an den Servietten lässt es zu, dass meine Gedanken abschweifen. Mit einem Lächeln im Gesicht denke ich an die Villa im Wald. Leider konnte Nikki noch immer nicht herausfinden, wem sie gehört und ob sie zum Verkauf steht. Auch ansonsten hält er sich ziemlich zurück, wenn es darum geht, mich mit Informationen zu füttern. Es ist zum Verrücktwerden. Ist es denn wirklich so schwer für einen Architekten, seine Beziehungen spielen zu lassen? Womöglich hat er nur Angst davor, dass ich mich hoffnungslos verschulde. Es war ja nicht zu überhören, was er von meinem Wunsch hält, dieses Haus zu kaufen. Sein blödes Gehabe ist mit Sicherheit nur eine Hinhaltetaktik, in der Hoffnung, ich könnte es mir noch einmal anders überlegen. Aber nichts da!

Ich spüre Ärger in mir aufsteigen. Leider hat mein Cousin noch immer nicht begriffen, dass ich erwachsen bin und ihn nicht um Erlaubnis fragen muss.

Irgendwie scheint die Evolution an Niklas vorbeigerauscht zu sein. Schon als kleiner Junge hat er sich in den Kopf gesetzt, für mich verantwortlich zu sein. Das ist ja auch ganz entzückend von ihm, aber beizeiten möchte ich ihm wirklich den Hals umdrehen.

Ich wäre überaus dankbar, wenn er seinen ausgeprägten Beschützerinstinkt auch weiterhin an Isabell Holzer ausleben würde. Ich gehe jedoch davon aus, dass sie ihm diesen Zahn bereits gezogen hat, die Gute.

Spätestens nach seiner Ich-rette-Isa-vor-der-bösen-Welt-Hilfsaktion im letzten Jahr. Ohne Isas Einverständnis oder Wissen hat er aus ihrer 08/15-Schrauberei eine *„Autowerkstatt von Frau zu Frau"* gemacht.

Sicher, rückwirkend betrachtet, hat es Isas Werkstatt gerettet und ihr eine Schar erfreuter Kundinnen beschert, die ihr Fahrzeug lieber vertrauensvoll in die Hände einer KFZ-Mechanikerin geben, als von einem Mann im gleichen Blaumann übervorteilt zu werden, nur weil dieser denkt, eine Frau hat von so was keine Ahnung.

Doch ich meine mich zu erinnern, dass Isa zu Anfang wenig begeistert über Niklas' eigenmächtiges Handeln war. Er musste mächtig um Vergebung bitten.

Letztlich hat er es sogar geschafft, ihr Herz zu gewinnen.

Tja, und somit komme wieder ich ins Spiel. Die fast dreißigjährige, noch immer mannlose *kleine* Cousine, die außerdem noch bei ihren Eltern wohnt. Wenn die keinen starken Beschützer braucht, wer denn bitte dann?

Und ausgerechnet in dieser einen Sache, in der ich ohne seine Hilfe nicht weiterkomme, wirft er mit Ausflüchten nur so um sich. *Klärchen, ich hab so viel zu tun ... Entschuldige, mir ist ein wichtiger Termin dazwischengekommen ...* Als wenn ich das nicht durchschauen würde.

Mir entfleucht ein dramatischer Seufzer.

„Eule, ist alles in Ordnung mit dir?"

Ich habe nicht gehört, dass mein Vater den Saal betreten hat, und fahre ertappt zusammen. „Selbstverständlich. Mama hat mich nur wieder strafversetzt." Mit einem Grinsen, das ihn hoffentlich beruhigt, hebe ich eine Stoffserviette in die Höhe, die unverzüglich ihre von mir kunstvoll geknickten Schwanenflügel verliert. Mein Vater verzieht mitleidig sein Gesicht, während er das großzügige Weinsortiment für die Hochzeitsgesellschaft bereitstellt. „Es ist die letzte Hochzeit in diesem Monat, die Mama angenommen hat. Es tut mir leid, dass es so viele Gäste sein werden."

Ich zucke gleichmütig mit den Schultern. „Das Endresultat zählt, Papa. Wenn sich 150 Leute mit diesem vorzüglichen Wein volllaufen lassen, klingelt die Kasse, oder nicht?"

Mein Vater lacht auf. „Da hast du sicher recht, aber es ist eine Schande und grenzt an Blasphemie." Er dreht die Flasche Rothschild auf der Bar mit dem Etikett nach vorn.

Der feinen Gesellschaft waren unsere Hausweine nicht exklusiv genug, sodass die extra für diese Hochzeit georderten Weine gestern Morgen bereits im *Möllenbrinks* angeliefert wurden. Kistenweise.

Ich wage zu behaupten, dass eine Flasche nicht unter 200,00 EUR über den Ladentisch geht. Auch wenn Wein eher in das Metier meines Vaters fällt, kann ich eine *Cuvée* von einem *mono-cépage*, also einem sortenreinen Wein, unterscheiden.

Aber der Rothschild grenzt an Dekadenz – zumindest in der sich hier befindlichen Menge.

Jetzt ist es an mir, mitleidig zu gucken. „Wir beide könnten uns ja für den späteren Abend im Weinkeller verabreden? Was meinst du?" Ich zwinkere meinem Vater zu, der freudig nickt.

„Das ist eine wunderbare Idee, Eule. Der Spätburgunder ist eine Gaumenfreude. 15 Monate in Barriquefässern gereift, pikant-würzig, kräftig mit langem Nachhall."

Da ist er ja wieder, mein Lieblingssommelier.

„Das hört sich wunderbar an. Wirklich, wer trinkt schon Lafite-Rothschild, wenn er so etwas Vorzügliches im Weinkeller hat?"

Vielleicht bleibt ein Fläschchen übrig, das ich mir später mit in mein Zimmer nehmen kann. Selbstverständlich nur, um zu probieren.

Lächelnd widme ich mich wieder meiner äußerst undankbaren Aufgabe des Serviettenfaltens und höre meinen Vater leise vor sich hin pfeifen, während er mit seiner Inventur fortfährt.

Meinen Eltern wird es schwerfallen, mich ziehen zu lassen. Wahrscheinlich gehen sie davon aus, dass ich bis an mein Lebensende mit ihnen unter einem Dach wohnen werde. Wer könnte es ihnen verübeln? Immerhin werde ich bald dreißig und lebe noch immer hier mit ihnen im Hotel. Doch ich habe nicht dreieinhalb Jahre Hotelmanagement studiert, um weiterhin Schwäne zu falten.

Kapitel 2

Ich habe auch nicht studiert, um im schwarzen Anzug und weißem Hemd mit vollbeladenen Tabletts durch einen Pulk an wunderschön und vor allen Dingen teuer gekleideten Menschen zu stelzen, die die Wörter *Danke* und *Bitte* wahrscheinlich noch niemals gehört haben.

In diesen Kreisen scheint man der Meinung zu sein, dass Geld die Grundlagen der Höflichkeit aufhebt. Eventuell hat man auch nie gelernt, höflich zu sein, schließlich hat man ja Geld.

Und genau das ist der Grund, warum ich so schnell wie möglich mein eigenes kleines Hotel eröffnen möchte. Für die weniger betuchten und damit auch natürlicheren Menschen, die die Arbeit anderer noch zu schätzen wissen.

Das *Schloßhotel* ist eine Fünf-Sterne-Residenz mit exzellentem Ruf. Das *Möllenbrinks* steht seit zwei Jahren im Guide Michelin, was den Besitzer des *Schloßhotels*, unseren Verpächter, ziemlich freut, immerhin kann er auch noch mit einer guten Küche bei seinen eigenen Hotelgästen punkten. Dass mein Vater zudem als Sommelier zur Verfügung steht, ist dabei auch nicht zu verachten.

Pah, ich könnte kotzen! Vorzugsweise in den Dom Pérignon auf meinem Tablett. Denn zum Empfang des Brautpaars gibt es selbstverständlich Champagner.

Ich hatte mir nach der letzten Gesellschaft fest vorgenommen, nicht mehr als Bedienung auszuhelfen, sollte eine der Angestellten krank werden und ausfallen.

Tja, aber das sind dann wohl die Pflichten einer Tochter. Also beiße ich mal wieder in den sauren Apfel, tackere mir ein aufgesetztes Lächeln ins Gesicht und gebe mir wirklich die größte Mühe, keiner der hier anwesenden Damen auf das Kleid zu treten oder über meine eigenen Füße zu stolpern. Leider beinhaltet meine Arbeitskluft auch das Tragen hochhackiger Schuhe, um das Schönheitsempfinden der anwesenden Gäste nicht empfindlich zu stören.

Als wenn auch nur eine dieser kunstvoll operierten, blasierten Nachtschattengewächse eine ungefähre Ahnung davon hätte, was es für eine Bedienung bedeutet, ihnen eine komplette Nacht in 6 cm Absätzen jeden Wunsch von den Augen ablesen zu müssen. Den Männern unter ihnen wäre es sicherlich ab dem zweiten Drink völlig egal, ob wir in Pumps, Turnschuhen oder Doc Martens servieren würden.

Eine knorrige Hand fischt sich ohne Vorankündigung eines der großzügig gefüllten Stielgläser von meinem Tablett und ich kann es nur mit Mühe ausbalancieren. Jedoch schwappt der Champagner über die Ränder einiger Gläser und das glattgebügelte Gesicht der offensichtlich verärgerten *Dame* in den Fünfzigern verändert sich binnen Millisekunden von erhaben gelangweilt in arrogantes Entsetzen. „Können Sie nicht aufpassen? Wirklich, gutes Personal ist wohl Glücksache."

Noch ehe ich den Sinn ihrer Worte für mich begriffen habe, hat sich diese Nebelkrähe bereits umgedreht. Für einen klitzekleinen Augenblick vergehe ich regelrecht in dem Wunsch, ihr mein Tablett einfach hinterherzuwerfen. Doch stattdessen knirsche ich mit den Zähnen und hole tief Luft.

„Dass solltest du lieber bleiben lassen. Sie ist ein richtiges Miststück." Die geflüsterten Worte einer mir nur zu bekannten Stimme lassen einen Schauer über meinen Rücken rieseln und mein Tablett gerät erneut ins Trudeln. *Was, bitteschön, macht der denn hier?*

„Klara, Klara, wenn das so weitergeht, verschüttest du noch den kompletten Schampus." Niemand anderer als Martin Zimmermann legt eine Hand stützend unter mein Tablett und schüttelt anmaßend den Kopf.

„Was wirklich schade um deinen Smoking wäre, Zimmermann." Zischend drehe ich meine kostbare Fracht von seinen Händen und versuche, meinen Puls wieder zu beruhigen. Dieser Kerl hat etwas an sich, was mich im Nullkommanichts auf hundertachtzig bringt.

„Oha, da hat aber jemand schlecht geschlafen. Dabei solltest du mir dankbar sein, dass ich zur Stelle war, um Schlimmeres zu verhindern." Mit einem süffisanten Grinsen nimmt er eines der Gläser, prostet einer langbeinigen Schönheit in Gucci, Armani oder was weiß ich zu, ehe er sich mir wieder zuwendet. „Stell dir nur mal vor, wie viel Aufsehen du damit erregt hättest, wäre er zu Boden gegangen. Das stelle ich mir ziemlich peinlich vor." Er zieht eine Augenbraue in die Stirn und ich komme nicht umhin, zuzugeben, dass er die schönsten blauen Augen hat, die ich jemals gesehen habe. *Ernsthaft, Klara?*

Ich beuge mich ein wenig vor und mustere angelegentlich sein Gesicht. Mit gerunzelter Stirn flüstere ich halblaut: „Du hast da was zwischen den Zähnen, Martin." Ich nehme meinen Zeigefinger und deute auf die ungefähre Stelle an meinem eigenen Gebiss, ehe ich ihm ein weiteres Glas anreiche. „Du solltest lieber spülen. Peinlich wäre es, wenn du den gesamten Abend so herumlaufen würdest. Man muss ständig darauf starren, während du sprichst." Überraschung macht sich in seinen Zügen breit, während er mir tatsächlich das Glas abnimmt. Damit lasse ich ihn einfach stehen. Sicher hätten die anderen Gäste auch gern ein Gläschen Schampus.

~oOo~

Da steht er nun mit zwei Gläsern Champagner in den Händen, vorgeführt von Klara Möllenbrink, die hocherhobenen Hauptes zwischen den anderen Gästen verschwindet. Martin leert eines der Gläser sofort, ertappt sich dabei, wie er die Flüssigkeit tatsächlich durch die Zähne zieht und ein Grinsen macht sich auf seinem Gesicht breit. *So ein freches Weib.* Seit seine beste Freundin Isabell mit Klaras Cousin ein Techtelmechtel begonnen hat, kreuzen sich ihre Wege immer öfter. Dass sie dabei regelmäßig aneinandergeraten, findet er ungemein verlockend.

Mit ziemlicher Sicherheit liegt es daran, dass sie ihn unausstehlich findet. Neben seiner besten Freundin Isabell ist Klara die einzige Frau, die ihm ihre Meinung unverblümt ins Gesicht sagt. Das kann wirklich erfrischend sein.

Vielleicht fühlt er sich deshalb ausgerechnet von ihr angezogen.

Doch er sollte dem nicht allzu viel Bedeutung beimessen. Denn er liebt seine Frauen in der Regel gertenschlank und blond. Ein Bild, in das sich Klara Möllenbrink mit ihren drallen Rundungen und dem bronzefarbenen Haar so gar nicht einfügen lässt.

Niklas, Isas Freund, würde ihm wohl auch den Hals umdrehen, wenn er dessen Cousine aus den falschen Gründen zu Nahe käme. Also gibt er sich damit zufrieden, sie bis aufs Blut zu reizen und damit aus der Reserve zu locken. Dass sie so herrlich schlagfertig ist, stachelt ihn dabei nur noch mehr an.

Martin lässt seinen Blick über die Hochzeitsgesellschaft schweifen und bleibt erneut an Klaras Gestalt hängen. Auf ihrem hübschen Gesicht liegt ein Lächeln, von dem er wetten würde, dass es ebenso unecht ist, wie neunzig Prozent der Titten in diesem Raum.

Routiniert sammelt sie leere Gläser von den Tischen, um anschließend ein völlig überfülltes Tablett gekonnt durch eine Schwingtür zu balancieren, die augenscheinlich in die angrenzende Küche führt.

Er wusste bereits, dass ihre Eltern das Restaurant im *Schloßhotel* führen, also ist es keine allzu große Überraschung, Klara hier anzutreffen.

„Martin, wo bleibst du denn? Das Brautpaar wird gleich eintreffen und ich habe keine Lust, in der letzten Reihe zu stehen, wenn der Royce auf den Parkplatz fährt!" Der eingeschnappte Unterton in Silkes Stimme lässt ihn innerlich aufstöhnen. Was waren das doch für schöne Zeiten, als Isa ihn noch zu solchen Events begleitet hat. Seitdem sie sich jedoch auf diesen Architekten eingelassen hat, muss er regelmäßig auf sein Barbiebuch zurückgreifen.

Er hätte besser über seine heutige Wahl nachdenken sollen. Silke ist wirklich nur ein schönes Accessoire, anregende Gespräche mit ihr sollte er lieber nicht erwarten. Tatsächlich ist ihm sogar die Lust vergangen, eine *anregende* Nacht mit ihr zu verbringen. Er beugt sich jedoch seinem Schicksal, reicht Silke seinen Arm und gemeinsam machen sie sich auf den Weg zum Parkplatz, um das Brautpaar angemessen zu begrüßen.

~oOo~

Kapitel 3

„Aaaaargh." Etwas gereizt schiebe ich das Tablett auf den Tisch, damit die heutige Spülkraft sich der Gläser annehmen kann.

„Klara, bitte mäßige dich, das Kristall geht noch zu Bruch." Meine Mutter wirft mir einen mahnenden Blick zu, obwohl sie ihre Konzentration lieber der Soßenreduktion in einem ihrer unzähligen Töpfe schenken sollte. Sie ist meine Mutter und kann einfach nicht aus ihrer Haut.

„Sei lieber froh, dass ich heute überhaupt eingesprungen bin!" Mein Blick steht dem ihren in nichts nach, doch sie hält ihm stand. Schiebt ihre Fäuste in die Hüften. Eine der unzähligen Küchenhilfen übernimmt ohne zu Fragen ihre Stellung am Herd. „Himmelherrgott, es ist doch nur noch diese eine Hochzeit."

Sie sieht mich entschuldigend an und ich gebe klein bei. „Ja, ich weiß, ich bin zickig." Etwas versöhnlicher gebe ich zu: „Mein Tag ist mies und ich habe mich nur über einen Gast so geärgert. Ist schon wieder gut."

Meine Mutter lächelt dieses Alles-ist-dir-verziehen-Lächeln, das wirklich nur Mütter draufhaben, um dein schlechtes Gewissen nur noch mehr anzuheizen. „Danke für deine Hilfe, Schatz. Ohne dich hätten die anderen sechs Mädchen sich überschlagen müssen." Mit diesen Worten widmet sie sich wieder dem Essen zu.

Meine Schürze beginnt zu vibrieren und ich gestatte mir die Pause, die ich dringend nötig habe. Verschwinde durch den Dienstboteneingang über die Treppe auf den Hof, um das Gespräch an meinem Handy entgegenzunehmen.

„Niklas, du hättest dir keinen besseren Augenblick aussuchen können, um mir die wunderschöne Nachricht zu überbringen, dass ich schon bald die Besitzerin eines Gutshauses sein werde."

„Dir auch einen schönen Abend, Klärchen."

Ich muss lachen. „Entschuldige, aber ich bin etwas ungeduldig und du bietest mir eine gelungene Abwechslung zu dieser überkandidelten Hochzeit im Schloss."

Jetzt ist es an ihm zu lachen. „Ich verstehe. Tante Molly hat dich in die Livree gezwängt und du stöckelst mal wieder mit Sekt durch den Speisesaal."

„Mit Schampus, Nikki. Nur das Teuerste für die Bonzen dieser Welt."

Ich höre ihn atmen. „Apropos Bonzen ..."

Als er nicht weiterspricht, formuliere ich ein interessiertes: „Jaaahaaa?"

Gottchen, was hat er denn nur?

„Das Gutshaus ..."

„Was ist mit dem Gutshaus?"

„Nun, es gestaltet sich als noch komplizierter, an dieses Haus zu kommen, als ich sowieso schon gedacht habe."

Meine Ungeduld kennt keine Grenzen. „Niklas Baringhaus, muss ich dir jedes Wort aus der Nase ziehen? Spuck´s schon aus, so schlimm kann es gar nicht sein."

„Es ist sogar noch schlimmer." Ich höre Schluckgeräusche. *Wenn er sich schon Mut antrinken muss, um mir die Wahrheit zu sagen, bedeutet das wohl wirklich nichts Gutes.*

„Das Haus gehört den Zimmermanns, Klara."

Plötzlich habe ich das dringende Bedürfnis, mich zu setzen, lasse mich schwerfällig auf die Stufen plumpsen. „Sag das noch mal."

„Martin Zimmermann ist als Eigentümer im Grundbuch eingetragen. Es tut mir so leid. Ich hätte mir so für dich gewünscht, dass dein Traum von der passenden Immobilie endlich in Erfüllung geht. Aber weißt du was? Ich höre mich einfach weiter für dich um. Es müsste doch mit dem Teufel zugehen ..."

Ich höre ihm nicht mehr zu, lasse das Handy sinken. *Das ist doch ein Scherz, oder?* Selbstverständlich ist es das! Irgendwo springt gleich jemand aus dem Gebüsch und schreit *April, April,* selbst wenn es bereits Mitte Juli ist. Und dann lache ich lauthals, klopfe dem kleinen Witzbold auf die Schulter und wir gönnen uns eine Flasche Dom Pérignon auf Kosten des Brautpaars.

„Klara? Klara, bist du noch dran?" Ich höre Niklas dumpfe Stimme wie durch ein Kissen, bis mir bewusst wird, dass ich das Handy gegen meine Weste presse. Ich reibe mit der Handinnenfläche über meine Stirn und nehme das Gespräch wieder auf. „Ja, ich bin noch dran. Danke für deine Hilfe."

„Es tut mir leid. Soll ich mit Isa sprechen? Sie könnte mit Martin ...?"

Ich unterbinde jeden weiteren Gedanken, den er in diese Richtung haben könnte. „Untersteh dich! Ich finde schon ein anderes Objekt." *Auch wenn ich dieses eine so unbedingt habe besitzen wollen.* Aber nichts liegt mir ferner, als Martin Zimmermann irgendetwas schuldig zu sein.

„Okay, wie du meinst. Aber ich würde es tun, solltest du es dir überlegen."

Ich lächle schwach. „Das weiß ich zu schätzen. Langsam muss ich wieder rein, sonst zieht mich meine Mutter noch an den Ohren ins Restaurant zurück."

„Kopf hoch, Klärchen."

Meine Enttäuschung ist riesig und ich gebe mein Möglichstes, es mir nicht anmerken zu lassen.

Ich werde eben weitersuchen müssen, dabei hatte ich es mir bereits wunderschön ausgemalt, dieses Haus zu renovieren und nach meinen Wünschen umzugestalten. *Es ist aber auch zum Verrücktwerden.*

Noch schlechter gelaunt, als ich es sowieso schon gewesen bin, mache ich mich auf den Weg in die Küche, belade mein Tablett mit frischen Getränken und hoffe, dass der Abend so schnell wie möglich ein Ende findet.

Immer wieder bleibt mein Blick auf Martin hängen und ich kann es nicht fassen, dass er der Schlüssel zu meinem Glück sein soll.

Da steht er, viel zu schön für diese Welt. Am Arm seine nicht minder schöne Begleitung, unterhält sich angeregt mit all den anderen geldschweren, aufgepimpten Menschen dieser High Society-Hochzeit. Allesamt Rechtsanwälte, Anlageberater oder Ärzte. Wenn ich mich umsehe, wahrscheinlich Schönheitschirurgen, die ihre Reklamepüppchen direkt mitgebracht haben. Aufgespritzte Lippen, Silikonbrüste, ausdruckslose Botox-Gesichter. Sicher kann man ihnen abends sogar die Luft rauslassen und sie platzsparend zusammenfalten. Isa hat mir erzählt, dass Martins Vater selbst ein namhafter Operateur sein soll. Man bleibt also unter seinesgleichen.

Wie gern würde ich dieser Welt endlich den Rücken kehren. Es ist ermüdend, Tag um Tag von so viel Reichtum und Ignoranz umgeben zu sein. Sicher, auch in diesen Kreisen gibt es Ausnahmen, aber die sind eher selten und bestätigen in keinem Fall die Regel. Ich bewundere meine Eltern, dass sie sich freiwillig damit umgeben.

In einem Restaurant, wie dem unseren, finden sich keine Familien mit kleinen Kindern, die nach einem Sonntagsspaziergang einkehren, um eine Kleinigkeit zu essen. Nein, denn hier kostet ein Menü bereits das Kindergeld des ganzen Monats. Das Hotel ist ein Schloss mit Spa, angrenzendem Golfplatz und einer eigenen Tennisanlage. Das Restaurant hat sich anzupassen.

Hoppla, seit wann bin ich denn so bitter? Das Telefonat mit Niklas hat mich aus der Bahn geworfen. Ich sollte nicht vergessen, dass mein gesamtes Können darauf basiert, dass ich hier groß geworden bin.

In einem Alter, in dem die meisten Mädchen Tierärztin oder Schauspielerin werden wollen, war mir bereits klar, dass ich eines Tages mein eigenes Hotel haben werde.

Als meine Großeltern noch lebten, bin ich regelmäßig mit ihnen an die See gefahren. Wir haben immer in einer kleinen Pension am Strand gewohnt. Es war so unglaublich familiär und gemütlich und mit nichts zu vergleichen, dass ich von zu Hause her kannte. Als Kind hätte ich mir keinen schöneren Ort vorstellen können, an dem ich meine Ferien verbringen könnte. Das lag auch an den beiden Hunden, die in der Pension zu Hause waren. Ich habe mir immer einen Hund gewünscht, doch ich durfte niemals ein Haustier haben. Nicht auszudenken, wenn der Hund die Gäste des *Schloßhotels* belästigt oder sich in der Küche herumtreiben würde.

Ich hatte eine schöne Kindheit, das darf man nicht falsch verstehen, aber meine Eltern waren einfach oft beschäftigt mit dem Restaurant und der damit einhergehenden Verpflichtung, in die auch ich rasch mit eingebunden wurde. Herr von Sandern, der Besitzer des *Schloßhotels*, hat mich ebenfalls unter seine Fittiche genommen, so konnte ich mein Wissen während des Studiums vertiefen. Ich hatte wirklich ausgezeichnete Lehrer und dieses Wissen verkümmert langsam, aber sicher.

Die Flasche Wein in meiner Hand ist bereits geleert, sodass ich sie an der Bar gegen eine neue austausche. Meine Füße beginnen zu schmerzen und ich unterdrücke ein Gähnen, was meinem Vater nicht verborgen bleibt. „Mach doch Feierabend für heute. Wir schaffen den Rest auch allein." Er schenkt mir ein Lächeln, während er die Flasche Rothschild für mich öffnet.

„Ach was, das stehe ich schon durch. Außerdem schuldest du mir noch den Spätburgunder." Ich zwinkere ihm zu und lege den Damast um den Flaschenhals, der verhindern soll, dass der Wein tropft, während ich ihn in die Gläser fülle.

Ein Tumult hinter mir lässt mich den Wein jedoch vergessen.

Sylvie, eine unserer Kellnerinnen, hockt leichenblass vor einem der Tische und sammelt Scherben auf. Niemand andere als ausgerechnet Martin Zimmermanns Begleitung steht wutschnaubend neben ihr, versucht, einen riesigen Weinfleck von ihrem Kleid zu wischen, der sich unschön in ihrem Schoß ausgebreitet hat. Ich greife nach weiteren Stoffservietten und bahne mir einen Weg, um Sylvie helfen zu können.

„So etwas Unfähiges habe ich ja schon lange nicht mehr erlebt. Können Sie denn nicht aufpassen? Sehen Sie sich nur mein Kleid an, völlig ruiniert ..."

Mein Blick streift Sylvies, deren Augen vor Tränen glänzen. Sie flüstert eine Entschuldigung, doch Martins Freundin scheint noch nicht mal gewillt, ihr zuzuhören, sondern steigert sich in ihre Schimpftriaden hinein. Ich gebe Sylvie ein Zeichen, das ich übernehme und erleichtert verschwindet sie mit den aufgesammelten Scherben in der Küche.

„Brauchen Sie noch Servietten?" Ich halte der Dame meine Tücher hin, doch sie wirft mir lediglich einen wütenden Blick zu.

„Ich brauche ein neues Kleid! Sie können sich Ihre Tücher sparen."

„Wir kommen selbstverständlich für die Reinigungskosten auf."

„Das ist auch das Mindeste, was ich verlangen kann. Wissen Sie eigentlich, wie teuer dieses Kleid war?"

Nein, aber ich gehe davon aus, dass es Sylvies Monatsgehalt verschluckt und vielleicht auch noch das der nächsten drei Monate.

„Dieses Missgeschick tut uns außerordentlich leid." Ziemlich genervt von ihrer unversöhnlichen Art leiere ich meinen Text herunter. Selbstverständlich passiert auch in unserem Restaurant hin und wieder ein Fauxpas, wir sind auch nur Menschen. Solche Zwischenfälle sind ärgerlich, aber es geht mir gewaltig gegen den Strich, dass sie sich derartig aufspielt. „Wenn Sie möchten, begleite ich Sie in die Küche. Meine Mutter hat bestimmt ein Zaubermittel gegen Rotweinflecken." Ich versuche zu lächeln.

„Das lassen wir lieber sein. Womöglich habe ich danach auch noch Soßenflecken auf dem Kleid."

So, das reicht.

„Ich denke, Sie haben keinen Grund so unfreundlich zu sein. Meine Kollegin hat sich bei Ihnen entschuldigt und ich habe Ihnen bereits zugesagt, dass wir für die Reinigungskosten aufkommen werden. Mehr kann ich zum jetzigen Zeitpunkt leider nicht für Sie tun. Wir sollten froh sein, dass niemand sich verletzt hat."

„Verletzt? Bei einem verschütteten Rotwein? Wissen Sie was, mein Freund ist Anwalt, er wird Sie auf Schadensersatz verklagen. So einfach ist das! Wo ist er überhaupt?" Noch während sie spricht, sieht sie sich suchend nach Martin um. *Was habe ich nur für ein Glück ...* Mittlerweile haben wir die Aufmerksamkeit der gesamten Gesellschaft auf uns gezogen. Sie ist nicht unbedingt subtil in ihrem Ärger.

Meinem Vater deute ich ein Kopfschütteln an, als er Anstalten macht, mir zu Hilfe zu eilen.

„Bitte, beruhigen Sie sich. Wir finden eine Lösung." Ich hebe beschwichtigend meine Hände in die Luft, was sie jedoch nur noch mehr gegen mich aufbringt.

„Ich soll mich beruhigen? Sehen Sie sich doch an, wie ich aussehe. So kann ich doch nicht mehr länger auf der Hochzeit bleiben. Stellen Sie sich nur vor, jemand macht ein Foto von mir mit diesem widerlichen Fleck auf dem Kleid."

Das wäre wahrlich ein starkes Stück. Tja, was soll ich sagen? Auch teure Weine hinterlassen ihre Spuren. *Und ich hatte schon die Befürchtung, sie sei oberflächlich.* Innerlich schließe ich die Augen und zähle langsam bis zehn, als Martin am Tisch erscheint. Sie streckt unverzüglich die Arme nach ihm aus und ich frage mich, ob sie erwartet, dass er sie hinausträgt, weil man in diesem Kleid auch keinen Schritt mehr vor den anderen machen kann.

Ihr jammernder Gesichtsausdruck ist noch ein klitzekleines Gimmick zu ihren Gesten. *Wow, sie heult auch bestimmt auf Kommando.*

„Silke, ist dir etwas passiert?"

„Liebling, stell dir vor, diese dumme Gans von Kellnerin hat mein Kleid ruiniert ..."

Dumme Gans? Ich unterbreche sie prompt, als ich die beißende Wut in meiner Magengegend verspüre und erkläre die Geschehnisse aus meiner Sicht. „Es war ein Versehen meiner Kollegin. Ich habe deiner Freundin bereits angeboten, meine Mutter zu fragen, ob sie ein Mittelchen gegen Rotweinflecken hat, und wir kommen selbstverständlich auch für die Reinigungskosten auf."

„*Deiner* Freundin?" Entsetzt sieht Silke-Schatz zwischen Martin und mir hin und her. Der Fleck scheint vergessen. *Wenn ich das nur schon vorher gewusst hätte.*

„Woher kennt ihr euch denn?" Sie lässt ihre Hände sinken. Ich antworte an Stelle ihres Lieblings. „Das ist eine lange Geschichte. Martin wird sie Ihnen gern heute Nacht erzählen."

Martin massiert sich unwillig das Nasenbein. „Und ich hatte schon Angst, es wäre etwas Schlimmes passiert. Wenn Klara dir zugesagt hat, für die Reinigung aufzukommen, ist doch alles in bester Ordnung."

Martins Worte scheinen ihr den Rest zu geben und für einen kleinen Augenblick habe ich tatsächlich die Befürchtung, dass sie ohnmächtig wird.

Fast tut sie mir ein bisschen leid. Was weiß ich schon von Luxusproblemen?

In einem letzten Versuch, sie zu besänftigen, weise ich auf die Küche. „Bitte, kommen Sie doch mit mir, meine Mutter ist eine Fleckenspezialistin."

Ihre Augen verengen sich zu Schlitzen, als sie mich angiftet: „Haben Sie nichts mehr zu tun, oder warum stehen Sie hier noch herum? Ich sagte bereits, dass ich Ihre Hilfe nicht will. Das Kleid bekomme ich ersetzt, oder Sie werden noch von Martin hören."

Martin fühlt sich sichtlich unwohl, zieht seinen tobenden Silke-Schatz hinter sich her und ich drehe mich um, verschwinde in die Küche.

Diese Diskussion kann er gern allein weiterführen. Ich habe nämlich gerade das dringende Bedürfnis, irgendetwas vor die Wand zu werfen.

Aber fürs Erste reicht auch schon ein Schnäpschen, um meine Nerven zu beruhigen.

Kapitel 4

Sylvie sitzt wie ein Häufchen Elend auf einem Hocker am großen Esstisch, der den hinteren ursprünglichen Teil unserer Restaurantküche ausmacht. Der riesige blau-weiß gekachelte Ofen mitten im Raum ist ein Überbleibsel aus dem vorletzten Jahrhundert. Ebenso wie die Messingtöpfe und Pfannen, die von der Decke hängen. Niemand kocht mehr daran, doch meine Mutter wollte ihn unbedingt erhalten. Also wurde dieser Teil der Küche für das Personal umfunktioniert. Dass meine Mutter hier ihre Kräuter trocknet, stört dabei wirklich niemanden. Für mich bedeuten diese, über Kopf hängenden Büschel Kräuter, den Geruch meiner Kindheit. Das wird eine Kleinigkeit sein, die ich für mein eigenes Hotel übernehmen werde.

Irgendjemand hat Sylvie bereits mit einer Flasche selbst aufgesetztem Obstler versorgt, sodass ich mich mit einem Glas neben ihr niederlasse und ihr direkt auch noch mal nachschenke.

„Reg dich bloß nicht über diese Furie auf, hörst du? Sie ist den Ärger gar nicht wert." Ich schiebe der Armen den Schnaps über den Tisch, den sie auch sofort vernichtet.

„Ausgerechnet bei der muss mir das passieren. Sie war den ganzen Abend schon so eine blöde Kuh."

„Wir tauschen einfach die Tische, ich werde schon mit ihr fertig." Im Umkehrschluss bedeutet das zwar, dass ich nun für den Zimmermann-Tisch zuständig bin, aber es bleibt zu hoffen, dass er mitsamt Freundin und Fleck gleich verschwinden wird.

Sylvie sieht mich dankend an. „Das wäre nett."

Ja, das bin ich. Ausgesprochen nett.

„Soll ich dir etwas gegen den Fleck mitgeben?" Meine Mutter sieht zu uns rüber, doch ich schüttele den Kopf. „Wahrscheinlich hättest auch du nicht gewusst, wie man dieses Mordsding so schnell wegbekommt."

Sylvie legt bei meinen Worten ihre Hände über die Augen. „Oh Gott, das volle Glas ist einfach umgekippt. Sie hat sich unterhalten und mit ihren Armen gefuchtelt und zack …"

Ich drücke ihren Oberschenkel. „Mach dir keinen Kopf, die kriegt sich schon wieder ein."

Meine Kollegin blinzelt mich durch ihre gespreizten Finger an, ein verschämtes Grinsen im Gesicht. „Das hoffe ich. Wer weiß, vielleicht hat diese Hexe mich verflucht und mir fallen jetzt die Haare büschelweise aus, oder irgend so was."

„Das könnte allerdings passieren. Wir sollten das beobachten." Ich nicke nachdenklich, was sie kichern lässt.

Meine Mutter legt eine Schürze auf den Tisch. „Hier, das sicherste Fleckenmittel." Lachend fügt sie hinzu: „Davor und danach. Es verleiht ihrem Kleid das gewisse Extra." Auch sie gönnt sich ein Gläschen, nachdem der größte Trubel in der Küche vorbei ist.

Obwohl sie ein Vier-Gänge-Menü für derartig viele Leute gezaubert hat, sieht sie kein bisschen müde aus. Das ist bewundernswert, wäre jedoch überhaupt keine Option für mich. Dass ich zudem weder ein Gefühl für Gewürze oder Garzeiten habe, hat meinen Entschluss, keine Köchin zu werden, dabei wirklich nur geringfügig beeinflusst. Es war ein kleiner Schock für meine Mutter, als ihr klar wurde, dass ich nicht in ihre Fußstapfen treten würde, mittlerweile hat sie sich damit abgefunden. Das Restaurant ist nicht meine Welt, wird es niemals sein.

„Ihr solltet wieder in den Saal. Ich glaube, die Torte kommt gleich, das bedeutet noch mal Arbeit." Mit diesen Worten jagt uns meine Mutter aus der Küche.

Kurz gerate ich in Versuchung, die Schürze tatsächlich mitzunehmen.

~oOo~

Was hat er sich nur dabei gedacht, ausgerechnet an Silkes Namen hängen zu bleiben, als er nach der richtigen Begleitung für diese Hochzeit gesucht hat?

Nicht nur, dass sie einen Affenaufstand wegen ihres dämlichen Kleides gemacht hat und ihm damit gehörig auf die Nerven geht, nein, sie löchert ihn zudem mit Fragen, wieso er so vertraut mit Klara sei. Und wenn er auf eines gar keine Lust hat, dann auf grundlose Eifersuchtsszenen. Ungehalten reibt er sich über den Nacken und nimmt einen Schluck vom Scotch, dessen Farbe ihn ein wenig an Klaras Augen erinnert.

Wie kommt er denn jetzt darauf?

Um Gottes willen, er sollte langsam von hier verschwinden. Wäre es nicht die Hochzeit des Sozius seiner Kanzlei, er hätte es längst getan. Zumindest hätte er sich Silke bereits entledigt.

Ein Gutes hatte diese Rotweinsache – er kommt nicht in die Verlegenheit, mit ihr tanzen zu müssen, Silke wird den gesamten restlichen Abend beleidigt an ihrem Platz sitzen bleiben.

Er ist sich durchaus bewusst, dass es wenig gentlemanlike von ihm ist, ihr dabei keine Gesellschaft zu leisten, jedoch geht er davon aus, ihr damit das Leben zu retten. Er hätte ihr gerade nur zu gern den Hals umgedreht.

Das wäre ihm mit Isa an seiner Seite niemals passiert. Sie hätte darüber gelacht und den Fleck als modischen Trend abgetan. Womöglich wäre sie sogar selbst in die Besenkammer gelaufen, um einen Feger für die Scherben zu besorgen. Fast bedauert er es, dass er niemals romantische Gefühle für Isabell Holzer entwickelt hat. Unkomplizierte Frauen sind wirklich selten und er kann für Niklas nur hoffen, dass er seine beste Freundin zu schätzen weiß.

Plötzlich werden die Lichter im Saal gedämmt. *Die Torte verlangt wohl ein staunendes Publikum.*

Mit einem Seufzer leert er sein Glas und ergibt sich seinem Schicksal. Etwas zu schnell dreht er sich von der Bar weg, nur um mit Klara zusammenzustoßen.

~oOo~

Meine Handinnenflächen landen im ersten Schrecken auf Martins Brustkorb, was mir unvermittelt einen Schauer über die Wirbelsäule jagt.

Nanu?

„Ups. Achte lieber auf dein Hemd, *Liebling*. Sonst musst du deine Klage um einen weiteren Fleck erhöhen."

Mit seinen eindrucksvollen blauen Augen sieht er auf mich herab. Mein Herz macht einen unangemessenen Hüpfer, der mich völlig schockiert einatmen lässt. Ich ziehe meine Hände zurück.

Er lächelt unbescheiden. „Das wäre ein Spaß, dir bei Gericht mal ordentlich über dein vorlautes Mundwerk fahren zu können."

Ich verziehe mein Gesicht zu einem süffisanten Grinsen. „Als würde ich mir von dir den Mund verbieten lassen. Da müsste schon jemand anderes kommen."

Er senkt seinen Kopf und haucht gegen mein Ohr. „Vielleicht lasse ich es darauf ankommen, Klara."

Mir wird plötzlich warm. Er hat mich eiskalt erwischt.

„Geh lieber zu deinem Silke-Schatz, ehe sie dich auch noch verklagt." *Angriff ist noch immer die beste Verteidigung.*

Ein Schatten fällt über sein Gesicht und ich rudere augenblicklich zurück. „Entschuldige, das war wohl unangemessen."

Er legt eine Hand in den Nacken. „Nein, du hast recht. Ich sollte mich wohl für ihr Verhalten entschuldigen."

„Wenn sich jemand entschuldigen sollte, dann deine Freundin. Aber glaub mir, wir haben hier schon andere Dinge erlebt."

„Sie ist nicht meine Freundin, Klara." Die Bestimmtheit in seinem Ton lässt mich aufhorchen. Aber eventuell bilde ich es mir auch nur ein.

„Du bist mir keine Rechenschaft schuldig. Immerhin musst du mit ihr auskommen." Ich ziehe seine Fliege gerade, die bei unserem Zusammenstoß ein wenig aus der Form geraten ist, schlüpfe an ihm vorbei, um bei der Ankunft der Hochzeitstorte dabei sein zu können. Nicht auszudenken, wenn das gute Stück Schaden nimmt.

~oOo~

Wie in Trance fasst er sich an den Binder, den Klara soeben noch berührt hat, und stiert ihr hinterher, wie sie eiligen Schrittes aus seinem Sichtfeld verschwindet.

Nur zu gern würde er sich noch einen Scotch genehmigen, irgendwie scheint er ihn gerade nötig zu haben, weiß der Himmel warum.

Was hat er sich nur dabei gedacht, sie anzuflirten? Denn nichts anderes hat er getan, indem er ihr so verflucht nah kam, dass er die Hitze ihrer Haut fast auf seinen Lippen spüren konnte. Er atmet noch einmal ein, aber ihr zarter Duft hat sich mit ihr verabschiedet.

Zimmermann, reiß dich am Riemen. Klara Möllenbrink ist doch wohl keine Option.

Nein, das ist sie definitiv nicht.

~oOo~

Erschöpft und ein wenig angetrunken falle ich in dieser Nacht in mein Bett. Es ist weit nach vier Uhr morgens und mein Vater und ich sind nicht nur bei dem Spätburgunder geblieben.

Mit einem Stöhnen drehe ich mich in die richtige Schlafposition, nur um mich wieder umzudrehen. Einige Male habe ich mich dabei erwischt, wie ich Martin Zimmermann beobachtet habe. Er sah aber auch zu gut aus in seinem Smoking. *Stopp, Klara! Das führt zu überhaupt gar nichts!*

Na, aber gucken ist doch erlaubt, oder nicht? Nur weil ich ihn nicht ausstehen kann, müssen doch meine Augen nicht verzichten.

Er macht sogar auf der Tanzfläche eine gute Figur. Irgendwie scheint es ihm gelungen zu sein, der Hexe, die ja nicht seine Freundin ist, ein Lächeln auf das Gesicht zu zaubern. Vermutlich hat er ihr beim Walzer irgendwelche Ferkeleien ins Ohr geflüstert, die sie den Fleck haben vergessen lassen.

Ich muss ein bisschen kichern. *Der sah aber auch wirklich schlimm aus.* Also der Fleck, nicht Martin.

Mir vergeht das Kichern. Ich sollte aufhören, an Martin Zimmermann zu denken. Ich weiß gar nicht, warum ich überhaupt damit angefangen habe.

Daran ist nur mein Gutshaus schuld, das ja irgendwie das seine ist.

Verdammt und zugenäht. Sollte ich Nikki doch bitten …? Nein, das wäre keine gute Idee.

Aber vielleicht würde Martin es mir ja verkaufen? Er hatte heute ein schlechtes Gewissen, weil sich seine Nicht-Freundin so danebenbenommen hat. Sollte ich das nicht für meine Zwecke ausnutzen?

Mir wird bereits ganz schwindelig von diesem Gedankenkarussell.

Ich hänge einen Fuß aus dem Bett, damit das Zimmer endlich aufhört, sich zu drehen, und atme tief ein. Ich sollte lieber schlafen.

Kapitel 5

„Ach komm schon, Klara. Es ist so wunderschönes Wetter, das sollten wir ausnutzen. Du könntest wirklich ein wenig Farbe vertragen, so blass, wie du bist." Isabell legt sich wirklich ins Zeug, um mich zu überreden, den Tag mit Niklas und ihr an irgendeinem Badesee zu verbringen. Ich gehe davon aus, dass Niklas wegen der Villa das Gefühl hat, sich in besonderem Maße um mich kümmern zu müssen, und ich will mal nicht so sein. Ich mag Isa und es ist wirklich ein schöner Tag.

„Tztz, Alabaster ist das neue Braun." Ich sehe an mir herab und muss ihr jedoch recht geben. Meine Haut hat in diesem Sommer wirklich wenig Sonne gesehen. „Ich packe nur schnell meine Tasche."

„Das war die richtige Antwort. Du brauchst dich sonst um nichts zu kümmern, für unser leibliches Wohl ist bereits gesorgt. Wir holen dich ab." Damit legt sie auf, aus Angst, dass ich es mir doch noch anders überlege.

Mit einem Lächeln im Gesicht lasse ich den Laptop herunterfahren, krame Flipflops und ein riesiges Badetuch hervor und werfe beides in meine Strandtasche. Ich mache einen Umweg durch die Küche, stibitze mir einen Apfel für den Weg und küsse meine Mutter zum Abschied auf die Wange, die schon wieder mit der Nase über ihren Töpfen hängt.

„Was hast du vor?", fragt sie, ohne aufzusehen.

„Ich gehe mit Isa und Niklas baden und nehme mir für den Rest des Tages einfach frei." Eine kleine Stichelei, die meine Mutter versteht. Solange ich noch zu Hause lebe, kümmere ich mich um die Buchhaltung des Restaurants. Mein Talent für Zahlen habe ich definitiv nicht von ihr geerbt.

Jetzt sieht sie mich doch an und schenkt mir ein Lächeln. „Verschwinde bloß, du freches Ding. Viel Spaß und liebe Grüße. Die beiden könnten sich ja mal wieder hier blicken lassen."

„Ich werde es ausrichten."

Seitdem er eine Freundin hat, ist auch meine Beziehung zu Niklas wieder enger geworden. Zumal Isa der netteste Mensch ist, den man sich vorstellen kann. Sie ist frech und witzig und mir in dieser kurzen Zeit bereits ziemlich ans Herz gewachsen.

Es gab eine Zeit, da haben Niklas und ich uns monatelang nicht gesehen, was ich sehr schade fand. Wir sind fast gleich alt und teilen viele gemeinsame Kindheitserinnerungen. Unsere Mütter sind Geschwister und hatten eine enge Bindung, bis meine Tante plötzlich aus Deutschland verschwand, als Niklas 16 Jahre alt war. Er wollte weder bei seiner Mutter auf den Kanaren leben noch bei seinem Vater und dessen ständig wechselnden Freundinnen. Also zog er zu uns, bis er begann, Architektur zu studieren und sein eigenes Leben zu leben. Umso mehr hat es mich gefreut, dass er den Weg zu uns zurückgefunden hat.

Von meiner Mutter möchte ich gar nicht erst sprechen. Dass sie ihrem Nikki keinen roten Teppich ausrollt, wenn er uns besuchen kommt, grenzt wirklich an ein Wunder.

Ich nehme den Dienstbotenausgang. Jedoch gerate ich kurz ins Straucheln, als ich das BMW-Cabriolet entdecke, das ich hier am wenigsten erwartet hätte.

Martin nimmt seine Sonnenbrille ab, hängt sie sich jovial an den Ausschnitt seines Shirts. Mit einem Ihr-wollt-mich-doch-alle-Lächeln auf seinen sinnlichen geschwungenen Lippen steigt er aus.

Ich will doch nicht hoffen, dass er das tut, um mir die Tür zu öffnen?

„Ich dachte schon, du kommst gar nicht mehr." Er umrundet das Fahrzeug, öffnet tatsächlich die Beifahrertür.

„Und ich dachte nicht, dass du überhaupt mitkommst."

Steig ich dort ein, oder lasse ich es bleiben?

„Das Wetter ist fantastisch und ich habe einen freien Nachmittag. Warum hätte ich nicht kommen sollen?"

Das fragt er ausgerechnet mich? Mir würden tausendundeins Gründe einfallen, warum er in diesem Sommer keine Sonne mehr braucht.

Dann wird mir klar, wem ich dieses Zusammentreffen zu verdanken habe und auch aus welchem Grund mein liebster Vetter es so eingerichtet hat, dass Martin und ich aufeinandertreffen. Ich presse die Lippen wütend zusammen.

So ein Judas!

Oh warte, Freundchen, wenn ich dich in die Finger kriege!

„Ich hoffe, dein Gesichtsausdruck hat nichts mit mir zu tun."

Ich sehe Martin an. „Nein, der gebührt einzig und allein Niklas. Dir ist ein anderer Ausdruck gewidmet."

Er lacht auf und ich verziehe das Gesicht. Umkehren kann ich wohl schlecht, also mache ich gute Miene zum bösen Spiel und lasse mich in den Ledersitz gleiten, den diese Bonzenkarre ihr Eigen nennt. Zu meiner Schande muss ich gestehen, dass ich diesen Luxus außerordentlich zu schätzen weiß.

Martin schließt meine Tür, nimmt neben mir Platz. „Also, können wir?" Er setzt die Sonnenbrille wieder auf.

„Wenn du diese Karre fahren kannst, spricht nichts dagegen. Ansonsten können wir auch mein Auto nehmen."

Sein Lachen erfüllt den Innenraum des Wagens. „Bevor ich mich in dein Auto setze, bitte ich Hans uns hier abzuholen."

Der Chauffeur der Familie Zimmermann. Ich erinnere mich vage.

„Mein Auto ist absolut vertrauenswürdig." Entrüstet sehe ich ihn an. Selbstverständlich kann ein alter Käfer nicht mit diesem Geschoss mithalten, aber bitte? Kein Grund für Überheblichkeiten.

„Daran hege ich keinen Zweifel, Klara." Noch immer grinst er dämlich.

„Hast du etwa Angst, dass dein Penis schrumpfen könnte, wenn du in einem Käfer mitfahren müsstest?" Das ist eine berechtigte Frage. „Denn da könnte ich dich beruhigen, meiner ist noch genau so lang wie am ersten Tag."

Er wirkt ein wenig bestürzt. „An meinem Penis gibt es nichts auszusetzen, Klara. Und dieses Auto", er streicht zärtlich über das Lenkrad, „ist eigentlich ein Aphrodisiakum. Sex auf vier Rädern. Ich beginne mich zu fragen, was bei dir schiefgelaufen sein könnte."

Jetzt grinse ich schief. „Och, meine Libido funktioniert einwandfrei, Zimmermann. Irgendwie bist du nicht kompatibel. Das ist alles."

„Dann bin ich beruhigt, denn eines schreib dir bitte hinter die Ohren: Über meinen Penis und seine Länge hat sich bisher keine beschwert." Sein Lächeln zaubert ein Grübchen in seine Wange und ich halte einen Augenblick die Luft an, stelle ihn mir tatsächlich nackt vor. Nur eine Millisekunde, trotzdem bin ich über mich selbst erschüttert. *Pah, scheiß Aphrodisiakum.*

Mir wird ein wenig übel, als ich die Strecke erkenne, die Martin einschlägt. *Der Badesee in der Nähe des Gutshauses? Ernsthaft, Niklas?*

Meine Hände ballen sich zu Fäusten und mein Cousin kann von Glück sagen, dass er gerade nicht in meiner Nähe ist. *Aber das wird noch ein Nachspiel haben.*

Ich nehme meine eigene Sonnenbrille aus den Haaren, schiebe sie auf meine Nase. In Momenten wie diesen ist mir jede Emotion vom Gesicht abzulesen. Es wäre suboptimal, Martin daran teilhaben zu lassen. Selbst wenn er gar nicht weiß, worüber ich mich gerade aufrege.

„Du bist so still, das kenne ich gar nicht von dir." Martin betätigt den Blinker, nimmt den schmalen Waldweg zum Parkplatz, der den Badegästen vorbehalten ist.

„Gewöhn dich lieber nicht daran, das ist nur eine Momentaufnahme." Ich sollte an meiner Contenance arbeiten. Martin kann ja wirklich nichts dafür, dass Niklas ein solcher Idiot ist.

Martin parkt das Auto und ich steige aus, ehe er erneut in die Verlegenheit kommt, mir die Tür zu öffnen.

Dieser Ort ist so wunderschön. Ich atme tief ein und spüre, dass meine innere Ruhe langsam wiederkehrt. Vor uns liegt der Badesee. Unmittelbar dahinter beginnt das riesige Naturschutzgebiet, durchzogen von kilometerlangen Wanderwegen, die Wanderer nur dazu einladen, in einer Pension zu übernachten, um den Weg nach einem ausgiebigen Frühstück fortzusetzen. Genau das Richtige für Wochenendausflügler oder Familien, die einen Tag am See verbringen möchten.

Es wäre zu schön gewesen ...

Völlig in meine eigenen Träumereien versunken, spüre ich Martins Anwesenheit mit einem Mal allzu deutlich und räuspere mich. Er steht mit überschlagenen Beinen gegen seinen Wagen gelehnt und ich werde doch tatsächlich rot unter seinem intensiven Blick. *Ich werde rot! Das muss man sich mal vorstellen.*

„Können wir?" Etwas forsch versuche ich, meine Verlegenheit zu überspielen. Er hebt lediglich seine Augenbrauen, setzt die Sonnenbrille wieder auf und öffnet den Kofferraum, um seine Tasche zu nehmen.

„Selbstverständlich. Isa und Niklas warten bereits auf uns."

Ich folge ihm zum verabredeten Treffpunkt und komme nicht umhin, mir einzugestehen, dass ich auch seine Kehrseite ausgesprochen attraktiv finde.

Doch ich werde mich hüten, das vor irgendjemandem zuzugeben.

~oOo~

Er wird aus dieser Frau einfach nicht schlau, aber das sollte ja auch gar nicht seine Aufgabe sein. Wie sie völlig selbstvergessen auf dem Parkplatz stand, den Blick in die Ferne gerichtet, musste er feststellen, dass Klara Möllenbrink wirklich hübsch anzusehen ist, selbst wenn sie einige Kilos mehr auf den Rippen hat, als die Frauen, mit denen er sich sonst trifft. *Du hast doch gar nicht vor, sie zu daten, Zimmermann. Das heute ist nur ein Nachmittag am See mit Freunden.*

Zu einem locker fallenden Jeanskleid hat sie ihr Haar zu einem einfachen Zopf gebunden, aus dem sich bereits einige Strähnen gelöst haben. Es schimmert kupferfarben in der Sonne, doch es ist zu dunkel, um es als Rot zu bezeichnen. Sie ist völlig ungeschminkt, bis auf Lipgloss, der ihre vollen Lippen glänzen lässt, was ihn irgendwie anmacht. Er ertappt sich dabei, dass er neugierig darauf ist, welchen Geschmack er hat. Erdbeere und Kirsche scheinen irgendwie nicht zu ihr zu passen. Bei ihrem vorlauten Mundwerk tippt er auf Zitrone. Das wäre zumindest stimmig. Die flachen Sandalen sind nicht unbedingt das, was er als sexy bezeichnen würde, doch es rundet das Gesamtbild ab.

Klara ist selbstbewusst, ohne dabei eitel zu sein. *Sie erinnert dich an Isa, deshalb bist du so durch den Wind.*

Seine Zunge klebt ihm plötzlich unter dem Gaumen und er schluckt trocken. Er hatte eindeutig zu lange keinen Sex mehr und sollte sich mal wieder seinem schwarzen Buch widmen. Seine Gedanken tragen merkwürdige Früchte, seitdem die Verabredung mit Silke aus dem Ruder gelaufen ist.

Kapitel 6

Wir finden Isa und Niklas recht schnell, es ist verhältnismäßig leer am See für einen solch schönen Tag. *Da liegt der Verräter mit seiner Liebsten auf der Picknickdecke und tut so, als könnte er kein Wässerchen trüben.* Es macht mich rasend, dass ich Niklas nicht zur Rede stellen kann. Doch ich sollte den passenden Moment abwarten, und hoffe, dass mir das im Eifer des Gefechts auch gelingt. Ich bin gelegentlich etwas impulsiv.

Isa sieht uns als Erste kommen und springt regelrecht von der Decke auf, um uns zu begrüßen. „Ich finde es klasse, dass wir uns heute hier verabredet haben. Ich hätte Niklas gar nicht zugetraut, dass er solch verträumte Eckchen kennt."

Ja, wer hätte das gedacht?

„Unser Nikki steckt doch voller Überraschungen, nicht wahr?" Diese Spitze kann ich mir dann doch nicht verkneifen.

Er hat mich genau verstanden, denn sein Kopf schnellt in die Höhe und er besitzt tatsächlich die Frechheit, mich blöd anzugrinsen.

„Wie schön, dass ihr endlich hier seid. Wir hatten schon Angst, ihr hättet euch verfahren."

„Nein, ich kenne diesen See noch von früher. Meine Großeltern haben hier gewohnt." Martin packt sein Strandtuch aus und positioniert es neben Isabell.

Meine Pension gehörte also seinen Großeltern.

„Wirklich? Davon wusste ich gar nichts. Wieso waren wir niemals hier?" Isa rutscht ein Stück beiseite, um ihm genügend Platz zu machen. Mir bleibt gar nichts anderes übrig, als mich neben den Judas zu legen.

„Ich weiß es eigentlich nicht, wenn ich ehrlich sein soll. Es hat sich einfach nie ergeben." Martin zuckt mit den Schultern, ehe er sich sein Shirt auszieht. „Reib mir lieber den Rücken ein."

Ich bin ausgesprochen dankbar, dass Isa diese Ehre zuteilwird. Ich bekomme ein wenig Schnappatmung bei seinem halb nackten Anblick und danke Gott, dass ich meine Sonnenbrille noch immer trage.

Niklas sieht das jedoch ein wenig anders. „Wieso nötigst du meine Freundin, dich einzuschmieren? Du hättest auch Klärchen fragen können."

Das fehlte mir gerade noch. „Klara hätte dankend abgelehnt. Isa ist vertraut mit Martins Rücken, daran sollten wir nichts ändern." Ich schiebe meine Nase in die eigene Tasche, krame nach meiner Sonnenmilch, die ich anscheinend nicht eingepackt habe. *Verdammt.*

Ich höre Martins Lachen und ein Schauer rieselt mir über den Nacken. „Klärchen hatte schon wegen meines Wagens Probleme und Angst, mein Penis wäre zu klein."

So ein ... Arsch! Ich sehe auf. „Das Befinden deines Penis´ ist mir herzlich egal. Und mich darfst du Klärchen nennen, wenn du zu meiner Familie gehörst, verstanden? Da das ja niemals geschehen wird, bleiben wir doch besser bei Klara." An Niklas gerichtet strecke ich die Hand aus. „Gib mir bitte deine Sonnenmilch, Nikki. Meine steht zuhause."

Isa unterdrückt ein Kichern, sieht zwischen Martin und mir hin und her. „Da geht noch was, Freunde. Mein Radar schlägt mächtig aus."

Jammerschade. Ich fand sie wirklich nett. Sie hatte Potenzial. Ich muss das jedoch noch einmal überdenken, wie mir scheint.

Ich würdige diesem Kommentar jedenfalls keine Aufmerksamkeit, ziehe mein Kleid über den Kopf, binde meinen Pareo im Nacken zusammen und beginne lieber, mich einzucremen. Als es jedoch an meinen Rücken geht, beschließt unser Traumpaar, schwimmen zu gehen. Ich schiele zu Martin, der mit angezogenen Beinen auf seinem Handtuch sitzt und mich dämlich angrinst. „Frag mich schon, *Klärchen.*"

Gegen meinen Willen muss ich lachen. „Wärst du so liebenswürdig, mir den Rücken einzucremen?"

„Selbstverständlich. Liebenswürdig ist mein zweiter Vorname." Sein Grinsen vertieft sich, als er sich erhebt, um hinter mir Platz zu nehmen.

Gut, ich hätte bedenken sollen, dass er mir dabei sehr nah kommen wird. Mein Herz klopft ein wenig schneller, als ich das Öffnen der Cremeflasche vernehme. Als seine warmen Hände meinen nackten Rücken berühren, bin ich davon überzeugt, dass er es auch spüren kann. Ich kneife die Augen zusammen und versuche, so flach wie möglich zu atmen, während er in streichelnden Bewegungen den Sonnenschutz verteilt. Langsam und zärtlich. *Zärtlich? Es geht mit mir zu Ende!*

~oOo~

Er beobachtet ihre Gänsehaut, die sich unter seiner Berührung auf ihren Schultern bildet. Ihr heftiger Puls entgeht ihm nicht und er unterdrückt den Wunsch, die zarte Haut ihres Halses zu küssen. *Zimmermann, was stimmt denn mit dir nicht?* Ein Kribbeln jagt über seine Wirbelsäule und sein bestes Stück beginnt sich zu regen. *Denk an die letzte Steuererklärung, du Holzkopf.* Man könnte annehmen, er sei ein pubertierender Junge, der seine Sexualität noch nicht im Griff hat. Scheiße, es ist lange her, dass ihm das passiert ist. Und jetzt geschieht es ausgerechnet bei Klara Möllenbrink? Sein Schwanz ist ihm manchmal ein Rätsel.

~oOo~

Ich kann mir nicht helfen, doch er scheint ein gründlicher Rückencremer zu sein. Ich hätte gern wieder ein bisschen Abstand, denn er macht mich ziemlich nervös. Irgendetwas hindert mich daran, genüsslich die Augen zu schließen.

Sein Atem streift erneut meine Haut, was in Kombination mit seinen Händen fatale Folgen für meinen inneren Frieden hat. *Aber warum gerade Martin Zimmermann?* Diese Frage stelle ich mir bereits seit Tagen, ohne eine befriedigende Antwort dafür zu finden. Er verkörpert all das, was ich verabscheue. Sichtbares Vermögen, Überheblichkeit und dass er der Besitzer dieses wunderschönen Gutshauses ist, mir damit meinen Traum nach einer eigenen Frühstückspension vereitelt, macht es nicht leichter, ihn zu mögen.

Endlich nimmt er seine Finger von meinem Rücken und ich atme tief durch. „Vielen Dank."

Martin räuspert sich. „Gern geschehen." Er bleibt hinter mir sitzen, was die Lage keineswegs entschärft. Ich wage es nicht, ihn anzusehen, also lege ich das Kinn auf meine Knie, betrachte den See.

„Deine Großeltern wohnten hier in der Nähe?"

„Ja, nur ein paar 100 Meter von hier. Als Kinder waren meine Schwester und ich oft hier schwimmen."

Mehr gibt er nicht preis und ich hake nicht weiter nach, da in diesem Moment Isa und Niklas wieder aus dem Wasser kommen. Isas Augen blitzen uns an. „Ah, ich sehe schon, Martin konnte behilflich sein."

„Ja, das macht er tatsächlich anständig."

„Ich habe ihn schließlich gut erzogen." Sie rubbelt sich lachend die Haare trocken und Martin schnalzt mit der Zunge. „Ihr wisst schon, dass ich hier sitze und jedes Wort verstehe?"

Isa wirft ihm ihr Handtuch ins Gesicht. „Als würde das eine Rolle spielen."

„Du lässt es an Respekt mangeln, Fräulein." Ehe Isa sich versieht, ist er schon aufgesprungen, hat sie am Schlafittchen und ungeachtet ihres entrüsteten Gekreisches, rennt Martin mit ihr in Richtung Wasser.

Niklas ruft beiden noch ein halbherziges *Hey* hinterher, lässt sich dann doch auf der Picknickdecke nieder und ich ergreife die Gelegenheit beim Schopf. „Was für eine ausgesprochen clevere Idee von dir, dass wir uns ausgerechnet hier getroffen haben."

„Ja, nicht wahr? Ich wusste, du bist dagegen, wenn ich ihn auf das Haus anspreche. Also wirst du es selbst tun."

Er sieht mich an und ich setze mich wieder auf, schiebe meine Sonnenbrille ins Haar. „Du weißt, wie ich dazu stehe. Dumm genug, dass ich ihn bereits nach seinen Großeltern gefragt habe."

„Ich habe damit gerechnet, dass du dich nicht zurückhalten kannst. Ich kenne dich schon ziemlich lange, Klärchen. Eigentlich leuchtet es mir nicht ein, warum du ihn nicht nach dem Gutshaus fragen möchtest. Du willst es ja nicht geschenkt, und so wie ich das sehe, weiß er selbst nicht, was er mit dem Haus anfangen soll, sonst würde es nicht leer stehen."

Niklas ist so bestechend logisch, dennoch sträubt sich alles in mir, Martin Zimmermann um etwas zu bitten.

Ich richte meinen Blick auf das Wasser und auf Martin, der noch immer erfolglos versucht, eine zappelnde Isa unter Wasser zu tauchen. Man kann sein tiefes Lachen bis zu uns auf die Decke hören, und ich nehme das warme Gefühl in Kauf, das sich in meinem Körper ausbreitet.

Er bekommt ja nichts davon mit.

Kapitel 7

Wir faulenzen den kompletten Nachmittag und als wir am Abend die Sachen zusammenpacken, bin ich müde vom Nichtstun, zu viel Sonne und diesem absolut verstörenden Drang, mit Martin über meine Absichten sprechen zu wollen. *Mehr als Nein sagen, kann er doch nicht, oder?* Niklas hat recht, ich bin doch sonst auch nicht so feige. Möglicherweise ergibt sich auf dem Rückweg eine Gelegenheit, das Thema anzuschlagen. Womöglich hat er sogar einen Schlüssel dabei und ich kann mir das Haus direkt von innen ansehen.

Jetzt gehen aber die Pferde mit mir durch.

Doch der Gedanke zaubert ein Lächeln auf mein Gesicht. Was mir jedoch schnell wieder vergeht. Zwei junge Frauen haben unweit von uns ihre Handtücher ausgebreitet und kichern schon den halben Tag hinter vorgehaltener Hand in unsere Richtung. Weder Niklas noch Martin müssen sich verstecken. Beide groß, gut gebaut, einer blond – einer dunkel. Bitte, da ist für jeden Geschmack etwas dabei.

Doch diese beiden Kühe müssen doch Isa und mich bemerkt haben?

Nicht, dass es mich etwas angehen würde, aber ich finde es schon ein wenig neben der Spur. *Sie können schließlich nicht wissen, dass ich mit Martin nicht ... oder er mit mir ...*

Ich runzle über mich selbst die Stirn. Sollen sie doch glotzen.

Aber dass Isa das so kalt lässt? Ich sehe zu ihr herüber und bemerke, dass sie die beiden Ladys selbst aus dem

Augenwinkel beobachtet. *Aha, es ist ihr also doch aufgefallen.* Ich muss schmunzeln, als ich sehe, wie sie ihre Schultern strafft, nach Niklas greift und ihn küsst. Schlafzimmerwürdig. Und es scheint zu wirken. Die beiden Damen drehen sich auf den Handtüchern und schieben ihre Sonnenbrillen wieder über die Augen.

Mir entfleucht ein Glucksen und plötzlich baut sich Martin vor mir auf. „Findest du es witzig, wenn sich zwei Menschen küssen?"

„Küssen? Das erinnert mich mehr an Trockensex. Aber Isa hat's drauf, das muss ich ihr lassen." Ich nicke zu den feindlichen Handtüchern. „Die beiden scheinen begriffen zu haben, dass ihre Bemühungen verschwendet sind."

Martin zwirbelt seine Sonnenbrille zwischen den Fingern, folgt meinem Blick. „Ach, so ist das also. Revierverhalten. Pinkelst du mich jetzt etwa an?" Er wölbt eine Augenbraue.

„Wenn du zwingend darauf bestehst?" Es gelingt mir, nicht zu krächzen, was ich schon als Erfolg verbuche. Soweit kommt es noch, dass Martin Zimmermann meiner Lässigkeit schadet.

„Na, die Wahrscheinlichkeit, dass du mich küsst, ist doch eher gering, oder?" Er wendet sich mir zu, zeigt mir das Grübchen in seiner Wange und mein Mund wird plötzlich trocken. *So was Blödes.*

Martin beugt sich etwas vor. „Und wenn mir Küssen besser gefällt?"

„Ach ja?" Dieses Mal gelingt es mir nicht, ein Krächzen zu verhindern. „Welche dieser Grazien würdest du denn gern küssen? Ich glaube, sie sind beide nicht abgeneigt."

Er lacht. Und die Vibration seines Timbres wandert zu meinem Unglück von meinem Magen unmittelbar in mein Höschen. *Das ist wirklich fies.*

„Vielleicht verrate ich es dir später." Er zwinkert und kümmert sich um seine Klamotten, als wäre nichts gewesen.

Nein, nicht ganz.

Plötzlich scheint er die beiden Frauen äußerst interessant zu finden. Lächelt ihnen zu, was die beiden strahlend erwidern. *Pah, wenn er wüsste, wie affig das wirkt.* Ich verdrehe die Augen und räume den Rest meines Zeugs wieder in die Strandtasche.

„Martin, kannst du dich von den Strandschönheiten losreißen, oder soll ich lieber ein paar Visitenkarten von dir verteilen?" Es ist Isa, die ihre Hände ungeduldig in die Hüften stemmt.

„Wozu die Eile? Hast du noch etwas vor?" Martin hängt sich neckisch sein Badelaken um den Hals, nicht ohne sich zu vergewissern, dass seine Fans ihn auch dabei beobachten. *Ernsthaft?* Ich muss mich abwenden, sonst spucke ich noch auf die Gänseblümchen. Und die können ja nun wirklich nichts dafür, dass er so ein geltungssüchtiger Lackaffe ist, oder?

Etwas schneller als nötig laufe ich in Richtung Parkplatz, als mir klar wird, dass ich mit dem Lackaffen zurückfahren muss. Er verbannt mich sicher auf die Rücksitze, weil er sich ein Sahnetörtchen zum Dessert mit nach Hause nimmt. *Das wird ein Spaß ...*

~oOo~

Martin amüsiert sich königlich. Klara hat ihm eine wunderbare Vorlage geliefert, die er hervorragend verwandelt hat.

Das war seine Rache für den Ständer, den er eine halbe Stunde ertragen musste und an dem sie schuld war. Auch wenn er noch nicht wirklich sicher ist, was genau der Auslöser für seinen Blutstau gewesen sein könnte. Sie ist bei Weitem nicht so anschmiegsam, wie er es gern mag. Er bevorzugt Frauen, die ihn anhimmeln, und Klara ist weit davon entfernt, dies zu tun. Im Gegenteil … sie provoziert ihn bereits, wenn sie nur den Mund aufmacht.

Sie steht vor seinem BMW, sieht entschieden zu unbeteiligt durch die Gegend und doch ist er sich ziemlich sicher, dass sie die Zähne zusammenbeißen muss, um den Kommentar zu schlucken, der ihr auf der Zunge liegt. Zu gern würde er wissen, was sie ihm jetzt an den Kopf werfen würde, wenn sie sich Luft machen würde. Er ist gespannt, ob er das heute noch aus ihr herauskitzeln kann.

~oOo~

„Sollen wir später noch etwas essen gehen?" Isa sieht zwischen Martin und mir hin und her.

„Meinetwegen gern." Martin wirft seine Tasche in den Kofferraum. „Ich habe nichts mehr vor heute Abend."

„Konntest du etwa keine deiner Pseudo-Püppchen von dir überzeugen?" Ich lege meine Tasche neben seine, ehe er die Heckklappe schließt.

„Ich hätte beide mitnehmen können." Er spricht leise, sodass nur ich ihn verstehen kann. „Aber vielleicht wollte ich das gar nicht."

Soll ich ihm jetzt etwa anerkennend auf die Schulter klopfen? „Dabei haben sie sich so ins Zeug gelegt, um dir zu gefallen."

Er lehnt sich gegen sein Auto und verschränkt die Arme vor der Brust. „Ich sollte beleidigt sein, dass du mich so schnell aufgegeben hast. Vor ein paar Minuten hättest du mich noch angepinkelt." Seine Mundwinkel verziehen sich zu einem Grinsen. *Diese dämlichen Grübchen.*

„Es tut mir leid, dass ich deinem Ego nicht schmeichle." Gegen meinen Willen erwidere ich sein Grinsen.

„Der Abend ist ja noch jung." Mit diesen Worten lässt er mich stehen und verabredet mit Isa einen Treffpunkt für den Abend.

Wie kann man nur so überzeugt von sich sein? Aber an mir wird er sich die Zähne ausbeißen, so viel steht fest.

Mir bleibt Zeit für eine schnelle Dusche, ehe Martin wieder vor dem Hotel steht, um mich zum zweiten Mal an diesem Tag abzuholen.

Ich hätte durchaus auch selbst fahren können, doch er hat darauf bestanden und ich habe letztlich nachgegeben.

Jedoch habe ich mich dabei erwischt, länger als üblich über meine Kleiderwahl nachzudenken. Ich verbuche das mal unter östrogengesteuertem Verlangen, sich für den Abend hübsch machen zu wollen. Dabei spielt die eigentliche Begleitung nämlich keine erhebliche Rolle – ein Frauending eben.

Letztlich entscheide ich mich für ein Wickelkleid mit floralem Muster, das schon längere Zeit ungetragen in meinem Schrank hängt. Selbst mit meinen Haaren und dem Make-up gebe ich mir etwas mehr Mühe. Ein letzter prüfender Blick in den Spiegel und ich lange zufrieden nach meiner Tasche.

Mein Vater zieht seine Augenbrauen in die Höhe, als ich durch die Hotellobby laufe. „Wer bist du und was hast du mit meiner Tochter gemacht?"

„Habe ich übertrieben?" Zweifelnd sehe ich an mir herab, doch er schüttelt den Kopf. „Nein, du siehst toll aus, Eule."

Ich will doch schwer hoffen, dass ich jetzt gerade keine Ähnlichkeit mit einer Eule habe.

Mein Vater zupft an einer meiner Haarsträhnen, legt sie mir über die Schulter und küsst meine Stirn, die er problemlos erreicht, obwohl ich hohe Schuhe trage. „Ich hoffe, ER weiß es auch zu schätzen."

Ich reiße meine Augen auf. „Wie kommst du denn auf so was?"

Er lacht leise. „Ich kenne meine Tochter, du brauchst es nicht zu leugnen."

Etwas angesäuert streiche ich meine Haare zurück. „Du warst wohl schon wieder im Weinkeller und hast den

Burgunder probiert. Ich brauche doch keinen ER, um mich hübsch zu machen."

„Nein, den brauchst du nicht." Sein Lächeln verrät, dass er mir kein Wort abkauft, und ich bin versucht, auf der Stelle umzukehren, um mein Kleid gegen eine Jeans zu tauschen.

„Du bist immer hübsch, aber heute eben besonders. Ich wünsche euch viel Spaß." Damit geht er seines Weges und ich atme durch.

Sollte ich wenigstens den Lipgloss etwas abtupfen? Oder meine Haare zum Zopf binden? Nichts liegt mir ferner, als Martin Zimmermann zu vermitteln, dass ich mich für ihn so aufgebrezelt habe. Denn das wäre ein unsinniger Gedanke.

Ich schimpfe mich selbst eine Idiotin, dass ich mir über so etwas Gedanken mache. Schließlich bin ich nur mit ein paar Freunden für den Abend verabredet. Nicht mehr und nicht weniger.

Ich strecke den Rücken durch und betrete den Parkplatz.

Wie nicht anders zu erwarten, lehnt sich Martin gegen seine Bonzenschleuder. Völlig vertieft in das Display seines Handys. Ein Lächeln umspielt seine Lippen und mein Herz beginnt bei seinem Anblick etwas schneller zu schlagen. *Ach Klara, nicht doch!*

Auch er hat sich umgezogen. Die dunkelblaue Jeans schmeichelt seiner sportlichen Figur und sein T-Shirt lässt nicht viel Raum für Fantasie. Die Ärmel spannen über dem Bizeps, als er sich bewegt, um sein Handy in die Hosentasche zu schieben.

Er sieht auf und als er mich erblickt, habe ich für einen kleinen Moment das Gefühl, dass er vergisst zu atmen.

Kapitel 8

~oOo~

Fast hätte er die Gesäßtasche seiner Jeans verfehlt und sein Handy fallen gelassen, als er sie auf der Treppe zum Hotel entdeckt. Damit hat er nicht gerechnet.

Klara Möllenbrink wirft mit ihrer Weiblichkeit regelrecht um sich, das muss er ihr lassen.

Dieses Kleid hebt ihre fraulichen Attribute hervor. *Alle Attribute, heilige Scheiße!* Seine Augen wandern von ganz allein auf ihr Dekolleté und er fragt sich, was wohl passieren würde, wenn man den Gürtel dieses Fummels zu fassen bekäme.

Etwas irritiert über sein prähistorisches Verhalten hebt er die Augen, begegnet Klaras Blick. Ein Lächeln liegt auf ihren vollen Lippen, die regelrecht dazu einladen, geküsst zu werden.

Zimmermann, was ist denn los mit dir? Ja, das wäre durchaus interessant zu wissen.

Es bleibt nur zu hoffen, dass sie seine Gedanken nicht von seinem Gesicht ablesen konnte.

Klara nimmt die Treppe und er hört ihre Absätze auf dem Stein klackern. *High Heels?* Himmel, jetzt fehlt nur noch, dass seine persönliche Eva einen Apfel aus ihrer Tasche zaubert und ihn überredet, abzubeißen.

„Ich hoffe, du musstest nicht allzu lange auf mich warten."
Klaras ebenmäßige Zähne blitzen auf. Martin räuspert sich,
macht einen Schritt auf sie zu.

„Nein, ich bin gerade erst gekommen."
Ihr Haar fällt in weichen Wellen über ihre Schulter und er
ertappt sich bei dem Wunsch, es berühren zu wollen, nur
um sich davon zu überzeugen, dass es sich so seidig anfühlt,
wie es in der Abendsonne schimmert. „Du siehst gut aus."

„Sag nicht, das wäre dir noch nicht aufgefallen." Ihr
Zwinkern entschärft die Kritik ihrer Worte.

„Vielleicht war ich bisher nur ein wenig eingeschüchtert
von deiner spitzen Zunge."

„Dabei bin ich so ein Sonnenschein." Das freche Leuchten
in ihren Augen lässt sein Herz höher schlagen. Gott, sie ist
wirklich eine Schönheit. *Zimmermann, du hattest eindeutig
zu viel Sonne.*

Martin öffnet ihr die Beifahrertür. Beobachtet fasziniert
jede ihrer Bewegungen, als sie einsteigt. Warum ist ihm
denn nur vorher noch nicht aufgefallen, wie ausgesprochen
sexy sie ist?

Unangemessene Hitze jagt über seine Wirbelsäule.

~oOo~

Es wäre sinnlos, zu bestreiten, dass mir sein Kompliment
nicht geschmeichelt hätte. Im Gegenteil, ich grinse debil
vor mich hin, unfähig, etwas dagegen tun zu können.

Genierlich lege ich eine Hand über meinen Mund und
beiße mir in die Innenseite meiner Wange. Wenn das so

weitergeht, passt Martins Ego spätestens auf der Rückfahrt nicht mehr ins Auto und das gilt es tunlichst zu vermeiden.

„Gab es denn heute keine Gesellschaft, sodass du tatsächlich einen freien Abend hast?" Ein halbseitiges Lächeln umspielt sein Gesicht und ich weiß, dass er an unser Zusammentreffen vor wenigen Wochen denkt, mich nur aufziehen will.

„Das Restaurant kann durchaus auf mich verzichten. Eigentlich erledige ich lediglich die Buchhaltung, im Service helfe ich nur aus, wenn eine Bedienung krank wird. Merkwürdigerweise geschieht dies meistens, wenn eine Gesellschaft ansteht."

„Ein Finanzgenie also." Er nickt. Ich schüttele den Kopf.

„Nein, ich habe Hotelmanagement studiert. Aber ich kann mit Zahlen ziemlich gut umgehen. Und solange ich noch im *Schloßhotel* wohne, nehme ich das meinen Eltern gern ab."

„Hast du denn vor, zu Hause auszuziehen?" Er wirft mir einen kurzen Seitenblick zu, ehe er sich wieder auf den Verkehr konzentriert.

„Natürlich. Du etwa nicht?" Ich weiß von Niklas, dass er ebenfalls noch auf dem elterlichen Anwesen eine Wohnung sein Eigen nennt.

„Ich habe bisher noch keinen triftigen Grund gefunden, mir etwas anderes zu suchen. Ich gestehe, es schmeichelt meiner Bequemlichkeit, mir keine Gedanken über einen vollen Kühlschrank machen zu müssen, wenn mein eigener nichts mehr hergibt." Er zuckt mit den Schultern und ich bin erstaunt über seine Ehrlichkeit. Ein Mann, über dreißig, der noch bei seinen Eltern wohnt, wirft doch eher ein ungünstiges Bild auf seine Persönlichkeit. Doch er scheint sich nichts dabei zu denken. Wieso auch? Was sagt es denn über eine fast dreißigjährige Frau aus, dass sie dem elterlichen Schoß noch nicht entwachsen ist?

„Wirst du das Restaurant übernehmen?" Kurz denke ich darüber nach, ob ich ihm einen Einblick in meine Zukunftspläne gestatte. Doch er war ebenfalls offen zu mir, was seine Wohnsituation betrifft. „Nein. Ich habe wenig Talent für die Küche und würde gern eine Frühstückspension eröffnen."

„Etwa hier in der Gegend?" Martin klingt ehrlich interessiert.

Das ist wohl mein Stichwort, um die Katze aus dem Sack zu lassen. Mein Puls beginnt zu rasen, die Handflächen werden feucht. Doch wenn ich es jetzt nicht sage, wird es am Ende nie wieder eine passende Gelegenheit geben. „Ja. Es gibt eine Villa in der Nähe des Badesees, an dem wir heute waren. Sie scheint unbewohnt zu sein und sie liegt einfach perfekt. Ich würde dem Besitzer gern ein Angebot unterbreiten." Meine Stimme überschlägt sich regelrecht und ich kann Martin nicht ansehen. Jedoch traue ich ihm durchaus zu, zu kombinieren, dass ich von dem Haus seiner Großeltern spreche, das mittlerweile ihm gehört.

„Das hört sich nach einem Plan an." Martin schweigt eine ganze Weile und ich knabbere nervös an meiner Unterlippe. Könnte es wirklich sein, dass er nicht weiß, von welchem Haus ich geschwärmt habe? Plötzlich unterbricht er die angespannte Stille.

„Ich werde darüber nachdenken."

„Worüber?" *Stell dich dumm, Klara.*

„Glaubst du ernsthaft, ich hätte nicht durchschaut, dass du das Haus meiner Großeltern meinst, wenn du von einer Villa in der Nähe des Badesees sprichst?" Sein Kiefermuskel zuckt, doch er sieht mich nicht an. Ich presse meine Lippen aufeinander, atme tief ein.

„Du hast recht. Ich habe es vor einiger Zeit entdeckt. Am Tag der Hochzeitsgesellschaft hat Nikki herausgefunden, dass es dir gehört. Dass es das Haus deiner Großeltern war, habe ich erst heute Mittag herausgefunden."

„Warum hast du mich nicht direkt darauf angesprochen?" Er klingt ein wenig enttäuscht und mein schlechtes Gewissen regt sich.

„Vermutlich hat der Name Zimmermann mich abgeschreckt, oder die Tatsache, dass ich dir nichts schuldig sein wollte."

Martin geht tatsächlich vom Gas und ich mache mich innerlich auf eine Diskussion gefasst.

„Wie soll ich das verstehen, Klara?"

Habe ich ihn etwa mit meinem Geständnis getroffen? Ich straffe die Schultern und fühle mich genötigt, meine Ansichten zu erklären. „Entschuldige vielmals, aber ich habe noch zu gut das Drama um Isas Autowerkstatt in Erinnerung."

Martins Schwester hatte alle Hebel in Bewegung gesetzt, um Isa die Werkstatt wegzunehmen. Sie geriet in Liquiditätsengpässe, die Christina Zimmermann für ihre Zwecke auszunutzen wusste, um einen Klienten mit einem zentral gelegenen Grundstück beglücken zu können.

„Was hat meine Schwester denn mit mir zu tun, Klara Möllenbrink? Das Haus habe ich geerbt."

„Und doch bist du ein Zimmermann!", rechtfertige ich mich.

Er schnaubt, gibt wieder mehr Gas.

Was fällt ihm ein, die beleidigte Leberwurst zu spielen? Meine Bedenken sind durchaus begründet.

„Bist du etwa eingeschnappt?", formuliere ich meine Gedanken.

„Ich bin mir noch nicht sicher, aber ich halte dich auf dem Laufenden."

„Das ist nett von dir!" *Äußerst schnippisch, Frau Möllenbrink.* Aber er hat schließlich angefangen.

Eine Weile fahren wir schweigend. Er nimmt die Straßen zur Freilichtbühne und mir fällt auf, dass ich keine Ahnung habe, wo wir uns eigentlich mit Isa und Niklas treffen werden. Martin bemerkt meine Neugier.

„Es war Isas Idee. Es gibt hier wohl ein Fest, das von einigen Restaurants der Gegend organisiert wurde. Livemusik und gutes Essen."

„Stimmt. Meine Mutter hat es erwähnt." Jedoch gab es zu viele Reservierungen für das *Möllenbrinks*, sodass eine Teilnahme unseres Restaurants schwierig gewesen wäre.

„Eine schöne Idee."

„Ja, Isa ist bekannt für ihre schönen Ideen." Seine Stimme wird weich, während er von seiner besten Freundin spricht. Die beiden kennen sich bereits seit dem Kindergarten. Ich frage mich, ob das der Grund ist, warum er noch keine Frau an seiner Seite hat. Ich stelle es mir schwierig vor, gegen eine andere bestehen zu müssen. Selbst wenn sie niemals eine intime Beziehung miteinander geführt haben, lässt Martin keinen Zweifel daran, wie wichtig ihm Isabell ist.

Niklas scheint irgendwie seine Nische zwischen den beiden gefunden zu haben und glücklich zu sein. Ich weiß, dass Martin ihm ein rotes Tuch war, zumindest zu Beginn seiner Beziehung zu Isa. Mittlerweile haben die Männer wohl einen Weg gefunden, in friedlicher Koexistenz nebeneinander zu bestehen, auch wenn hin und wieder ihr gegenseitiges Säbelgerassel überhandnimmt.

Von der Bühne erklingt bereits Musik, als wir den Wagen abstellen, um die letzten Meter zu Fuß zurückzulegen. Martin läuft an meiner Seite. Der Geruch seines Aftershaves steigt mir in die Nase und um ein Haar hätte ich genießerisch die Augen geschlossen.

~oOo~

Es hat ihn zutiefst getroffen, dass Klara eine solch schlechte Meinung von ihm zu haben scheint, dass sie es noch nicht mal in Erwägung gezogen hat, ihn auf das Haus seiner Großeltern anzusprechen.

Ständig mit seiner missratenen Schwester über einen Kamm geschoren zu werden, macht ihn mehr als nur wütend. Als Immobilienmaklerin genießt sie durchaus einen guten Ruf, doch ihre Wege zu den passenden Immobilien sind nicht selten äußerst fragwürdig. Das hat mit ihm, Martin Zimmermann, jedoch rein gar nichts zu tun.

Er ist Wirtschaftsanwalt in einer renommierten Kanzlei und hat sich von seiner Schwester nicht nur beruflich distanziert.

Vor allen Dingen, nachdem Christina versucht hat, Isa aufs Übelste zu hintergehen, indem sie sich mit einem Kreditberater der finanzierenden Bank zusammengetan hat, um an die Autowerkstatt zu gelangen. Seine Schwester hat sogar nicht davor zurückgeschreckt, Niklas in ihre schäbigen Geschäfte zu verwickeln, der als Sachverständiger ein Gutachten zu Grundstück und Gebäuden erstellen sollte.

Letztlich hatte die Aktion auch etwas Gutes. Niklas hatte die Idee einer Kfz-Werkstatt für Frauen, und Isas Geschäft floriert wie nie zuvor, seitdem sie die Werkstatt von ihrem Vater übernommen hat.

Dennoch hinterlassen solche Vorurteile, wie Klara sie hat, einen bitteren Nachgeschmack.

Bisher hatte er sich noch keine weiteren Gedanken um das Haus seiner Großeltern gemacht. Er hätte es längst vermieten können, aber verkaufen wollte er es eigentlich nicht.

Martin wirft einen Seitenblick auf Klara. Ihre Sonnenbrille ins Haar geschoben, schirmt sie ihre Augen mit einer Hand gegen die bereits tief stehende Sonne ab und hält Ausschau nach Isa und Niklas, deren Auto sie bereits auf dem Parkplatz ausgemacht haben.

Ein Lächeln liegt auf ihren Lippen, als sie sie erblickt und sich zu Martin wendet. Sie öffnet ihren Mund und schließt ihn wieder, als sie bemerkt, dass er sie anschaut.

Ihren Kopf leicht schräg gelegt, setzt sie die Sonnenbrille auf und er vermisst augenblicklich die warme Farbe ihrer Augen. „Bist du noch immer böse mit mir?"

Er fährt sich durchs Haar, lächelt sie an. „Wie könnte man dir lange böse sein?"

„Das weiß ich eben auch nicht, deshalb habe ich gefragt." Klaras Lächeln lässt unzählige Schmetterlinge in ihm aufsteigen. Sie streicht ihr Haar zurück und zieht ihre Unterlippe zwischen die Zähne.

Martin atmet tief ein, versucht sich, gegen die Anziehungskraft zur Wehr zu setzen, die von ihr ausgeht.

„Es tut mir leid, wenn ich dich schockiert habe. Ich muss mich davon lösen, dass du ein selbstverliebter, egoistischer Snob bist. Sonst wäre Isa nicht schon so lange mit dir befreundet." Sie zuckt mit den Schultern und er spürt schon wieder das Lachen in sich aufsteigen.

„Ein selbstverliebter, egoistischer Snob?"

„Ja, ein Geldsack eben."

Sein Herz macht einen Hüpfer. *Geldsack* ist auch der Ausdruck, den Isa wählt, wenn sie von der Hautevolee spricht. Er sollte wirklich auf sich Acht geben. Klara Möllenbrink ist eine ganz besondere Herausforderung.

~oOo~

Kapitel 9

Wir verbringen einen lustigen Abend miteinander. Martin überrascht mich mit seinem feinen Humor. Er ist aufmerksam, versorgt mich mit Getränken und zahlt mein Essen, was mir eigentlich nicht recht ist. Es verleiht dem Ganzen etwas Verbindliches. Doch er entpuppt sich auch als ziemlich eigensinnig und Isa wirft mir mahnende Blicke zu, als ich versuche, ihn davon abzuhalten.

„Du zerstörst meine ganze Arbeit, wenn du selbst zahlst, Klara. Er kann es sich durchaus leisten, ein Mädchen aus *unseren* Verhältnissen auszuhalten." Sie nimmt einen Schluck von ihrem Sommercocktail und grinst ihren besten Freund spitzbübisch an. Ich lache, während Martin in gespieltem Entsetzen die Hände gegen seine Brust legt. „Was habt ihr Frauen nur gegen uns *Geldsäcke*? Dabei bin ein umgänglicher Typ." Isa hebt eine Augenbraue und Martin winkt ab. „Ja, ganz recht. Auch Klara nennt mich einen Geldsack. Ihr habt mehr gemeinsam, als gut für mich sein kann."

Isa und ich teilen verschwörerische Blicke, prosten uns zu.

„Wusstet Ihr, dass Klara Interesse an dem Haus meiner Großeltern hegt und mich wegen meines Namens erst gar nicht darauf angesprochen hat?"

Ich höre den Vorwurf aus diesen Worten heraus, selbst wenn er es mit einem Lächeln kaschiert, und verziehe eine

Miene. Die Richtung, die das Gespräch nimmt, gefällt mir nicht sonderlich.

Isa wird direkt hellhörig. „Tatsächlich? Etwa das Haus, von dem ich selbst nichts wusste?" Sie sieht mich an und ich nicke.

„Ja, Nikki hat herausgefunden, dass es Martin gehört. Ich habe ihm verboten, etwas zu sagen."

„Aber warum?" Unverständnis liegt in ihrem Blick.

Martin ist ihr bester Freund, sie hätte sicherlich keine Bedenken gehabt. Im Nachhinein komme ich mir selbst dumm vor, also zucke ich nur mit den Schultern.

„Eigentlich weiß ich es nicht so genau. Vielleicht wirkt der Name Zimmermann einfach abschreckend." Ich senke den Blick, versuche Augenkontakt mit Martin zu vermeiden.

Isas Lippen werden schmal. „Christina Zimmermann, ja." Sie sieht Martin an. „Was wirst du mit dem Haus machen?"

Martin setzt sich neben mich und fährt sich durchs Haar. Diese Geste ist mir bereits des Öfteren an ihm aufgefallen, wenn er nicht auf Anhieb eine Antwort weiß.

„Ich bin mir nicht sicher", bestätigt er meine Vermutung. „Verkaufen wollte ich es nicht, aber es steht tatsächlich schon eine Weile leer."

„Was hättest du mit dem Haus vor?" Sie sieht mich interessiert an.

„Ich würde gern eine Frühstückspension eröffnen. Dieses Gutshaus liegt einfach wunderschön am Naturschutzgebiet, mit direktem Zugang zum Badesee. Wenn mich nicht alles täuscht, hat es mindestens 10 Schlafzimmer …"

Martin unterbricht meine Schwärmerei. „Ich bin ziemlich sicher, dass es mehr als 10 Schlafzimmer sind." Er nimmt eine Olive, schiebt sie sich in den Mund.

„Aber das ist doch großartig. Ich könnte mir vorstellen, dass eine Pension selbst von den Wanderern angenommen wird." Die Euphorie in Isas Stimme ist nicht zu überhören.

„Na ja, es würden noch einige Umbauten anstehen. Du bräuchtest ein Bad zu jedem Zimmer, dafür müsste die Statik erst überprüft werden. Das alles würde Unmengen an Geld verschlingen."

Typisch Niklas. Er findet immer das Haar in der Suppe.

„Ich habe *genügend* Geld, Niklas." Mein Augenrollen ist nicht zu überhören. Die Erbschaft meiner eigenen Großeltern kann sich durchaus sehen lassen. Selbst wenn deren Haus für meine Zwecke nicht geeignet war, habe ich es längst verkauft und den Erlös gewinnbringend angelegt. Außerdem lebe ich noch bei meinen Eltern und habe in den letzten Jahren einiges sparen können. Was noch fehlt, wird eine Bank finanzieren, sofern ich einen anständigen Businessplan vorlegen kann.

Und der liegt bereits in einer Schublade meines Schreibtisches und wartet nur auf seinen Einsatz.

„Wir können gerne hinfahren! Du wirst sehen, dass es an der Statik nichts zu bemängeln gibt, Baringhaus."

Ahh, jetzt rasseln die Säbel.

Ich muss grinsen, denn mir würde das ganz wunderbar in den Kram passen. Ich höre den Wölfen beim Jaulen zu und kann gleichzeitig einen Blick in mein Traumhaus werfen.

„Ich habe das Dach gesehen, Zimmermann. Das reicht mir schon für einen ersten Eindruck." Niklas lehnt sich vor und ich sehe auch Isa schmunzeln.

„Das wäre aber auch der einzige Makel ...", knurrt Martin.

„... Und der dürfte den Kaufpreis bereits nennenswert drücken ..."

Ich merke schon, dieser Vollmond dauert noch ein Weilchen.

„Ich werde einen Architekten meines Vertrauens hinzuziehen, dann sehen wir weiter." Eine weitere Olive findet ihren Weg in Martins Mund.

Autsch, das hat gesessen.

Niklas schnaubt abfällig und spart sich den Kommentar, der ihm auf der Zunge liegt.

Ich krümme meine Zehen und unterdrücke ein freudiges Aufjauchzen. Allein die Aussicht darauf, einen Blick in das Haus meiner Träume zu werfen, jagt meinen Puls in die Höhe.

„Es ist dir ernst mit deiner Pension, oder?"

„Selbstverständlich. Das ist mein Traum, seit ich ein kleines Mädchen war." Ich erzähle Martin von meinen Ferien, der Urlaubspension und meinem Wunsch, selbst einen Ort wie diesen zu schaffen. Die Flasche Wein, die ich mir mit Isa geteilt habe, trägt wohl dazu bei, dass ich besonders redselig bin. Ich erzähle sogar von dem Hund, den ich nie besitzen durfte. Rede, ohne Punkt und Komma, sodass ich gar nicht mitbekomme, dass Martin den Wagen bereits vor dem *Schloßhotel* geparkt hat.

Er wendet sich mir zu und ich spüre die Hitze, die sich über meine Wangen zieht. „Es tut mir leid, ich wollte dich nicht langweilen." Ich mache Anstalten, meinen Gurt zu lösen. Martin legt seine Hand über meine Finger.

Ich könnte das daraufhin folgende Kribbeln meiner Haut auf den Wein zurückführen, doch tief in meinem Inneren weiß ich, dass das mehr als töricht wäre. Ich starre auf seine Hand und mein Hals fühlt sich plötzlich trocken an. Als ich aufsehe, begegne ich seinem Blick.

„Irgendwie fasziniert mich der Gedanke, aus dem Haus meiner Großeltern mehr zu machen als eben nur ein Wohnobjekt. Ich glaube meine Großmutter wäre von deiner Idee begeistert. Wenn du Lust hast, zeige ich es dir schon morgen früh."

Seine Fingerspitzen berühren noch immer die meinen, und für einen Moment befürchte ich, ich könnte träumen. Dass ich mir dieses Versprechen nur einbilde.

„Und, was sagst du?" Seinen Blick erwartungsvoll auf mich gerichtet, nicke ich.

„Ich würde mich sehr darüber freuen." Die Ruhe in meiner Stimme fordert selbst mir Respekt ab. Aber für meinen Ausdruckstanz ist in der Abgeschiedenheit meiner eigenen vier Wände gleich noch genügend Zeit. Ich möchte Martin so kurz vor dem Ziel auf keinen Fall verschrecken.

Klara, das muss nicht gleich bedeuten, dass er verkauft. Ja, das weiß ich, aber es ist ein Schritt in die richtige Richtung.

~oOo~

Martin nimmt sich ein Bier aus dem Kühlschrank und lässt es in tiefen Schlucken seine Kehle hinunterrinnen, ehe er sich auf die Couch setzt, um den Tag Revue passieren zu lassen.

Das erste Mal seit Langem beschäftigt ihn eine Frau über Gebühr. Und er beginnt sich zu fragen, was die Ursache dafür sein könnte. Dabei kennen Klara und er sich bereits einige Zeit.

Seit letztem Jahr, als Isa sich in Niklas verliebt hat.

Jedoch war heute der erste Tag, den sie bewusst gemeinsam verbracht haben, und er hat ihn mehr als genossen.

Es nagt an ihm, dass Klara ihn tatsächlich nicht auf das Haus angesprochen hat, weil er den Namen Zimmermann trägt.

Für die Zukunft nimmt er sich vor, sie davon zu überzeugen, dass er mit seiner Schwester Christina nichts gemein hat, außer den Nachnamen.

Warum ihm jedoch so viel daran liegt, bleibt wohl ein Mysterium.

Sie ist immerhin eine Frau, an der er kein tiefergehendes Interesse hat.

Oder etwa doch? Der Moment, als sie heute Abend auf der Treppe stand, kommt ihm in den Sinn und er spürt erneut die Hitze, die über seine Wirbelsäule rieselt. Aber da ist noch etwas anderes.

Martin nimmt noch einen Schluck Bier.

Klara hat Witz, Charme.

Aber viel interessanter ist es doch, dass sie seinen Jagdinstinkt geweckt hat. Eine Frau, die kein Interesse daran hat, in seinem Bett zu landen, läuft ihm nicht allzu häufig über den Weg.

Hast du denn überhaupt ein Interesse daran, sie in dein Bett zu bekommen, Zimmermann?

Nun, heißt es nicht, dass es der einzige Weg sei, eine Versuchung loszuwerden, indem man ihr nachgibt?

Na, wenn sich Oscar Wilde da mal nicht getäuscht hat ...

~oOo~

Kapitel 10

Vor lauter Aufregung kann ich nicht mehr schlafen, also schlage ich in aller Herrgottsfrühe die Decke zurück und beschließe, meiner Mutter bei den Vorbereitungen für den Tag zu helfen.

Sie sieht mich verwundert an, als ich um sechs Uhr die Küche betrete. „Bist du aus dem Bett gefallen, Schätzchen?"

„Das könnte ich dich auch fragen. Ich wette, du hast noch bis eins in der Küche gestanden."

Sie lächelt. „Halb eins. Ich wollte gerade los zum Großmarkt." Meine Mutter ist ein Energiebündel. Ich habe keine Ahnung, von wem sie das hat.

„Ich komme mit."

„Mit nassen Haaren?" Skeptisch betrachtet sie meinen Zopf.

Ich hatte keine Lust, mir nach dem Duschen die Haare zu föhnen, also habe ich sie nur zusammengebunden.

„Soll ich mir ein Mützchen aufsetzen, Mami?"

Sie schnalzt mit der Zunge. „Mach dich nur lustig. Spätestens wenn …"

„… du eigene Kinder hast …", setze ich den Satz für sie fort und sie beginnt zu lachen.

„Ich liebe diese Floskel, also lass mir meine mütterlichen Maßregelungen."

„Wie käme ich dazu, sie dir zu nehmen?"

Gut gelaunt machen wir uns auf den Weg und verbringen die nächsten zwei Stunden damit, mit Händlern zu feilschen, schmackhafte Häppchen zu probieren, und unseren Restaurant-Van mit frischen Lebensmitteln für den heutigen Tag zu füllen. Zurück am Restaurant angekommen, entdecke ich Martins Auto auf dem Parkplatz und ein Grinsen macht sich auf meinem Gesicht breit, welches meiner Mutter nicht verborgen bleibt.

„Ah, das ist also der Grund für deine senile Bettflucht."

Ich bedenke sie mit einem schrägen Blick, doch sie zieht lediglich die Handbremse nach, öffnet die Fahrertür und springt aus dem Van. „Ich hätte auch hierfür eine passende Floskel, Klärchen."

Ich strecke ihr die Zunge heraus und klettere selbst aus dem Van, auf dessen Frachtfläche bereits zwei unserer Küchenhilfen gestiegen sind, um die Einkäufe in die Kühlräume zu bringen.

Meine Mutter drückt Pavel im Vorbeigehen den Wagenschlüssel in die Hand. „Danke, Jungs. Nehmt Klara direkt mit, damit ihre roten Wangen sich ein wenig abkühlen können, ehe sie ihren Besuch empfängt."

Kevin grinst mich an und ich nehme ihm die Kiste Zitronen aus der Hand. „Spar dir deine Kommentare, mein Freund, und kümmere dich lieber um den Loup de Mer, bevor das Eis schmilzt."

„Vielleicht wüsstest du ja trotzdem gern, dass der Grund für deine roten Wangen mit deinem Vater in der Küche sitzt."

Ich muss an meinen mentalen Fähigkeiten unbedingt noch arbeiten. Denn anstatt dass der neunzehnjährige Beikoch über seine Füße stolpert, so wie ich es mir gewünscht habe, steigt er feixend erneut in den Van, um den Fisch zu holen. Mein Herz beginnt plötzlich wild zu klopfen, was nicht nur an Martins Anwesenheit liegt, sondern vor allen Dingen an dem Grund seines Erscheinens.

Ich habe mit meinen Eltern nicht über meine Pläne gesprochen und es wäre außerordentlich ungünstig, wenn Martin mit meinem Vater über den Grund seines Besuches spricht, ehe ich sie eingeweiht habe.

Mit der Kiste Zitronen in den Händen hechte ich in die Küche, nur um vom lauten Lachen meines Vaters empfangen zu werden.

Die Kaffeebecher auf dem Tisch sind bereits leer, was wohl bedeutet, dass Martin schon länger auf mich zu warten scheint. Er trägt ein weißes Hemd, die Ärmel hochgekrempelt, was die Sonnenbräune seiner Haut unterstreicht. Sein blondes Haar ist gestylt, als wäre er gerade erst aufgestanden, was in Anbetracht der frühen Stunde sehr gut möglich ist. Ein Lächeln liegt auf seinem Gesicht und mein Puls schnellt bei seinem Anblick in die Höhe. *Stopp, Klara! Das führt zu nichts.*

Und doch ist es, wie es eben ist. Ich bin nur eine Frau, die schon sehr lange keinen Sex mehr hatte. *Da können die Hormone schon mal mit einem durchgehen.*

Das sind dann wohl die Nebenwirkungen, wenn man sich in seiner Nähe aufhält. Ich hätte das bedenken sollen.

„Sollten die nicht besser in die Vorratskammer, Eule?"

Mein Vater reißt mich mit seinem Hinweis, dass ich noch immer die Kiste Zitronen mit mir herumtrage, aus meinen Gedanken.

„Oh, ja. Eigentlich schon." Mit einem verschämten Grinsen stelle ich die Zitronen einfach auf den Tisch.

„Ihre Tochter konnte es nur nicht erwarten, mich endlich wiederzusehen." Martins Augen blitzen mir frech entgegen und ich versuche erneut den bösen Blick. Doch mit meinen mentalen Fähigkeiten ... *ach, lassen wir das.*

„Ganz im Gegenteil. Ich hatte nicht so früh mit dir gerechnet."

Martin hebt die Schultern. „Ich habe deine Nummer nicht, sonst hätte ich vorher angerufen. Mir blieb gar nichts anderes übrig, als so früh wie möglich hier aufzutauchen, damit ich nicht aus Versehen zu spät komme."

„Ein kluger Mann." Mein Vater erhebt sich, räumt die Kaffeetassen weg. „Ich lass euch mal allein und helfe deiner Mutter." Er nimmt die Zitronen an sich. „Es war sehr nett, Sie kennenzulernen, Herr Zimmermann."

„Vielen Dank für den Kaffee, Herr Möllenbrink."

„Beim nächsten Mal zeige ich Ihnen den Weinkeller."

„Dann werde ich nicht allzu lang auf mich warten lassen."

Was wird das denn, wenn es fertig ist? Ich verdrehe die Augen.

Martin sieht meinem Vater hinterher. „Du hast wirklich einen sehr netten Vater."

„Ich weiß. Ich hoffe, du hast ihm nichts von dem Haus erzählt", mache ich meinen Bedenken Luft.

Er sieht mich skeptisch an. „Heißt das, du hast deinen Eltern noch nichts von deinem Vorhaben erzählt?"

Ich halte seinem Blick stand. „Bisher gab es keinen Grund dafür. Und auch jetzt sehe ich ihn noch nicht."

„Von mir hat er nichts erfahren, keine Angst."

Ich nicke lediglich. „Möchtest du noch einen Kaffee?"

„Nein, eigentlich können wir los, wenn du möchtest."

„Da fragst du noch?"

Als wir die Zufahrt zum Gutshaus erreichen, fällt es mir schwer, ruhig sitzen zu bleiben, was Martin lachen lässt. „Ich habe heute ein ungefähres Gefühl dafür, wie sich der Weihnachtsmann fühlen muss, wenn er seine Geschenke unter den Baum legt."

„Nur, dass du nichts zu verschenken hast."

„Das Haus passt auch schwerlich unter einen Christbaum", kontert er, doch ich habe die Wagentür bereits geöffnet und schirme meine Augen gegen die Sonne ab, während ich an der Fassade hochsehe. „Du solltest dich schämen, dass es in einem solchen Zustand ist."

„Damit hast du wohl recht." Er betrachtet sein Eigentum. „Aber ich habe es irgendwie vergessen."

Mein Kopf schnellt zur Seite und ich stemme meine Fäuste in die Hüften. „Wie kann man denn ein Haus vergessen?"

Er legt den Kopf leicht schräg. „Das fördert wohl nur deine Voreingenommenheit auf Geldsäcke, was?"

„Ja." Ich grinse. „Ziemlich."

„Versöhnt es dich, zu wissen, dass meine Großmutter mir dafür die Ohren lang ziehen würde, wenn sie davon wüsste?"

„Das wäre wohl das Mindeste."

~oOo~

Martin schämt sich tatsächlich. Er hat in diesem Haus viele schöne Stunden verbracht. Nach dem Tod seiner Großeltern hatte er vor, Christina damit zu beauftragen, das Anwesen zu vermieten. Doch letztlich fehlte ihm wohl die Motivation, es tatsächlich zu tun. Mittlerweile hat er nicht einen Gedanken mehr daran verschwendet. *Das sind wohl wirklich Geldsack-Allüren.*

Der Garten ist in einem jämmerlichen Zustand. Zumindest einen Gärtner hätte er anstellen können.

Klara ist bereits durch das Tor getreten. Sie trägt eine Jeans, ein schwarzes ärmelloses T-Shirt und ist auf völlig unspektakuläre Weise schön. Ihr Make-up beschränkt sich auf Wimperntusche und diesen Wahnsinnslipgloss, der ihre vollen, perfekt geformten Lippen glänzen lässt. Ihr fantastischer runder Hintern schwingt einladend bei jedem ihrer Schritte. Sie dreht sich zu ihm um und lacht ihm entgegen. Seine Eier beginnen zu kribbeln.

Kurz hält er den Atem an, völlig überrumpelt von dem Begehren, das ihn plötzlich erfasst.

~oOo~

85

Was braucht er denn so lange? Ich brenne darauf, das Haus endlich von innen zu sehen. In meiner Fantasie habe ich es bereits renoviert und eingerichtet. Helle Farben, dezente Akzente, ganz im Stil schwedischer Ferienhäuser. Überall stehen Blumen in bunten Töpfen, im Garten wimmelt es von Bienen und Schmetterlingen. *Hach herrje, Klara! Jetzt wirst du aber albern.* Aber es ist so schön, zu träumen.

Endlich zückt Martin den passenden Schlüssel und ich wippe nervös auf meinen Fußsohlen hin und her.

„Du kannst es wirklich kaum erwarten, oder?" Er lächelt mich an und ich kann nicht verhindern, dass mein Gesicht zu strahlen beginnt. „Nein. Es hat wirklich etwas von Weihnachten."

„HOHOHO." Martin gibt der Tür einen Schubs und lässt mir den Vortritt.

Abgestandene, muffige Luft empfängt mich und die zum Teil zugezogenen Vorhänge an den schmutzigen Fenstern erhellen die Halle nur spärlich. Rot-weiße Mosaikfliesen bedecken den Boden unter meinen Füßen. Ich verlangsame meine Schritte, um jeden Eindruck in mich aufzunehmen und zu speichern. Eine Schlosstreppe mit Kunstschmiedegeländer führt in die oberen Etagen.

Die Tür zur Küche steht offen. Ein riesiger Raum, an dem man noch nicht mal etwas verändern müsste. Die Balken der Decke liegen frei. Selbst die eingebaute Küche im weißen Landhausstil wäre einsatzbereit. Also, nachdem sie einen Putzlappen gesehen hätte, zumindest. „Himmel, das ist der Wahnsinn!" Mein Erstaunen kennt keine Grenzen. Ein großzügiger runder Tisch aus gemasertem Holz diente wohl als Esstisch der Familie. Fast kann ich die Wildblumen riechen, die hier vermutlich auf der Mitte des Tisches standen.

Martin fährt sich durchs Haar. „Ja, meine Großeltern haben Teile des Hauses erst vor einigen Jahren saniert. Die Küche ist relativ neu."

Mein Blick fällt auf ein staubiges Buffet, das fast hinter der offen stehenden Küchentür verschwindet und nicht zum eigentlichen Interieur dieses Raumes gehört. Sein Holz ist zu dunkel, zu stumpf.

„Dass es den noch gibt!" Ich höre die Überraschung aus Martins Stimme, als er es ebenfalls entdeckt, darauf zugeht und versucht, den Messingschlüssel zu drehen. Es dauert eine Weile, bis die Tür mit einem lauten Quietschen nachgibt. „Meine Großmutter hat hier ihre eingekochte Marmelade und zu Weihnachten die selbst gebackenen Plätzchen versteckt." Er wirkt fast ein wenig enttäuscht, dass es nichts mehr zu entdecken gibt.

Ich lege meine Schulter gegen seinen Oberarm. „Ich kann ziemlich gut backen und mit ein wenig Politur bekommt man das Schränkchen auch wieder auf Vordermann."

Er lächelt mich an und mein Herz macht einen Hüpfer. „Ich kaufe die Katze doch nicht im Sack. Du musst mir schon beweisen, dass deine Kekse dieses Schrankes würdig sind."

„Dafür müsste er mir gehören." Ich zwinkere ihm zu und gehe wieder in die Halle, um meine Erkundungstour fortzusetzen. Der angrenzende Raum, der durch großzügige Schiebetüren von einem weiteren getrennt ist, ist unwesentlich kleiner als die Küche. Noch vorhandene Möbel sind mit weißen Tüchern verdeckt, um sie vor Staub und Schmutz zu schützen.

„Das muss das Esszimmer gewesen sein." Ich klopfe gegen die Steinwand.

„Das ist eine tragende Wand." Martin ist mir gefolgt, scheint meine Gedanken gelesen zu haben.

Für ein Frühstückszimmer ist es hier zu klein, doch wenn man die Schiebetüren durch einen größeren Durchgang ersetzen könnte, um den Platz des dahinterliegenden Zimmers zu gewinnen, wäre der Raum optimal. Zumal von dort auch die Terrasse über riesige Flügeltüren zu erreichen ist.

Martin schiebt die Vorhänge zur Seite, öffnet die Glastür zur Terrasse. Silbriger Staub wirbelt auf, tanzt durch die Luft, und meine Nase beginnt zu kribbeln.

„Die Steine hier draußen sind erstaunlich gut in Schuss. Man müsste man nur Unkraut jäten."

Ich folge ihm, atme tief ein und genieße den Ausblick. Ohne dass ich die anderen Räume gesehen habe, weiß ich instinktiv, dass ich das richtige Haus gefunden habe. *Jetzt muss es nur noch dir gehören.*

Doch Martin hat sich noch nicht dazu geäußert und ich wage es nicht, zu fragen. Seine Antwort könnte meinen Traum unverzüglich zunichtemachen und noch bin ich nicht bereit für eine Niederlage.

Im Erdgeschoss gibt es passenderweise ein Gäste-WC und einen großzügigen Vorratsraum hinter der Küche. Das riesige Schlafzimmer seiner Großeltern würde ich in ein behindertengerechtes Fremdenzimmer umbauen. Den hinteren Teil des Erdgeschosses habe ich bereits zu meinen Privaträumen auserkoren. Ich bräuchte die Räume und das großzügige Badezimmer nicht verändern, hätte einen kleinen Wohnbereich und ein separates Schlafzimmer mit Zugang nach draußen, nur für mich. Wenn man die Thujahecke anständig beschneiden würde, könnte man den kleinen geschützten Platz vor diesem Zimmer auch wieder als Terrasse nutzen.

Mit jedem gesichteten Quadratmeter in diesem wunderschönen Haus fällt es mir schwerer, meine Begeisterung in Schach zu halten. Die Zimmer im ersten und zweiten Stock könnte man je nach Wunsch in ihrer bisherigen Größe belassen – die optimalen Familienzimmer. Oder eben Wände ziehen, um Doppelzimmer zu schaffen, die weniger Platz brauchen. Badezimmer gibt es in jeder Etage, was den Ausbau der sanitären Anlagen immens vereinfacht. Für den Anfang muss es eben reichen, das erste Geschoss meinen Wünschen entsprechend zu verändern, damit ich diese Zimmer vermieten kann. Das Obergeschoss müsste warten, bis sich die Pension einen Namen gemacht hat, ich etwas Geld zur Seite gelegt habe. Doch selbst diese Tatsache vermag es nicht, meine Euphorie zu bremsen.

„Der Dachboden ist nicht ausgebaut." Martin nimmt die schmalen steilen Stufen zum Dachboden, doch er merkt, dass ich ihm nicht mehr folge. „Möchtest du nicht wissen, wie es dort aussieht?"

Er hat ja keine Ahnung, wie sehr ich das möchte.

„Du hast mir noch nicht verraten, ob du dich von dem Haus trennen wirst." Ich atme tief durch. „Ich bin hoffnungslos verliebt und wenn ich jetzt mit dir dort hochgehe, verliere ich gänzlich mein Herz und du wirst es mir brechen, wenn du dich entschließt, hier selbst einzuziehen."

Er kommt die Treppe wieder herunter, baut sich vor mir auf, sodass ich meinen Kopf nach hinten legen muss, um ihn ansehen zu können. „Ich will ehrlich zu dir sein. Dein Interesse an dem Haus hat es mir wieder in Erinnerung gerufen. Für mich allein ist es zu groß. Was soll ein Mann mit so vielen Schlafzimmern? Dass hier früher Landwirtschaft betrieben wurde und mein Vater sechs Geschwister hat, rechtfertigt die Anzahl der Räume, doch meine eigene Familienplanung geht nicht mal ansatzweise in diese Richtung." Er sieht kurz an mir vorbei und für einen kleinen Moment sehe ich goldgelockte Kinder durch den Garten toben. „Ob ich das Gutshaus verkaufe?" Er zuckt mit den Schultern, sucht wieder meinen Blick. „Die Idee einer Pension in dieser Lage finde ich großartig. Es gäbe dennoch viel zu klären. Der Wert des Hauses müsste neu ermittelt werden, die Umbauten werden ebenfalls eine Menge Geld verschlingen. Selbst wenn es mir nicht gefällt, ich muss Niklas recht geben." Er fährt sich durchs Haar. „Genehmigungen müssen eingeholt werden …" Er macht eine bedeutungsschwangere Pause und ich spüre bereits die Ernüchterung von mir Besitz ergreifen. „Es gibt einen anderen Weg, Klara."

Wovon spricht er?

~oOo~

Ein Schatten fällt über ihr Gesicht und er kann ihr die Enttäuschung ansehen, die es widerspiegelt.

Martin hat die ganze Nacht darüber nachgedacht, wie er sich entscheiden wird. Selbst wenn Klara behauptet, sie hätte genügend Geld gespart, um ihren Traum von der eigenen Pension zu verwirklichen, so ist er sich auch im Klaren darüber, welchen Wert das Gutshaus hat - von seiner emotionalen Bindung zu dem Haus mal abgesehen. Auch, wenn er ihm in den letzten Jahren keinerlei Beachtung geschenkt hat, so ist es doch das Haus seiner Großeltern. Sein Vater ist hier aufgewachsen. Ein Teil seiner eigenen Kindheit hallt von den Wänden wider.

Was geschieht mit Klara, sollte ihr Geschäftskonzept nicht aufgehen? Wenn sie sich dermaßen verspekuliert, dass sie auf einem Berg Schulden sitzen bleibt? Das könnte er mit seinem Gewissen nicht vereinbaren.

„Es sind eine Menge Umbauarbeiten notwendig. Jedes Zimmer bräuchte ein kleines Bad. Der Durchbruch im Wohnzimmer, das Dach, um nur einiges zu nennen." Klara hängt an seinen Lippen und er massiert seinen Nacken, während er fortfährt. „Der Garten bräuchte mehr als nur einen gemähten Rasen."

„Komm auf den Punkt, Zimmermann." Ungeduldiger Unwille liegt in ihrer Stimme.

„Ich habe das Haus grob vernachlässigt und kann es dir in diesem Zustand nicht guten Gewissens verkaufen."

Sie schließt einen Augenblick die Lider, doch er legt ihr einen Finger unters Kinn, damit sie ihn wieder ansehen muss. „Ich war noch nicht fertig, Klara."

Sie dreht den Kopf von seinem Finger, funkelt ihn an.

„Und doch hast du alles gesagt, was ich wissen muss. Wir können gehen." Eiligen Schrittes nimmt sie die Stufen nach unten.

„Ich steige mit ein."

Sie verharrt mitten im Schritt, dreht sich wie in Zeitlupe zu ihm um. „Bitte?"

Jetzt braucht er Argumente, damit sie wenigstens über seinen Vorschlag nachdenkt. „Dir obliegt natürlich die Geschäftsführung. Aber ich könnte mich um die Lizenzen und Verträge kümmern. Wir investieren beide zu gleichen Teilen und ich trage dir ein Vorkaufsrecht auf das Haus ein und sorge dafür, dass es dein Haus ist, sollte mir etwas passieren."

Ihre Lippen zu einem schmalen Strich zusammengepresst, rührt sie sich nicht.

Martin spürt den nervösen Knoten in seinem Magen, während ihr Schweigen das Haus erfüllt.

„Denk darüber nach, Klara. Du kannst nur profitieren."

Während er diesen letzten Satz über seine Lippen bringt, weiß er bereits, dass er einen Fehler gemacht hat.

Sie verengt ihre Augen zu Schlitzen. „Ich kann nur davon profitieren?" Ein abfälliges Schnauben. „Unfassbar! Wenn du nicht verkaufen willst, ist das völlig in Ordnung. Es wäre zu schön gewesen, um wahr zu sein. Doch als Niklas herausfand, dass das Haus einem Zimmermann …", sie streckt den Finger nach ihm aus, „… dir gehört, hätte ich es abschreiben sollen." Sie macht einige Schritte, kommt vor ihm zum Stehen. „Aber nein! Ich verliere mich in der leisen Hoffnung, dass du es doch …" Klara beendet den Satz nicht, sondern schüttelt resigniert den Kopf. „Und dann kommst du daher und behauptest, ich würde davon profitieren, wenn ich eine Partnerschaft mit dir eingehe. Ich kenne dich doch überhaupt nicht. Alles, was ich von dir weiß, ist, dass du genau der überhebliche, selbstverliebte Geldsack bist, für den ich dich gehalten habe. Was du gerade nur wieder bewiesen hast."

Ihre Worte sollten ihn nicht so treffen.

Natürlich hat sie recht. Was wissen sie schon voneinander? Doch er ist nicht gewillt, ihren Standpunkt zu akzeptieren.

„Du willst mich kennenlernen? Kein Problem. Am nächsten Wochenende findet eine Spendengala statt und ich brauche eine Begleitung." Sie öffnet den Mund, um etwas zu erwidern. Dieses Mal hebt er mahnend den Finger. „Nein, Klara. Du wirst mich begleiten. Falls du nicht weißt, wie man sich unter *Geldsäcken* bewegt, wird Isa dir bestimmt gern Hilfestellung leisten."

Ohne auf ihre Antwort zu warten, geht er an ihr vorbei. Ein siegessicheres Lächeln auf den Lippen. *Diese Rechnung hast du ohne den Wirt gemacht, Klara Möllenbrink.*

~oOo~

So ein blasierter Arsch.

„… *wird Isa dir bestimmt Hilfestellung geben* …", äffe ich seinen Tonfall nach, betrete eines der Schlafzimmer im zweiten Stock und sehe aus dem Fenster. Lasse meinen Blick über den weitläufigen Garten schweifen. *Tja, Klara, jetzt ist guter Rat teuer.* Selbst wenn ich sein selbstgefälliges Angebot unverschämt finde, so hat er doch einen Gedanken gepflanzt. Eine Idee festgesetzt.

Natürlich spielt der finanzielle Aspekt eine nicht unerhebliche Rolle. Wenn ich das Haus nicht kaufe und Martin mitfinanzieren würde, könnten alle notwendigen Umbauten in Auftrag gegeben werden, sodass ich bei Eröffnung bereits alle Fremdenzimmer vermieten könnte. *Nein, WIR könnten … Plural, Klara.*

Mit einem Seufzen gebe ich mich für den Moment geschlagen. Ich muss nachdenken.

Aber ganz sicher werde ich Martin Zimmermann am Wochenende nicht zu dieser dämlichen Party begleiten.

Kapitel 12

„Was für ein netter Mann, Eule. Er macht einen sehr kompetenten Eindruck." Mein Vater schiebt sich die Gabel Spaghetti bolognese in den Mund und nickt anerkennend. Wobei ich mir nicht sicher bin, ob das Nicken der Nudelsoße oder meinem vermeintlichen Männergeschmack geschuldet ist. Denn obwohl meine Mutter für das Restaurant die fantasievollsten Gerichte kreiert, begnügen wir uns am allerliebsten mit Hausmannskost, wenn wir mittags zum Essen aufeinandertreffen.

Ich verziehe mein Gesicht. „Ja, ein äußerst kompetenter, sehr von sich eingenommener und arroganter Kerl." Ich drehe die Spaghetti etwas hektisch auf meine Gabel und bespritze mein Shirt mit der Tomatensoße.

Den Weg von der Villa zum Hotel haben wir überwiegend schweigend hinter uns gebracht. Martin hat sich mit dem Hinweis von mir verabschiedet, dass er mich am Samstag um 18:00 Uhr abholen wird und ist dann mit seinem Bonzen-BMW von dannen gezogen.

Meine Mutter strahlt mich über den Tisch hinweg an und bekommt gar nicht mit, dass sie sich viel zu viel Parmesan über ihren Teller streut. „Ich finde es ganz wunderbar, dass du endlich jemanden kennengelernt hast, Klärchen. Bring ihn doch mal zum Essen mit."

„Das weiß ich so gerade noch zu verhindern." Ich strahle zurück. „Möchtest du noch ein bisschen Parmesan für deine Spaghetti?"

Sie sieht auf ihren Teller und stellt erschrocken die Schüssel geriebenen Käse auf den Tisch. „Ach Gottchen, da kannst du mal sehen, wie sehr mich der Gedanken an einen Mann in deinem Leben aus der Fassung bringt."

„Verwirf ihn wieder, den Gedanken, meine ich. Martin Zimmermann ist niemand, über den ihr euch den Kopf zerbrechen müsstet."

Wieder lächelt meine Mutter. „Wir werden sehen. Mein mütterlicher Instinkt sagt mir, dass darüber noch nicht das letzte Wort gesprochen ist."

Ich für meinen Teil werde nie wieder ein Wort darüber verlieren. So weit her scheint es mit ihren mütterlichen Instinkten also nicht zu sein.

Tief in die Abrechnung der letzten Woche versunken, nehme ich das Klingeln meines Handys eher verärgert zur Kenntnis. Es dauert eine Weile, ehe ich es unter einem Stapel Unterlagen ausmachen kann. Als es mir zudem noch fast aus der Hand gleitet, als ich das Gespräch annehmen möchte, melde ich mich mit einem wilden Fluch statt mit einer Begrüßung.

„Verdammter Mist."

„Das habe ich heute auch gedacht, als Zimmermann mich nach deiner Nummer gefragt hat."

„Bitte was?" Ich kann Niklas nicht wirklich folgen, also schlage ich den Ordner vor meiner Nase zu und rolle mit meinem Stuhl vom Schreibtisch weg.

„Er hat mich nach deiner Handynummer gefragt. Leider war Isa dabei, also konnte ich schlecht ablehnen. Möchtest du mir etwas erzählen?"

„Nein." Mein Herz rutscht mir in die Hose. *Was will er denn mit meiner Telefonnummer?*

„Aha." Ich höre ihn atmen. „Ich merke schon, du bist wieder verschlossen wie eine Auster. Aber, Klara, Martin Zimmermann? Wirklich?"

Ich sehe ihn förmlich vor mir, wie sich seine Nackenhaare sträuben, allein bei der Vorstellung, Martin und ich könnten …

Martins voller, sinnlicher Mund erscheint plötzlich vor meinem inneren Auge, den er zu einem anzüglichen Lächeln verzieht. *Was für ein abwegiger Gedanke.* „Du brauchst dir keine Sorgen zu machen. Da ist nichts zwischen Martin und mir, beruhige dich wieder."

„Also steckt nichts hinter seinen Andeutungen, ihr wäret Samstag miteinander verabredet?"

Hitze steigt in meine Wangen. Bisher habe ich diese Tatsache bewusst verdrängt. „Na ja …" Ich wünschte mir manchmal, lügen würde mir leichter fallen. Doch leider bin ich darin eine absolute Niete. Zumal man mir jeden noch so kleinen Schwindel vom Gesicht ablesen kann. *Na, am Telefon bist du auch nicht besser darin.*

Niklas schnaubt in mein Ohr.

„Das ist kein Date, Niklas", rechtfertige ich mich. *Zumindest nicht im klassischen Sinn.*

„Nein?"

Langsam wird es mir zu bunt. „Noch kann ich mich treffen, mit wem ich möchte. Martin und ich stehen in

Verhandlung um das Gutshaus. Immerhin hast du das alles initiiert. Hör endlich auf damit, ständig den großen Bruder raushängen zu lassen." Wütend beende ich das Gespräch, nur damit mein Handy erneut beginnt, zu klingeln.

„Wir wurden nicht unterbrochen, Niklas. Ich habe absichtlich aufgelegt."

„Das ist dann wohl ziemlich dumm gelaufen für Niklas." Das Lachen, das mich begrüßt, klingt eindeutig nicht nach Niklas. Ich halte den Atem an. *Martin.*

„Ja, er war ausgesprochen nervig." Ich grinse und hoffe, dass er meine unterschwellige Warnung versteht.

„Ich wollte dich nur an Samstag erinnern."

„Oha, so weit ist es mit dir gekommen, dass du die Frauen daran erinnern musst, dass sie eine Verabredung mit dir haben?" Ich drehe eine Haarlocke zwischen den Fingern und lächle grenzdebil.

„Ja, furchtbar, nicht wahr?" Er seufzt dramatisch. „Wenn mir das jemand vor ein paar Wochen erzählt hätte."

„Der großartige Martin Zimmermann sucht sich ausgerechnet eine Begleitung für …" Ich halte inne. „Sag mal, wohin gehen wir noch mal?"

„Auf die Spendengala eines Großmandanten unserer Kanzlei."

„Du hättest ja jemanden aus deinem Barbiebuch fragen können."

„Mein Barbiebuch?"

„Isa erwähnte so was in der Art."

„Isa, dieses kleine …"

„Vorsicht", unterbreche ich ihn. „Sage nichts, was ich später gegen dich verwenden könnte."

„Ich merke schon, ich bewege mich auf dünnem Eis." Ich höre das Lächeln in seiner Stimme.

„Es ist ziemlich dünn, ja." Mir wird bewusst, was ich schon seit Minuten mit meinen Haaren anstelle, da es sich zunehmend fizzelig in meinen Fingern anfühlt, und schlage eine Hand vor meine Stirn. *Himmel, Klara, es ist doch nur Martin.*

„Sofern du keine Fragen mehr zum Dresscode hast …?" Er lässt diese merkwürdige Frage eine Weile zwischen uns schweben.

„Zum Dresscode?"

„Entschuldige, die Macht der Gewohnheit. Ich schließe daraus, dass Isa dir ihr kleines Geheimnis nicht anvertraut hat, sondern dass ihr lieber über mein Barbiebuch lästert."

„Ihr kleines Geheimnis?"

„Ich musste ihr zwei Tage vorher sagen, was sie anziehen soll."

„Oh." Ich hätte Isa gar nicht zugetraut, dass sie sich Vorschriften machen lässt, was sie zu tragen hat.

„Nein, nicht so, wie du jetzt denkst", rudert er zurück, als hätte er meine Gedanken lesen können. „Das war reiner Selbstschutz. Sie hätte mich sonst im Blaumann begleitet."

„Die Gefahr besteht bei mir eher nicht." Ich sehe an mir herab. Gut, Jeans und T-Shirt ist wohl auch nicht die passende Klamotte für eine Gala, wie ich zugeben muss.

„Was schwebt dir denn so vor?" Aus reiner Neugier rutscht mir diese Frage über die Lippen.

„Was mir vorschwebt, ist nicht partytauglich, Klara." Er senkt den Ton verheißungsvoll und der Bariton seiner Stimme landet in meinem Höschen. Ich ziehe instinktiv die

Unterlippe zwischen die Zähne, nur um mir augenblicklich darauf zu beißen, völlig überrascht von der Reaktion meines Körpers.

Ich versuche, die Situation für mich zu entschärfen, und hoffe, dass er das Zittern in meiner Stimme nicht hört. „Du lehnst dich wirklich weit aus dem Fenster, Zimmermann." Wenn er weiter in dieser Tonlage mit mir spricht, ziehe ich mich hier sofort aus.

„So? Tu ich das?"

Ich rutsche auf meinem Stuhl hin und her. „Wir sind noch in der Kennenlernphase."

„Gut, dann hebe ich mir die Details für unser zweites Date auf."

„Unser zweites Date?"

„Selbstverständlich. Ich habe keinen Zweifel daran, dass du mich noch einmal treffen möchtest."

So etwas Freches!

Ich lache auf. „Wir sollten Samstag erst mal hinter uns bringen."

„Der beginnt um 18:00 Uhr, vergiss das nicht. Und Klara? Der Dresscode ist elegant." Damit legt er auf und ich starre mein Handy noch minutenlang an. *So ein Spinner.* Ein sehr von sich eingenommener Spinner!

~oOo~

Martin legt auf, ehe Klara noch etwas sagen kann, und schiebt sein Handy in die Innenseite des Jacketts. Grinsend nimmt er sich seinen Caffè Latte, als Roland die Kanzleiküche betritt.

„Hast du dir etwas in den Kaffee gekippt, oder warum grinst du so?"

„Das geht dich nichts an." Martin hebt eine Augenbraue in die Stirn. Roland ist niemand, mit dem er ein Bier nach Feierabend trinken möchte, geschweige denn, dass er ihm private Dinge anvertrauen würde. Sein Kollege ist ein schmieriger Typ, der sich seinen Platz in der Kanzlei auf Kosten anderer erschlichen hat. Menschen, die sich mit fremden Federn schmücken, stehen nicht unbedingt auf Martins Favoritenliste. Doch es gibt Dinge, auf die er keinen Einfluss nehmen kann. Egal, wie sehr ihn das auch stören mag.

„Was denn, dieses Mal keine farbenfrohe Umschreibung deines Amuse-Gueule?"

Martin runzelt unwillig die Stirn. Er hat sich niemals mit Roland über seine Verabredungen unterhalten. Jedoch gab es Gelegenheiten, in denen er entsprechenden Gesprächen lauschen konnte.

„Nein." Seine Stimme nimmt an Schärfe zu, die Roland aufsehen lässt.

„Ich wollte dir nicht auf den Schlips treten, Martin." Sein Kollege lehnt sich gegen die Arbeitsplatte. „Ich wollte lediglich wissen, ob du jemanden für Samstag hast, um sicherzugehen, dass es dir nicht aufstößt, wenn ich mit Silke aufschlage."

Martin nimmt den selbstgefälligen Unterton durchaus zur Kenntnis, mit dem Roland ihn über die Tatsache informiert, dass er gedenkt, mit einer seiner ehemaligen Eroberungen auf der Gala zu erscheinen.

Fast hätte er sich am Kaffee verschluckt. „Mit Silke?"

Roland nickt. „Ja, die Kleine, die dich auf der Hochzeit begleitet hat."

„Ja, ich weiß, von wem du sprichst." *Roland schmückt sich also nicht nur mit fremden Federn, sondern auch mit den Frauen anderer Männer.* Er unterdrückt ein Lachen. *Sieh an, die Kleine hat sich ja schnell getröstet.*

„Wir haben uns ganz zufällig getroffen, sind ins Gespräch gekommen und ..."

Martin unterbricht ihn. „Du musst mir nichts erklären." Er kann sich durchaus denken, wie Silke dieses *zufällige* Treffen arrangiert hat. Mit ihm selbst hat sie es ähnlich abgezogen. Nach einer gemeinsamen Nacht hat sie es ihm in einem Schampus-Schwips gestanden. Anfangs fühlte er sich sogar geschmeichelt, bis sie ihm mit ihren Stalker-Qualitäten mächtig auf den Geist gegangen ist. Ihr Verhalten auf der Hochzeit hat ihn letztlich nur darin bestätigt, sie nicht mehr zu treffen. Aber Silke ist dann ja wohl jetzt Rolands Problem. „Ich wünsche euch jedenfalls viel Spaß." Damit verlässt Martin die Küche. Er hat einen Termin vorzubereiten.

~oOo~

Kapitel 13

„Ach verdammt, Mama, was soll ich denn anziehen?"

Meine Mutter lächelt hinter vorgehaltener Hand.

„Was gibt es da zu lachen?" Er sagte lediglich *elegant*. Das könnte das lange Rote bedeuten oder das kleine Schwarze.

„Oh, ich lache nicht über dich, Klärchen." Meine Mutter leckt sich über die Lippen, wohl auch, um ihr Kichern zurückzuhalten.

„Ich könnte dir etwas leihen. Elegant hab ich."

Ich starre Isa an. Als wenn ich nicht längst durchschaut hätte, warum sie vor einer Stunde unangemeldet, wenn auch mit einer Flasche Wein bewaffnet, vor der Tür stand. Angeblich, um mich zu beruhigen. *Pah*. Allerdings befürchte ich gerade eben, dass ich jede moralische Unterstützung sehr gut gebrauchen kann, nachdem ich vor lauter Nervosität meine Zähne fast mit Seife geputzt hätte. Was als solches ja schon ausgesprochen lächerlich ist.

„Du möchtest mir also etwas leihen? Sicher, Schätzchen. Wenn du mir dann auch verrätst, was ich mit meinem anderen Oberschenkel anfangen soll?!" Isa ist wirklich niedlich. Ich trage mindestens zwei Kleidergrößen mehr als dieses dünne Gerippe.

Jetzt beginnt meine Mutter haltlos zu lachen. „Ich merke schon, ich bin hier völlig überflüssig." Sie küsst meine Wange, klopft auf meinen Hintern. „Nimm das dunkelgrüne Kleid, du siehst darin zauberhaft aus."

Ich pruste abfällig. „Geh in die Küche, du bist mir keine Hilfe."

Doch Isa bläst in das gleiche Horn. „Grün! Deine Mutter hat völlig recht. Das passt perfekt zu deinen Haaren." Sie zwirbelt eine meiner Locken.

Ich seufze. „Also dann grün. Jetzt verstehe ich deine Vorliebe dafür, dir den Dresscode vorbeten zu lassen."

„Martin hat wohl geplaudert." Sie zieht eine Schnute, grinst jedoch in sich hinein.

Ich zucke mit den Schultern. „Ich glaube, er wollte sich für das Barbiebuch revanchieren."

„Pfff, Martin ist ziemlich vorlaut. Ich hätte ihn öfter mit der Schüppe verprügeln sollen, als ich noch die Gelegenheit dazu hatte." Sie zwinkert. „Los, zieh dich an, ich mach dir die Haare."

Ich schiele sie an, doch sie lässt sich nicht davon abbringen. „Ja, meine Oma dreht mir meine Locken, ich deine. Außerdem", sie nimmt die Weinflasche, „haben wir noch eine Mission zu erfüllen."

Ich schüttele den Kopf. „Aber nicht mit diesem Traubensaft. Ich weiß, du hast es gut gemeint." Ich grinse sie an. „Aber du erinnerst dich doch noch an unseren Weinkeller?" Diese Frage ist rhetorisch. Isa verdreht ihre Augen. Niklas hatte das erste Date der beiden in unserem Weinkeller geplant. Leider hatte Isa an besagtem Abend etwas zu tief ins Glas geschaut, sodass das Date der beiden mit einer hoffnungslos betrunkenen Isa in einem unserer Betten geendet ist.

„Wie nett, dass du mich daran erinnerst." Sie schnalzt mit der Zunge. „Das heißt jedoch nicht, dass du dir an mir ein

Beispiel nehmen sollst. Mehr als ein Glas Wein hätte ich dir nicht zugestanden. Es wäre schön, wenn Martin dich einigermaßen nüchtern antrifft."

„Soso, das wäre also schön, ja?" Ich schiele zu ihr herüber. „Ich werde das Gefühl nicht los, dass du mich mit ihm verkuppeln willst, Schwester."

Sie spitzt die Lippen und wiegt ihren Kopf nachdenklich hin und her. „Schuldig", gibt sie etwas zögerlich zu, hebt jedoch ihren Zeigefinger in die Luft. „Aber nur, weil ihr so ein schönes Paar abgeben würdet."

„Schönes Paar? Sag mal, geht's noch?"

Sie winkt ab. „Ach komm, Martin ist doch eine Sahneschnitte."

Ich ziehe die Stirn kraus. „Ist er das? Und warum hast du ihn dann nicht genommen?"

Isa bläht ihre Wangen auf. „Irgendwie ist meine Libido nicht kompatibel mit seiner."

Jetzt ist es an mir, laut zu lachen, sind es doch eben diese Worte, die ich unlängst Martin an den Kopf geworfen habe.

Das war ein fataler Irrtum, aber das werde ich hübsch für mich behalten.

Ich mag seine Pheromone. Sehr sogar.

Doch es wäre unvorstellbar, etwas mit Martin Zimmermann anzufangen. Er besitzt das Haus, das ich will. Ganz unbedingt. Und er hat sich in den Kopf gesetzt, in meine Pension zu finanzieren. Außerdem ist er ein aufgeblasener Gockel und passt überhaupt nicht in mein eigentliches Beuteschema.

Aber so gar nicht.

Er ist zu schön für mich. Und zu promiskuitiv.

Dass er sich jetzt in den Kopf gesetzt hat, wir sollten uns besser kennenlernen, ist wahrscheinlich dem Umstand geschuldet, dass ich ihn ganz offensichtlich nicht so umwerfend finde, wie seine üblichen Eroberungen das ohne Zweifel tun.

Ich habe mich ihm nicht von der ersten Minute an, an seinen Hals geworfen. Das schmerzt ein Männer-Ego. Ich mache mir da nichts vor.

Doch jetzt habe ich mich auf dieses Lernen-wir-uns-besser-kennen-Spielchen eingelassen. Aus welchen fadenscheinigen Gründen auch immer. Auch, weil ich noch immer die Hoffnung habe, dass er mir das Haus verkauft. Also, ohne selbst mit einsteigen zu wollen, versteht sich.

Es klopft leise an meine Zwischentür und der Kopf meines Vaters erscheint in meinem Zimmer. „Ich hörte davon, dass ihr beide einen kühlen Riesling vertragen könntet?" In der Hand hält er einen gut gefüllten Dekanter und zwei Gläser.

„Papa, du bist der beste. Isa hat nur Traubensaft mit Schraubverschluss." Ich nehme ihm die kostbare Fracht ab, stelle sie auf den Tisch.

„Das hatte ich befürchtet. Habt viel Spaß, Mädchen." Er verschwindet ebenso schnell, wie er erschienen ist, und ich sehe ihm lächelnd hinterher.

Es ist wohl egal, wie alt ich noch werde, ich werde immer sein *Mädchen* bleiben. Ich hoffe inständig, dass es ihm nicht das Herz bricht, sollte ich tatsächlich hier ausziehen, denn ich befürchte, dass er sich über diese Möglichkeit noch niemals Gedanken gemacht hat. Für ihn gehöre ich in dieses *Schloßhotel*, wie Mama ins *Möllenbrinks* und er in den Weinkeller. *Doch auch Eulen werden flügge, Papa.*

Jetzt ist nicht der richtige Moment, um sich darüber den Kopf zu zerbrechen, doch früher oder später werde ich meine Eltern mit meinem Wunsch nach Selbstständigkeit konfrontieren müssen.

Isa füllt unsere Gläser und probiert mit geschlossenen Augen. „Mhhh, der Wein ist wirklich gut."

„Ja, mein Vater ist unübertroffen, was seinen Weingeschmack betrifft." Auch ich genehmige mir einen Schluck – etwas großzügiger als Isas und atme anschließend tief durch. „Also gut, du machst mir die Haare, ich trage heute Grün und wir haben noch etwa zwei Stunden."

„Das klingt ja fast so, als wärest du aufgeregt." Ihr Blick wird ein wenig abschätzend und ich strecke ihr die Zunge heraus.

„Sieh mich nicht so an. Ich frage mich eh schon, welcher Teufel mich geritten hat, dass ich mich dazu habe hinreißen lassen. Diese Party wird mit Sicherheit sterbenslangweilig. All diese Schnösel, die nach ihrem Geld stinken, aufgetakelte Weiber und ich mittendrin."

„Martin hat dich geritten." Sie hält inne und hat zumindest den Anstand, rot zu werden. „Also, ich meine, er hat dich nicht *geritten*, aber …"

Ich hebe eine Hand in die Luft. „Du hältst deine Klappe, Isabell Holzer. Diese Bilder werde ich nie wieder los." Sehr zu meinem Leidwesen rekelt sich ein halb nackter Martin … *ach, lassen wir das.*

Isabell prustet los und ich sehe sie erst konsterniert an, ehe ich in ihr Lachen mit einsteige.

„Du wirst schon sehen, so schlimm wird die Party nicht. Martin ist ein hervorragender Tänzer und er wird schon dafür sorgen, dass dir keiner der Bonzen auf die Füße tritt oder in deinem Ausschnitt landet." Sie füllt unsere Weingläser artig auf, fixiert einen Punkt an der Wand hinter mir. „Eigentlich fehlen sie mir ein bisschen. All diese Galas und Wohltätigkeitsveranstaltungen. Oma hat mir letztens erst ein neues Kleid genäht. Wer weiß, wann ich es tragen kann?"

Ich nehme ihr mein Glas aus der Hand und lege es an meine Lippen. „Möchtest du …?"

„Nein, den Spaß werde ich euch nicht verderben." Sie bläht ihre Wangen auf. „Du siehst so aus, als könntest du mal wieder Spaß vertragen." Das Wort *Spaß* setzt sie mit Anführungsstrichen in die Luft und ich drücke ihre Hände hinunter.

„Isabell, ich habe wirklich genügend Spaß. Das hier mache ich wirklich nur für mein Traumhaus."

Sie verschränkt ihre Finger mit meinen. „Und ein bisschen für dich selbst. Du darfst ruhig zugeben, dass dir Martin gefällt."

Ich seufze und begebe mich zu meinem Kleiderschrank. „Wenn ich das zugebe, ändert sich die Sicht der Dinge." Ich sehe sie über meine Schulter hinweg an. „Dafür bin ich nicht bereit, Isa. Ich möchte mein kleines Hotel, einen Hund, zufriedene Gäste. Aber ein Mann wie Martin spielt in meinen Träumen keine Rolle."

„Ein Mann wie Martin?" Sie tritt hinter mich. „Das lässt sich doch ändern. Martin ist der tollste Mann, abgesehen von Niklas versteht sich, den ich kenne." Ihr Kinn ruht auf meiner Schulter und sie sieht mich durch den Spiegel meines Schrankes hinweg an. „Wirklich, Klara. Egal welche Bedenken und Vorurteile du haben magst, mache niemals den Fehler, ihn mit Christina zu vergleichen."

„Du hast sicherlich recht, aber es ist nicht ganz einfach. Dennoch solltest du dir aus dem Kopf schlagen, dass zwischen Martin und mir etwas laufen könnte."

Sie dreht mich um und nimmt mein Gesicht zwischen ihre Finger. „Also, diesen *Spaß* wirst du mir lassen müssen." Isa kneift in meine Wangen. „Außerdem habe ich das Gefühl, dass darüber das letzte Wort noch nicht gesprochen ist."

Ich schiebe Isa und ihr blödes Grinsen von mir. „Aber ich! Ernsthaft, Isa, weder gehört Martin in mein Beuteschema noch entspreche ich im Geringsten seinem Frauengeschmack."

Sie nimmt ihr Weinglas, prostet mir zu. „Wir sprechen uns noch, meine Liebe. Ich habe Martins Blicke gesehen und er ist nicht festgefahren in seinem Frauengeschmack. Und was soll das überhaupt heißen? Du bist ein ziemlich scharfes Gerät."

Ich schnalze mit der Zunge, ziehe mein Blusenkleid über den Kopf, welches ich nach dem Duschen einfach übergeworfen habe.

„... Wenn man von deiner Unterwäsche mal absieht." Sie zieht ihre Augenbrauen zusammen. „Hast du nichts anderes?"

Ich sehe an mir herab. „Was gibt es an Baumwolle auszusetzen?"

„In der Regel nichts. Aber wie meine Oma schon immer zu sagen pflegt: Zu einem sexy Kleid gehört auch die passende Unterwäsche." Sie öffnet wahllos meine Schubladen, bis sie die richtige findet, und beginnt unverzüglich auszusortieren. „Das nicht, das auch nicht … und was, bitte, ist denn das?" Mit spitzen Fingern fischt sie einen mit Herzchen bedruckten Slip heraus.

„Ach, da ist er ja! Du kannst dir nicht vorstellen, wie sehr ich den heute schon gesucht habe", ziehe ich sie auf, doch sie geht nicht darauf ein, sondern fährt unbeirrt mit ihrer Suche fort. Entdeckt meine Spitze und pfeift anerkennend durch die Zähne. „Sieh an, ein Geheimnis, das du offensichtlich mit Victoria teilst." Isas Mundwinkel heben sich, als sie mir die sündige Unterwäsche anreicht. „Und heute auch mit mir, also bitte anziehen."

Ich seufze ergeben, nehme ihr diesen Traum aus transparenter cremefarbener Spitze aus der Hand. „Ach Gottchen, das ist so ein klassischer Fehlkauf. Keine Gelegenheit es zu tragen, aber zu teuer, um es zu entsorgen. Ich hatte sie bereits völlig vergessen."

„Dann wird es aber höchste Zeit, sie dir in Erinnerung zu rufen. Ich wette, Martin bleibt die Zunge am Gaumen kleben, wenn er dich darin sieht." Sie lacht dreckig und ich verdrehe die Augen.

„Deine Fantasie ist bemerkenswert. Du solltest Bücher schreiben, statt an Autos zu schrauben." Ich verschwinde mit Unterwäsche und Kleid im Bad, um mich um- beziehungsweise anzuziehen.

Meine Freundesliste muss dringend überholt werden.

Ich höre meine Noch-Freundin fröhlich vor sich hin pfeifen, während ich mich in den Fummel schmeiße, den andere für mich ausgesucht haben.

Doch ein Blick in den Spiegel lässt selbst mich die Luft anhalten.

Ich muss Isas Oma recht geben. Mit dem richtigen Drunter fühlt sich das Drüber doppelt so sexy an. Ich habe noch nicht mal das Bedürfnis, meinen Bauch einzuziehen. Das Kleid fällt weich über meine Knie und umspielt meine Hüften perfekt. Der Ausflug an den See hat meine Haut bereits leicht gebräunt, sodass ich sogar auf diese fiesen Strumpfhosen verzichten kann. Ein bisschen Wimperntusche und Lippenstift zur Feier des Tages. Fertig.

„Isa, kannst du mir den Reißverschluss zumachen?" Das ist der einzige Makel an dem Kleid. Egal wie sehr ich mich auch recke, ich schaffe es nicht allein.

„Heilige Scheiße, Martin wird heute Abend eine Menge damit zu tun haben, all die fremden Griffel von deinem Hintern zu pflücken, die sich darauf verirren." Mit einem anzüglichen Gesichtsausdruck prüft sie am Rückenausschnitt, ob ich auch die richtige Wäsche anhabe, ehe sie den Verschluss hochzieht.

„Du bist ziemlich anmaßend." Ich rücke meine Oberweite in die richtige Position. „Aber niemand hat gesagt, dass ich es ihm leicht machen werde, bei mir zu investieren."

„Was meinst du?"

Oha, das habe ich wohl laut ausgesprochen. Ich presse meine Lippen kurz aufeinander, was mir der Lippenstift etwas übel nimmt. „Hat er es etwa nicht erzählt?"

Sie verschränkt die Arme vor der Brust. „Was genau hätte er denn erzählen sollen?"

Warum sollte ich es Isa nicht verraten? „Er hat sich in den Kopf gesetzt, dass die Pension meine Reserven verschlingt und mir großzügig seine Unterstützung angeboten."

„Und das findest du nicht gut, weil …?"

Ich sehe sie fassungslos an. „Ernsthaft? Das ist mein Traum, Isa. Ich brauche keine Unterstützung von Martin Zimmermann. Um Gottes willen, womöglich redet er mir in jede meiner Entscheidungen hinein und sucht, wie Niklas, ständig nach Gründen, warum ich scheitern werde. Nein danke, ich verzichte." Ich spüre, dass ich mich in Rage rede, aber sie wollte es ja wissen. „Ich bin mir durchaus bewusst, dass es nicht einfach wird, aber ich habe alles bereits geplant und ausgerechnet. Mit der richtigen Bank und anständiger Werbung bekomme ich das hin. Auch ohne Martin Zimmermann!", füge ich nachdrücklich hinzu.

Isa drückt mich auf den Toilettendeckel, beginnt, mein Haar zu entwirren.

Dass sie nichts dazu sagt, macht mich hibbelig. Ich schaffe es ganze zwei Minuten, sie nicht nach ihrer Meinung zu fragen. „Warum sagst du nichts dazu?"

„Mmh, weil ich nicht weiß, was ich dazu sagen soll, Klara. Mir hat Martin den Arsch gerettet, als ich fast die Werkstatt verloren hätte. Dafür werde ich ihm ewig dankbar sein."

„Aber mein Arsch muss nicht gerettet werden", setze ich trotzig nach.

„Nein, da hast du sicherlich recht. Aber er ist Wirtschaftsanwalt, weiß also, wovon er spricht. Ich kann dir nur den Rat geben, seinen Vorschlag nicht sofort zu verwerfen." Sie nimmt meine Schachtel mit den Klammern, steckt mein Haar aufwendig im Nacken zusammen. „Es gibt Grenzen, die ihr vertraglich festlegen könntet. Vereinbart eine mögliche Auszahlung zu deiner Sicherheit."

Was habe ich eigentlich von seiner besten Freundin erwartet?

„Mach ein anderes Gesicht, Klara."

„Du kannst mein Gesicht doch gar nicht sehen." Sie steht hinter mir.

„Aber ich kenne dich mittlerweile gut genug, um zu wissen, dass dir meine Meinung zu diesem Thema nicht passt."

Nach einem Atemzug stellt sie sich vor mich. „Soooo, fertig. Wenn du bitte mal schauen möchtest?" Eilig zupft sie einzelne Strähnen aus der Frisur, ehe sie mich zum Spiegel bittet. Ich muss blinzeln, denn irgendwie kann ich nicht glauben, dass die Frau im Spiegel ich selbst sein soll. „Du solltest wirklich darüber nachdenken, die Werkstatt zu schließen. Du könntest neben dem Bücherschreiben einen Salon eröffnen."

Isa winkt ab. „Lass das nicht meine Großmutter hören. Sie hätte deine Haare noch tausendmal besser hinbekommen."

Ich habe nichts an meiner Frisur auszusetzen. Isa hat den Ansatz kunstvoll geflochten und die Strähnen tief am Hinterkopf festgesteckt. Einzelne Löckchen umrahmen mein Gesicht. Vorsichtig taste ich die Frisur ab. „Hoffentlich hält es. Ich werde es allein niemals schaffen, dein Kunstwerk wiederherzustellen."

„Keine Sorge, das hält, bis Martin dir die Haarnadeln zieht." Sie zwinkert unverschämt und ich ziehe bedrohlich die Augenbrauen zusammen.

„Isabell, du spielst mit der zarten Blüte unserer Freundschaft."

Sie lacht lediglich auf. „Wo ist dein Schmuck?"

„Mein Schmuck?" Etwas irritiert über diesen plötzlichen Themenwechsel, muss ich tatsächlich erst nachdenken, wo ich mein Geschmeide aufbewahre. Ich trage im Alltag noch nicht mal eine Armbanduhr. „In meinem Schrank, ganz unten in einer Kiste." Ich schiebe mich an ihr vorbei, um die alte Holzschatulle meiner Großmutter aus den Tiefen meines Kleiderschrankes zu befördern. „Bist du sicher, dass ich welchen brauche?"

Sie nimmt mir die Kiste aus der Hand. „Na, hör mal, die Weiber werden behangen sein wie Christbäume. Du solltest zumindest Akzente setzen, Klara. Ich hoffe nur, dass …" Sie beendet ihren Satz nicht, als sie den schweren Deckel hebt. „Verfluchter Mist, so was darf man doch nicht im Schrank aufbewahren! Das gehört in ein Schließfach bei der Bank!"

Ich zucke mit den Schultern. „Meine Oma hatte eine Schwäche für Edelsteine." Bei der Erinnerung an meine Großmutter wird mir warm im Bauch. Sie war eine elegante Frau. Mein Großvater hatte zumindest niemals Probleme, ein passendes Geschenk für sie zu finden.

„Was wirst du mit diesem ganzen Schmuck machen? Das kann man doch gar nicht alles tragen."

„Behalten. Zum Teil ist er noch von meiner Urgroßmutter. Familienerbstücke behält man doch, oder nicht?"

Während Isa mit einer Rubinkette liebäugelt, nehme ich den in Gold gefassten Topas heraus und lege den Stein, dem man nachsagt, er verleihe Selbstbewusstsein und helfe gegen Nervosität, um meinen Hals. „Dazu gibt es auch Ohrringe, glaube ich."

Isa findet sie und betrachtet die kleinen, gelb glitzernden Stecker. „Als hätte deine Oma gewusst, wie gut sie zu deinem Kleid passen werden."

„Ja, meine Oma war eine sehr weitsichtige Person." Ich nehme ihr die Stecker aus der Hand. Im ersten Moment empfinde ich das ungewohnte Gewicht an meinen Ohrläppchen als störend, doch ein prüfender Blick in den Spiegel lässt mich lächeln. *Danke, Oma.*

„So, jetzt brauche ich dringend etwas zu trinken." Mir bleibt nicht mehr genügend Zeit, um mich zu betrinken, aber für einen Schwips wird es hoffentlich reichen. „Martin sollte es lieber nicht wagen, mich zu versetzen. Ich weiß gar nicht, wann ich mich das letzte Mal derartig aufgebrezelt habe."

„Glaub mir, das würde er niemals tun." Sie kichert in ihr Glas und ich hoffe, dass der Topas um meinen Hals langsam beginnt, gegen meine Nervosität zu wirken.

Kapitel 14

~oOo~

Martin stellt seinen Wagen ab und ist im ersten Moment unschlüssig, ob er Klara anrufen soll, um ihr mitzuteilen, dass er unten wartet oder ob er einfach hineingeht, um sie abzuholen.

Er hat jedoch keine Ahnung, wo sich ihre Räume in diesem Schloss befinden und die Wahrscheinlichkeit ist gering, dass sie sich in der Küche des Restaurants aufhält.

Noch während er ihre Telefonnummer in seinen Kontakten sucht, erscheint sie auf der Treppe. Langsam lässt er sein Handy in seinen Schoß sinken.

Darauf war er nicht vorbereitet.

Er schluckt trocken und sucht nach Ähnlichkeiten dieser Frau auf der Treppe, mit der Klara aus seiner Erinnerung. Wie hat er sie jemals nur als *hübsch* bezeichnen können?

Das dunkle Grün ihres halblangen Kleides lässt sie regelrecht erstrahlen. Ihr bronzefarbenes Haar kunstvoll hochgesteckt, gibt den Blick frei auf ihren Schwanenhals.

Fuck, er wird alle Hände voll damit zu tun haben, die Aasgeier von ihr fernzuhalten. Nicht eine Sekunde wird er sie aus den Augen lassen.

Bis er Klara Möllenbrink begegnet ist, hatte er keine Ahnung, welche Sehnsucht die Kurven einer Frau in ihm wecken. Ihr Körper scheint wie für ihn gemacht zu sein. *Nur zu gern würde er seine Hände über ihr nacktes Fleisch ...* Allein die Vorstellung einer entkleideten Klara unter seinen Händen treibt ihm das Blut unter die Gürtellinie.

Als sie ihn sieht, beginnt sie zu lächeln und sein Herz rutscht in seinen Magen. Martin steigt aus, um ihr entgegenzugehen. Seine Handflächen werden feucht und er streicht sie unauffällig an seinem Jackett ab. *Zimmermann, du bist ein Glückspilz.* Weiß er doch schon jetzt, dass er die schönste Begleitung heute Abend haben wird.

„Du bist ausgesprochen wandlungsfähig, Klara Möllenbrink. Ich musste zweimal hinsehen." Er küsst ihre Wange, atmet ihren Duft ein und Hitze breitet sich in ihm aus. *Wie soll er diesen Abend unbeschadet überstehen?* „Du siehst atemberaubend aus." Er haucht in geübter Zimmermannmanier gegen ihr Ohr, bemerkt ihre Gänsehaut und es erfüllt ihn mit Genugtuung, dass er sie anscheinend auch nicht gänzlich kalt lässt.

„Danke. Du bist auch ganz ansehnlich." Er vernimmt das leichte Zittern ihrer Stimme, sucht ihren Blick, versinkt im Bernstein ihrer Augen. Einen Moment hat er das Gefühl, die Erde würde aufhören, sich zu drehen.

Was würde wohl passieren, wenn er sie jetzt küsst?

Doch noch ehe er diesen flüchtigen Gedanken in die Tat umsetzen kann, unterbricht Klara diesen Moment. „Ich glaube, wir müssen los, oder?"

Viel zu schnell für seinen Geschmack wendet sie den Blick ab und geht zum Auto. Martin atmet durch hohle Wangen ein. *Gott steh ihm bei.*

~oOo~

Wow. Dieser Kerl ist wirklich zu schön für diese Welt. Der Smoking scheint ihm auf die Haut geschneidert und bis vor kurzem hatte ich keine Ahnung, dass ich auf Fliegen stehe. Mir bleibt fast das Herz stehen, als er sich geschmeidig auf mich zubewegt. Sein Haar wirkt in gewohnter Weise leicht zerzaust und seine blauen Augen funkeln mich an, als er vor mir stehen bleibt, mir Komplimente in mein Ohr haucht, die meine Knie weich werden lassen. Warum bin ich plötzlich so empfänglich für gesäuselte Worte dieser Art?

Für einen klitzekleinen Augenblick dachte ich sogar, er will mich küssen. Fast hätte ich die Augen geschlossen und darauf gewartet, dass sich seine Lippen auf meine legen. *Mist, so weit ist es also schon gekommen.*

Ich brauche dringend ein wenig Abstand von seiner männlichen Präsenz, von seinem Geruch, von seiner Nähe. Dass ich den Abend mit ihm verbringen muss, ist nicht sonderlich hilfreich bei diesem Vorhaben. Fast wäre ich über meine mörderisch hohen Schuhe gestolpert, bei dem Versuch, vor ihm den Wagen zu erreichen. *Verflixt!* Das alles hier läuft nicht unbedingt nach Plan. *Er ist Martin Zimmermann, Klara!*

Doch selbst, wenn ich mir das die ganze Zeit vorbeten würde, ändert es nichts an der Tatsache, dass meine Gedanken plötzlich in eine Richtung abschweifen, die mir nicht gefällt. Aber so gar nicht gefällt.

Martin öffnet mir die Beifahrertür und kommt mir bereits zum zweiten Mal viel zu nah an diesem Abend. *Und der Abend hat noch gar nicht richtig begonnen.*

Während er um das Auto geht, um selbst einzusteigen, versuche ich, ein Komplott mit dem lieben Gott zu schließen.

Bitte, erinnere mich im richtigen Augenblick an meine Prinzipien. Ich will auch immer artig sein.

Ich schließe die Augen, versuche mich zu sammeln. Was auch immer mich heute erwartet, ich darf auf keinen Fall den Kopf verlieren. Zu viel hängt davon ab.

Ich möchte dieses Haus, aber nicht um jeden Preis.

Du darfst auf keinen Fall schwach werden, Klara Möllenbrink!

Selbst dann nicht, wenn meine Hormone plötzlich verrücktspielen. Martins Aftershave hängt im Innenraum des BMW, vernebelt mein limbisches System, reduziert mich auf meine hormongesteuerten Triebe.

Ich hätte mir jemanden für eine schnelle Nummer suchen sollen, damit dieses schreckliche, sehnsuchtsvolle Ziehen meines Unterleibes erst gar nicht anfängt, mich aus der Bahn zu werfen.

Doch jetzt ist es eindeutig zu spät, um Vorkehrungen dieser Art zu treffen. Ich kann nur auf meine Tugend hoffen. *Und auf den lieben Gott, sollte er meine Gebete denn früh genug zur Kenntnis nehmen.*

„Bist du bereit, für die *Geldsäcke* dieser Welt, Klara Möllenbrink?" Er lächelt mich schelmisch an und ich bemühe mich, mich vor dem Leuchten seiner meerblauen Augen zu verschließen. Oder vor dem Grübchen in seinem Kinn. Oder vor diesem sinnlich geschwungenen Mund. *Gott, jetzt ist es aber wirklich höchste Zeit für deinen himmlischen Beitrag.* „Ich denke, ich bin kampferprobt und gewappnet, Martin Zimmermann."

„Sehr gut." Er startet den Wagen und ich konzentriere mich auf die vorbeifliegende Landschaft. *So gut man das eben kann, wenn einem das Herz bis zum Hals klopft.*

„Worum geht es heute Abend überhaupt und", ich sehe ihn an, „wer ist dieser ominöse Großmandant, zu dem wir fahren?"

Martin legt eine Hand an seinen Binder, als würde ihm die Luft zum Atmen plötzlich fehlen. „Es geht um benachteiligte Kinder ...", *okay damit kann ich leben.* „... und das Ganze findet im Haus meiner Eltern statt." *Das geht mir dann doch zu weit.* Eindeutig!

„Bei dir zu Hause?" Selbst in meinen Ohren hört sich meine Stimme zu schrill an.

„Im Haus meiner Eltern, nicht in meiner Wohnung." Wieder dieses atemberaubende Lächeln, doch dieses Mal möchte ich es ihm aus dem Gesicht schlagen. *Großmandant, pah!*

„Und warum hast du mir das verschwiegen?" Unruhig rutsche ich auf meinem Sitz hin und her.

„Warum ist das wichtig?", beantwortet er meine Frage mit einer Gegenfrage.

„Warum das wichtig ist? Entschuldige, ich lerne gleich deine Eltern kennen."

„Ich kenne deinen Vater bereits, also was ist so schlimm daran?"

Ich schnaube abfällig. „Das kann man doch gar nicht miteinander vergleichen."

„Und warum nicht?" Er wirkt tatsächlich absolut gelassen.

Ich drehe mich in seine Richtung, soweit es mein Sicherheitsgurt zulässt. „Das war doch ein ganz anderer Anlass. Du bringst mich als deine Begleitung zu einer Party mit, die bei deinen Eltern stattfindet." *Er ist doch nicht wirklich so beschränkt, den feinen Unterschied nicht zu sehen?*

„Klara, niemand wird sich etwas dabei denken."

Er macht es mit diesen Worten nur noch schlimmer. „Das beruhigt mich ungemein. Mich wird sowieso niemand nach meinem Namen fragen, weil es die Mühe gar nicht lohnt, sich diesen zu merken. Wolltest du mir das damit sagen? Bekomme ich eine Nummer? Frau 784 mit Martin Zimmermann?"

Er lacht leise. „Frau 784? Wie kommst du denn darauf?"

Martin spürt wohl, dass ich das überhaupt nicht witzig finde, und nimmt eine Parkbucht am Straßenrand. Ich knirsche mit den Zähnen. *Wie soll ich es diesem ignoranten Holzkopf nur erklären?*

„Klara, deine Bedenken sind völlig unbegründet."

„Sicher, weil du bisher in monogamen Beziehungen gelebt hast und ständig mit der gleichen Frau auf den Festen deiner Eltern aufgetaucht bist!"

„Nein und ja, genau."

Meine Nase rümpft sich, ohne dass ich es ihr befehlen müsste. „Nein und ja? Was soll das denn jetzt wieder bedeuten?"

Er atmet tief ein. „Ich habe nicht in monogamen Beziehungen gelebt, also *nein*, und ich bin ständig mit derselben Frau auf den Partys meiner Eltern aufgetaucht."

„Ach ja?" *Armleuchter!* Erwartet er, dass ich ihm das abkaufe?

„Isa war bisher meine Begleitung."

Isa? *Das war's für dich, Fräulein!* Kein Wort hat sie darüber verloren, wo diese Gala stattfinden wird. *Warte, wenn ich dich in die Finger bekomme.*

Ich öffne meinen Mund, nur um ihn wieder zu schließen. Was soll ich darauf erwidern? „Das beruhigt mich nicht im Geringsten, Martin." Wenigstens das kann ich zugeben.

Seine Mundwinkel zucken und er startet den BMW, um unseren Weg fortzusetzen. Er versteht mein Dilemma einfach nicht. Oder er möchte es nicht verstehen. Ich werde quasi als eine potenzielle feste Freundin in die Zimmermann-Gesellschaft eingeführt.

„Entspann dich, niemand wird dort darauf warten, dass ich dir heute Abend einen Ring an den Finger stecke."

„Das lässt mich wirklich aufatmen." Meine Stimme tropft vor Ironie.

„Siehst du, kein Grund zur Panik."

„Du bist ausgesprochen blasiert, Zimmermann."

„Ich kann es mir auch erlauben, Möllenbrink." Martin leckt sich selbstgefällig über die Lippen. Ich kann ihn nur anstarren.

„Willst du kneifen?" Noch immer sind seine Mundwinkel spöttisch nach oben gezogen. Meine Finger jucken, so gern würde ich ihn verprügeln, damit seine Synapsen wieder in die richtige Position rutschen.

„Ich habe noch niemals gekniffen, Zimmermann. Aber sei dir meiner Rache gewiss", presse ich zwischen den Zähnen hervor.

„Du siehst mich wachsam." *Hat er etwa gezwinkert?*
Ein unartikulierter Laut aus meinem Mund und ich sehe
wieder aus dem Fenster. So kann er mein eigenes Grinsen
wenigstens nicht sehen.

Das Grinsen vergeht mir jedoch ziemlich schnell, als wir
die Einfahrt zu einem Anwesen nehmen, das Vergleiche mit
dem *Schloßhotel* durchaus standhalten würde.

Ein beachtlicher Fuhrpark unbezahlbarer Karossen säumt
den Kiesweg und ich muss zweimal blinzeln, als ich einen
livrierten Mann ausmache, der stocksteif vor dem riesigen
Eingangsportal ausharrt. Wohl, um den Gästen stilgerecht
die Tür zu öffnen.

„Wo sind wir hier, Martin?" *Er kann doch nicht hier
wohnen! Oder doch?*

„Bei mir. Herzlich willkommen."

Fast wäre meine Kinnlade heruntergeklappt. Das erklärt
natürlich, warum er noch bei Mami wohnt.

Ein Mann wie Martin Zimmermann gibt seinen Status
nicht gern auf. Was wäre schon ein läppisches
Luxusappartement gegen diese … diese … Dekadenz?

Er fährt jedoch am Haupthaus vorbei und parkt den
Wagen abseits der anderen Autos.

„Hier steht er besser", erklärt er lediglich. *Als wenn mich
das interessieren würde.* „Du brauchst nicht nervös zu
sein."

„Wie kommst du darauf, dass ich nervös wäre? Ich weiß mich in diesen Kreisen zu bewegen. Du hast wohl vergessen, wo ich wohne und arbeite?"

„Nein, das habe ich nicht vergessen, aber …"

„Aber was? Falls du darauf anspielst, dass ich in der Regel hinter der Theke stehe, kann ich mich durchaus auch vor der Theke benehmen."

Ein Schatten fällt über sein Gesicht und eine steile Falte bildet sich über seinem Nasenrücken. „Hast du wirklich gedacht, ich hätte Angst, du könntest mich blamieren? Verflucht, für dieses Kennenlern-Date ist es wirklich allerhöchste Zeit. Ich wollte dich lediglich wissen lassen, dass ich den ganzen Abend nicht von deiner Seite weichen werde."

Ich spüre, dass ich wohl ein bisschen übers Ziel hinausgeschossen bin. „Entschuldige bitte, so war das nicht gemeint. Ich wünschte nur, du hättest mir vorher verraten, dass es die Gala deiner Eltern ist."

„Was hätte das geändert? Es ist eine kleine private Feier meines Vaters. Nichts Großes." Ich wünschte, er hätte mir sein *klein* und *privat* vorher genauer definiert. In eben solchen Kleinigkeiten unterscheiden sich die Gesellschaftsschichten immens. Ich verstehe unter *privat* und *klein*, eine Anzahl an Gästen, die problemlos auf mein Sofa passen. *Du hast das Sofa seiner Eltern doch noch gar nicht gesehen, Klara. Sei nicht so kleinkariert.*

„Sollte es dir dennoch zu viel werden, verspreche ich dir, dass wir hier verschwinden. Du musst mir nur ein Wort gönnen." Er lächelt versöhnlich und ich erspare ihm einen bissigen Kommentar. *Dafür werde ich im Laufe des Abends noch genügend Gelegenheiten bekommen. Er ist schließlich Martin Zimmermann.*

Galant öffnet mir Martin die Beifahrertür, reicht mir seine Hand, die ich sekundenlang anstarre. *Reiß dich zusammen, Klara Möllenbrink. Es ist doch nur eine harmlose Geste.* Dennoch scheint sich die Hitze seiner Finger unkontrolliert auf meinem Körper auszubreiten, als ich sie ergreife. *Einfach furchtbar.*

„Wir nehmen den Hintereingang. Das gibt mir die Möglichkeit, dir die lauschigen Plätze im Garten zeigen zu können."

„Das wäre dann doch eher etwas für das dritte oder vierte Date, meinst du nicht?" Ich bemühe mich um eine spöttische Miene, selbst wenn mein Innerstes auf der Stelle und unverzüglich diese lauschigen Plätze kennenlernen möchte. *Ach herrje ...*

„Für das dritte oder vierte Date behalte ich mir den Rosenpavillon vor, Klara." Er senkt den Kopf, kommt meinem Gesicht gefährlich nah. Meine Nasenflügel beben, als er eine Hand um meine Hüfte legt. „Und glaube mir, das wird ein unvergessliches Date."

Ich halte den Atem an. Martin dirigiert mich ein Stück zur Seite, um die Autotür hinter mir schließen zu können. Ich schließe die Augen, nutze diese maximal zwei Sekunden, die er braucht, um mir die Leviten zu lesen.

Du benimmst dich ausgesprochen fragwürdig, du dämliche Gans! Mehr braucht es nicht, um dich all deine Prinzipien vergessen zu lassen? Einen schönen Kerl im Smoking, der dir zweideutige Avancen macht?

Ich benetze meine Lippen und öffne meine Lider wieder, nur um Martins Blick zu begegnen. „Wir sollten jetzt wirklich hineingehen, sonst verlege ich das dritte Date auf heute vor, Klara." Seine Stimme klingt rau und heiser und jagt mir einen Schauer über den Rücken. *Was ist denn nur auf einmal mit mir los?*

Kapitel 15

~oOo~

Martin verschließt den Wagen und dreht sich zu Klara, die mit bebendem Brustkorb und leicht nach hinten gelegtem Kopf die Augen geschlossen hält. Er sieht ihre Zungenspitze hervorschnellen, über ihre Lippen fahren und vernimmt das leise Seufzen, ehe sie ihn ansieht.

Leichte Röte zieht sich über ihre Wangen und ihr Blick wirkt mit einem Mal verhangen. Aufloderndes Verlangen schnürt ihm die Kehle zu. „Wir sollten jetzt wirklich hineingehen, sonst verlege ich das dritte Date auf heute Abend vor, Klara."

Sein Rachen fühlt sich plötzlich trocken an. Er braucht dringend etwas zu trinken. Oder Sex. Er spürt das Blut durch seine Adern rauschen und verflucht Klara dafür, dass sie diese Macht über seinen Körper zu haben scheint. Er hatte nicht vor, sie derart anzuflirten. Das ginge genau in die falsche Richtung. Aber irgendetwas geschieht mit ihm, über das er keine Gewalt zu haben scheint. Er ist doch kein Teenager mehr! Etwas unwirsch nimmt er ihren Arm und führt sie durch den Garten in Richtung Haus.

~oOo~

„Hey, warum zerrst du mich denn so?" *So viel also zu den lauschigen Plätzchen im Garten ...*

„Ich will dich unter Leute bringen, damit die Versuchung sich endlich relativiert."

Ich bleibe abrupt stehen. *Habe ich ihn jetzt richtig verstanden?*

„Bitte was?" Doch anstatt mir zu antworten, umfasst er mein Gesicht und legt seine Lippen auf meine. Nutzt meine atemlose Anspannung, um mich näher an sich zu ziehen. Ich spüre den Druck seiner weichen warmen Lippen und mein Hirn scheint plötzlich nur noch aus rosaroter Watte zu bestehen.

Seine Zunge fordert Einlass in meinen Mund und ich sein Knie steht zwischen meinen Beinen. Sein Kuss wird tiefer, fordernder. Als ich mich sehnsüchtig an ihm reibe, löst er sich unvermittelt von mir und ich gerate ins Straucheln. Er knurrt, hält mich in Position, indem seine Hände über meinen Rücken wandern, auf meinem Hintern liegen bleiben.

„Das meinte ich, Klara. Du bist die personifizierte Versuchung und solange wir uns unter Menschen befinden, laufe ich nicht Gefahr, ihr zu erliegen."

In einem hilflosen Versuch, diese aufgeloderte Begierde in mir zu lindern, spanne ich den Beckenboden an. Mir entfleucht ein frustriertes Aufstöhnen. Meine Brüste wiegen schwer und mein ganzer Körper scheint zu summen. Aber das könnte auch das Blut sein, das hinter meinen Ohren rauscht.

Ohne ein weiteres Wort nimmt Martin meine Hand und ich folge ihm willenlos erotisiert. Der Anblick des Rosenpavillons am anderen Ende des Gartens lässt mich zittern. *Mit diesem Kuss hat er dich völlig versaut, Klara.*

Ich bin mir nicht sicher, ob ich jemals so geküsst wurde. Wahrscheinlich schon. Die Frage ist doch eher die, ob mein Körper jemals so auf einen Kuss reagiert hat. Meine Lippen fühlen sich geschwollen an und möglicherweise erblühen meine Wangen in einem ähnlichen Rosaton wie die Watte in meinem Kopf.

Ich schiele auf meinen Begleiter, der einen Schritt vor mir läuft. Er wirkt angespannt, fast trotzig. Was mache ich denn jetzt? Dieser Kuss hat mich unvorbereitet getroffen. Selbst wenn ich mich bereits bei dem Wunsch erwischt habe, er würde mich endlich küssen, so habe ich nicht damit gerechnet, dass er es tatsächlich vorhat. *Und jetzt hat er es definitiv getan.*

Unendlich viele Fragen schwirren durch meinen Kopf, doch ich bin nicht fähig, auch nur eine davon zu formulieren, geschweige denn, sie laut zu stellen. Was hat er sich nur dabei gedacht? *Was hast du dir nur dabei gedacht?* Fühlt er sich ähnlich verwirrt wie ich? Warum, um Himmels willen, spricht er nicht mit mir?

Als er die Tür zum Haus öffnet, bin ich noch nicht bereit, diesen wildfremden Menschen zu begegnen. Freundliche Gelassenheit zu vermitteln, wo mich doch nichts anderes als irrationale Emotionen durchfluten.

Kaum, dass wir das Haus betreten haben, legt sich ein Lächeln auf sein Gesicht, welches jedoch seine Augen nicht erreicht. *Bereut er etwa, mich geküsst zu haben? SO geküsst zu haben?*

Ich sollte aufhören, darüber nachzudenken, ob der Kuss mit Martin etwas zu bedeuten hat. Was immer mich auch dazu gebracht hat, mich von ihm küssen zu lassen, es war nicht unbedingt der glanzvollste Moment in meinem Leben. Ich hatte einfach zu lange keinen Sex mehr, da können *und dürfen* die Hormone schon mal verrücktspielen. Kein Grund, dem zu viel Bedeutung beizumessen, oder? Dies ist eindeutig nicht der richtige Ort, um diesen Wirrwarr an Gefühlen zu analysieren. Ich muss diesen Abend einfach irgendwie überstehen. *Zähne zusammenbeißen, fertig.*

Plötzlich stehen wir in einem riesigen Foyer. Eine Freitreppe führt von beiden Seiten in die nächste Etage dieses Herrenhauses. Jedoch sind die Stufen, wie in einem Museum, mit einem Seil aus rotem Samt abgesperrt.

„Oben sind Privaträume." Martin folgt meinem Blick.

„Fühlst du dich nicht wie in einem Mausoleum?" Mich erschlägt diese Dekadenz und ich habe noch nicht mal alles gesehen.

„Man gewöhnt sich daran. Wenn keine Bälle, Gesellschaften oder Galas stattfinden, sieht man manchmal tagelang niemanden." Er lächelt, doch mir läuft ein Schauer über den Rücken. *Was für ein gruseliger Gedanke.*

Ich selbst lebe auch in einem Schloss. In einem kleinen Appartement im Angestelltenflügel, direkt über meinen Eltern. Es hat pragmatische Gründe, die meine Eltern dazu bewogen haben, unmittelbar am Restaurant und Weinkeller wohnen zu wollen.

Aber das hier entbehrt jeder Logik. Zum Glück muss ich meine Gedanken nicht mit ihm teilen. Noch während ich überlege, wie ich ihm besonders schonend beibringe, was ich von dieser Art zu leben halte, steht plötzlich ein Gast des Abends vor uns.

„Martin! Ich hatte schon die Befürchtung, du würdest heute gar nicht hier erscheinen." Der Blick des Mannes scannt abschätzend meine Gestalt und ich empfinde sein Lächeln als impertinent. Aber das kann selbstverständlich auch an meiner ziemlich gestressten Gemütslage liegen.

„Und sie sind ...?" Er hält mir seine manikürte Hand entgegen, die ich der Höflichkeit halber ergreife.

„Klara ..."

„Frau Möllenbrink ist meine Begleitung, Roland. Wir sehen uns später noch."

Ohne mir die Chance zu geben, mich von Roland zu verabschieden, zerrt Martin mich auch schon weiter. Ich räuspere mich, möchte, dass er endlich stehen bleibt, doch er nimmt keine Notiz von mir. Erst, als ich fast über meine Füße stolpere, entziehe ich ihm mit einem Ruck meine Finger, die er noch immer mit seinen fest verschlungen hält.

„Jetzt ist aber Schluss mit dieser Rennerei, Zimmermann. Himmelherrgott, gib mir doch eine Minute. Geht das jetzt den ganzen Abend so weiter, dass du mich entweder hinter dir herzerrst oder mir vorschreibst, mit wem ich reden darf?"

„Nein, aber Roland ist niemand, mit dem es sich lohnt zu sprechen."

„Und du siehst mich nicht in der Lage, diese Entscheidung selbst zu treffen?"

„Doch, durchaus." Martin runzelt missbilligend die Stirn. „Da ich dir aber versprochen habe, den ganzen Abend nicht von deiner Seite zu weichen, und ich mich ungern mit Menschen wie Roland umgebe, war ich so frei, dir diese Entscheidung abzunehmen."

Wie ausgesprochen fürsorglich von ihm.

„Vielleicht wäre es ja dann das Beste, wenn ich dich von diesem Versprechen entbinde, Martin." Nicht, dass dieser Roland einen sympathischen Eindruck hinterlassen hätte, doch so langsam reicht mir Martins Gängelei.

Ich bin ausgesprochen froh darüber, dass er mich zu diesem *Kennenlern-Date* genötigt hat. Nicht, dass ich jemals vorhatte, ihm zu gestatten, meinen Traum mitzufinanzieren. Allein die Vorstellung ist lachhaft. Als wenn er sich jemals mit einer stillen Teilhaberschaft zufriedengeben würde. Ein Martin Zimmermann lässt sich nicht in die zweite Reihe drängen. Er würde, wie Niklas, meine Entscheidungen ständig infrage stellen.

Er beweist mir nur einmal mehr, was für ein aufgeblasener Idiot er ist. Und jetzt kann ich meine Vorbehalte unterstreichen, mit Rot umranden und an eine Litfaßsäule pinnen.

Dieser Abend hat mir all seine Geheimnisse bereits offenbart und nichts davon war eine wirkliche Überraschung für mich. Doch noch ehe ich ihm das mitteilen kann, hat uns eine ausgesprochen elegante Frau mittleren Alters entdeckt, hält auf uns zu.

Oh Gott, seine Mutter. Sie hätte sich wirklich keinen passenderen Moment aussuchen können, um mich kennenzulernen. *Meine Laune ist gerade geringfügig überspannt.*

Ich richte mich gerade auf, ringe mit meiner Contenance, doch sie schenkt mir keine Beachtung. „Martin, kannst du mir verraten, wo du gesteckt hast?" Sie sieht sich um, schaut an mir vorbei. „Wo ist Isabell?"

Martin reibt sich in einer hilflos wirkenden Geste über die Stirn. „Isabell wird heute nicht kommen, Mutter. Aber darf ich dir Klara Möllenbrink vorstellen?"

Jetzt habe ich ihre Aufmerksamkeit. *Fantastisch. Das läuft ja hervorragend.* Ihr prüfender Blick mustert mich abschätzend, was die Sache nicht unbedingt angenehmer macht. Doch sie erinnert sich wohl an ihre Erziehung und reicht mir ihre Hand zur Begrüßung. „Zimmermann", stellt sie sich mir leicht nasal vor.

Ich erwidere ihren Händedruck mit all dem Selbstbewusstsein, welches einem in einer solchen Situation noch verbleibt. „Klara Möllenbrink."

Sie stutzt. „Etwa Möllenbrink, wie – das Restaurant *Möllenbrinks?*"

„Ja, meine Eltern führen das Restaurant im *Schloßhotel.*"

„Mein Mann und ich sind große Bewunderer der Küche des *Schloßhotels.*" Sie lächelt und ich wage zu behaupten, dass es echt ist.

„Das werde ich meiner Mutter gern ausrichten. Vielen Dank."

„Wir haben sogar versucht, uns das Essen für den heutigen Abend von dort liefern zu lassen. Doch das Restaurant bietet keinen Partyservice."

War das jetzt tatsächlich ein vorwurfsvoller Unterton?

„Für einen Partyservice bleibt meiner Mutter einfach keine Zeit."

Frau Zimmermann lächelt. Etwas konsterniert, aber sie lächelt. Jedoch ist unsere oberflächliche Konversation damit erschöpft und sie wendet sich wieder Martin zu.

Ich folge dem Gespräch nicht weiter, sehe mich um.

Kühle Eleganz erschlägt mich. Glas, Chrom, hier und da ein weißer Akzent. Vermutlich ausgesprochen teure Bilder an den Wänden, die in mir jedoch nichts auslösen, während ich sie betrachte. Von irgendwoher erklingt Musik und Stimmengewirr, doch ich verspüre Erleichterung, dass ich noch kein Teil dieser Kakofonie bin.

Ich trete ein Stück zur Seite, als ein Kellner in Livree mit einem Tablet an mir vorbei möchte. Doch er macht plötzlich zwei Schritte zurück, sieht mich aus großen, verwunderten Augen an.

„Klärchen, bist du das?"

Erkenntnis und Freude macht sich in mir breit. „Enrico? Mein Gott, was machst du hier?" Lachend lege ich eine Hand über meinen Mund.

Er breitet lächelnd die Arme aus, ohne dass die Gläser auf seinem Tablett auch nur ansatzweise kippeln, und ich schüttele über meine dumme Frage den Kopf. „Selbstverständlich arbeiten, entschuldige."

Enrico stellt seine Fracht auf einen Bistrotisch, umarmt mich und dreht sich mit mir im Kreis, ungeachtet der Tatsache, dass seine Arbeitgeberin nur wenige Meter von uns entfernt steht. Aber das ist eben südländisches Temperament. Er vergräbt seine Nase an meinem Hals und auch ich atme den mir einmal sehr vertrauten Geruch dieses schönen Spaniers ein, fühle mich plötzlich um sechs Jahre zurückversetzt. Selbst mein Herz scheint darauf reinzufallen, schlägt es plötzlich viel zu schnell für meinen Geschmack.

„Hm, du riechst noch genauso süß und verlockend wie damals." Er setzt mich ab, betrachtet mich mit einer

Mischung aus Anerkennung und Neugier. „Und du bist noch schöner geworden."

„Und du redest noch genauso viel Unsinn wie damals." Ich nehme ihn direkt noch mal in die Arme, drücke ihn an mich. „Ich wusste nicht, dass du wieder in der Stadt bist."

„Schon eine ganze Weile."

„Schäm dich, dass ich dich erst zufällig hier treffen muss, um das zu erfahren."

Frau Zimmermann hüstelt vernehmlich und wirft uns, oder vielmehr Enrico, einen vernichtenden Blick zu. Er lächelt sie an, lässt seine strahlend weißen Zähne aufblitzen, die den Olivton seiner Haut nur noch mehr zur Geltung bringen. „Es tut mir leid, Señora. Ich habe diese wunderschöne Frau seit sechs Jahren nicht mehr gesehen. Bitte sehen Sie es mir nach."

Er spricht mit schwerem Akzent. Aus Erfahrung weiß ich, dass er sich diesen ausschließlich für eben solche Momente aufbewahrt, und beiße mir in die Innenseite meiner Wange, um nicht loszuprusten.

Der Blick von Martins Mutter wird bei dieser Charmeoffensive weicher und sie winkt nachsichtig ab. „Wenn Sie den Rest Ihrer Wiedersehensfreude auf Ihren Feierabend verlegen können, spricht nichts dagegen, junger Mann." Martins Mutter schenkt ihm einen ziemlich koketten Augenaufschlag und ich beginne mich zu fragen, wie sie wohl bei einem französischen Akzent reagiert hätte. *Womöglich hätte sie ihr Höschen direkt auf sein Tablett gelegt.*

Enrico deutet eine Verbeugung an. „Selbstverständlich."

Mit einer Geste gibt er mir zu verstehen, dass er später noch mal nach mir suchen wird, und ich lächle ihm hinterher, während er aus meinem Sichtfeld verschwindet.

Schön wie ein spanischer Sonnenaufgang.

Oder Sonnenuntergang. Ich möchte mich da nicht so genau festlegen.

Er ist noch immer das ausgekochte Schlitzohr, das vor 6 Jahren nach Spanien verschwunden ist, ohne sich anständig zu verabschieden. Damals hat er mir das Herz gebrochen, doch heute kann ich ihm nicht mehr böse sein. Immerhin hat er es geschafft, mich von Martin abzulenken. Mein Lächeln verfliegt, macht der trostlosen Leere in mir wieder Platz, die Martins Verhalten in mir hervorgerufen hat.

Kapitel 16

~oOo~

Martin hört seiner Mutter nur mit halbem Ohr zu, lauscht er doch angestrengt in Klaras Richtung. *Wieso nennt dieser Kerl sie Klärchen und sie lässt es sich gefallen?* Fast wäre er dem Typ an die Gurgel gegangen, als er aus dem Augenwinkel sieht, wie er Klara herumwirbelt. Und dann dieser alberne spanische Akzent. Fallen Frauen auf so was wirklich rein?

Bittere Galle steigt in ihm hoch, als er Klaras glockenhelles Lachen hört und die Freude in ihrem Gesicht liest, die das Wiedersehen in ihr ausgelöst hat.

Sie kann gar nicht ihre Finger von diesem Kellner lassen. Wohlgemerkt, dieselben Finger, die sich gerade noch leidenschaftlich in seinen, Martins, Haaren vergraben haben. *Das darf doch wohl nicht wahr sein!* Hat sie ihn nicht gerade noch geküsst, als würde es kein Morgen geben? Noch immer spürt er die Wärme ihrer Lippen auf seinen.

Martin sollte das Personal beim nächsten Mal vorher wohl besser unter die Lupe nehmen, damit so etwas nicht noch einmal passiert. Noch ehe er selbst dazwischengehen kann, greift seine Mutter in das Geschehen ein.

Und Klara? Die hört gar nicht auf zu grinsen, selbst als dieser Möchtegern-Spanier längst verschwunden ist. Er könnte kotzen. *Zimmermann, ist das etwa Eifersucht?* Ja verdammt, und er findet, er hat jedes Recht darauf, eifersüchtig zu reagieren.

~oOo~

„*Klärchen*? Ich dachte, dieser Spitzname sei für deine Familie reserviert." Martin steht plötzlich hinter mir. Eine Ader pocht an seiner Schläfe, als ich mich zu ihm drehe.

„Ganz genau." Ich verspüre wenig Lust, ihm von Enrico zu erzählen. Martins Kiefermuskeln zucken, doch er belässt es dabei, bohrt nicht weiter nach. Wechselt stattdessen das Thema.

„Können wir darüber sprechen, was vorhin im Garten zwischen uns geschehen ist?" Seine Stimme wird weicher, doch ich schüttele verneinend den Kopf. Er hatte seine Chance. Unmittelbar nach dem Kuss. Gerade eben, bevor seine Mutter uns entdeckt hat. Mein Bedarf an klärenden Gesprächen ist wahrlich gedeckt, egal wie sehr mich der Kuss verwirrt hat. *Der beste meines Lebens, aber er hat heute kein Recht darauf, das zu erfahren.*

Martin fährt sich durchs Haar, lässt die Hand im Nacken liegen. „Wie du meinst. Schließlich ist ja nichts passiert. Es war nur ein läppischer Kuss, nichts Besonderes."

Autsch. Seine eiserne Faust umschließt mein Herz. Selbst wenn ich genau das vermutet habe. Aber aus seinem Mund zu hören, dass er mich nicht küssen wollte, es ihm nichts bedeutet, verändert alles. Aber ich bin schließlich selbst schuld. Was lasse ich mich auch von ihm küssen? Ich atme tief in den Brustkorb. „Dann sind wir uns ja ausnahmsweise einig. Und was machen wir mit dieser Erkenntnis?", frage ich ihn bitter. *Das wüsste ich wirklich gern.*

„Ich weiß nicht, was gerade in mich gefahren ist", gibt er schuldbewusst zu. „Klara, das war nicht geplant."

Ach, der feine Herr weiß also nicht, was in ihn gefahren ist, dass er dich geküsst hat? Diese Erfahrung muss ja wirklich schrecklich für ihn gewesen sein. Verdammte Scheißkerle.

Ich sollte den Gedanken mit der schnellen Nummer zwischendurch noch nicht vollends verwerfen. Jede Küche hat eine Nische und diese hier, im Haus, hat heute Abend Enrico. *Man sollte Feste feiern, wie sie fallen, oder nicht?*

Natürlich ist das absoluter Quatsch. Was soll ich mit dem feurigen dunklen Spanier, wenn ich ständig diese blauen Augen vor mir sehe, die mich schier verrückt machen und mich einfach verwirrt zurücklassen? Das wäre fast so, als würde man Perlen vor die Säue werfen, oder wie war das blöde Sprichwort, das meine Großmutter ständig benutzt hat?

Das Leben ist eben wirklich kein Ponyhof und Einhörner gibt es doch nur auf kitschigen Kissenbezügen.

Ich sollte mich lieber wieder meinem eigentlichen Anliegen widmen, ein passendes Haus für meine Pension zu finden. Also werde ich diesen Abend hinter mich bringen und rein vorsorglich morgen die Anzeigen der hiesigen Immobilienmakler studieren. Doch über den Namen *Zimmermann Immobilien* werde ich geflissentlich hinweglesen.

Schon in der nächsten Sekunde bedenkt er mich mit seinem strahlenden Zimmermann-Lächeln. „Komm, wir besorgen uns etwas zu trinken, schöne Frau." Er möchte erneut nach meiner Hand greifen, doch dieses Mal ziehe ich es vor, auf diese Art der Nähe zu verzichten.

„Spar dir deine Komplimente, Martin."

Martins Brustkorb hebt sich schwer. Ein Schatten fällt über sein Gesicht, doch er macht keinen erneuten Versuch, mich zu berühren.

„Warum bist du so gereizt? Liegt es etwa an dem Kellner?" Das Wort *Kellner* kommt mehr als verächtlich über seine Lippen.

Ich stutze über diesen Ausbruch. „Bitte?"

„Klärchen, wir sehen uns bestimmt noch", äfft er Enrico nach. Dass er zudem versucht, den spanischen Akzent zu imitieren, ist wirklich abstrus. Ich kann mir das Lachen schwer verkneifen, das in mir aufsteigt. „Martin, bist du eifersüchtig? Auf Enrico?" *Echt jetzt?*

Er schnaubt abfällig und ich verschränke die Arme vor meiner Brust. „Du bist ein Armleuchter, Martin Zimmermann. Ich hätte gern über den Kuss gesprochen. Vorhin, im Garten. Mir hat er nämlich was bedeutet. Aber jetzt? Ich denke, du wirst erwartet. Warten wir einfach ab, was der Abend noch bringt."

Er hebt mir die Arme entgegen. „Klara, ich …"

Doch mein mahnender Finger gebietet ihm Einhalt. „Ja, ich weiß, du hast keine Ahnung, was in dich gefahren ist, mich zu küssen, und ich …", plötzlich wird mir schwindelig, als ich kurz an ihm vorbeisehe, *die* Frau entdecke, die ihn auf die Hochzeit im Restaurant begleitet hat.

Hat er wirklich uns beide auf die *kleine private Feier* seines Vaters eingeladen?

Damit hat er den Vogel abgeschossen. „… ich bin mir gerade nicht mehr sicher, ob ich hier überhaupt richtig bin", beende ich meinen Satz fassungslos.

Martins Augen werden kugelrund, spiegeln leichtes Entsetzen, als er Silke oder Sybille oder Silvia entdeckt. „Zieh keine falschen Schlüsse, Klara. Silke ist mit Roland hier." *Ach ja, Silke.*

„Falsche Schlüsse?" Mein Blick fliegt in sein Gesicht. „Übergibst du all deine abgelegten Freundinnen an unliebsame Bekannte?" *Das gilt es erst mal zu verdauen.* „Ist der Mann, an den du mich dann verschachern wirst, auch heute Abend hier? Dann könnte ich mich ja schon mit ihm bekannt machen. Vermutlich gefällt er mir besser als du und ich könnte den Rest des Abends …" Mein Puls rast und ich muss mich wirklich bemühen, ihn nicht anzuschreien, während ich der schönen Blondine hinterhersehe, die uns zum Glück nicht bemerkt hat. *Und du gestehst ihm auch noch, dass dir der Kuss etwas bedeutet hat.*

Unvermittelt zieht Martin mich in seine Arme. „Klara, sie ist nicht meinetwegen hier. Beruhig dich wieder." Sein Kopf kommt dem meinem immer näher. *Er wagt es doch nicht, oder?* Diesmal verfange ich mich nicht in dieser Martin-Zimmermann-Venusfalle, sondern schiebe ihn von mir. Verpasse ihm eine schallende Ohrfeige, wende mich ab. „Oh, *das* hat mich ungemein beruhigt, Zimmermann." Mit all der Würde, die mir noch geblieben ist, marschiere ich durch das Foyer und nehme den Haupteingang nach draußen.

~oOo~

Die Ohrfeige hat er wohl mehr als verdient. Martin legt eine Hand auf die Wange.

Was hat er sich dabei gedacht, sie an sich zu ziehen, wenn sie wütend auf ihn ist?

Es hätte ihm klar sein müssen, dass Klara nicht wie eines seiner Betthäschen tickt und sich nicht besänftigen lässt, nur weil er ausgesprochen nett zu ihr ist. *Du warst nicht nett, Hornochse.* Nein, das muss er sich zu seiner Schande eingestehen. Klara hat recht. Diese Party ist weder der richtige Anlass noch der richtige Ort für ein erstes Date. *Du wolltest sie überhaupt nicht daten, Idiot. Sie sollte dich einfach besser kennenlernen.* Den Namen Zimmermann nicht mehr als ein rotes Tuch betrachten. *Na, das hat hervorragend geklappt, Martin Zimmermann.*

Er nimmt Klaras Verfolgung auf, wird jedoch von ankommenden Gästen aufgehalten, die ihn in ein Gespräch verwickeln wollen. Als Martin endlich ins Freie gelangt, sieht er sie in einen alten Golf steigen und davonfahren.

~oOo~

Sobald ich ins Freie trete, beschleunige ich meine Schritte. Sollte Martin hinter mir herlaufen, habe ich hoffentlich einen angemessenen Vorsprung.

„Klara, wohin willst du?" Enrico steht unter einem Pavillon in einer Gruppe Personen, deren Uniform sie ebenfalls als Kellner identifizieren.

Ich sehe nur kurz auf. „Nach Hause."

„Zu Fuß?"

„Ich nehme an der Straße ein Taxi."

Da wird mir das törichte Vorhaben bewusst, von dieser Party einfach verschwinden zu wollen. Ich habe überhaupt kein Geld dabei. Der Fahrer muss am Schloßhotel eben warten, bis ich Geld aus meinem Zimmer geholt habe. Enrico tritt seine Zigarette aus, wechselt einige Worte mit einem der anderen Kellner und kommt auf mich zu. „Ich fahre dich. Meine Pause dauert eh noch 20 Minuten."

„Das würdest du tun?"

Er lächelt sein spanisches Ich-hab-für-jedes-Problem-eine-Lösung-Lächeln. „Das hast du jetzt nicht ernsthaft gefragt, oder? Warte kurz hier, ich hole das Auto."

Ich erwidere dankbar sein Lächeln und hoffe inständig, dass er sich beeilt, bevor Martin mich hier stehen sieht. Ich schiele zum Haus, doch er scheint mich gar nicht aufhalten zu wollen. Die Enttäuschung darüber trifft mich wie ein Faustschlag. *Du solltest lieber erleichtert sein, dass nichts passiert ist, was es morgen zu bereuen gilt.*

Aber wie so oft im Leben lassen sich Gefühle nicht rational oder logisch in die richtige Richtung lenken.

Als Enrico neben mir anhält, damit ich einsteigen kann, sehe ich nicht mehr zurück. Martin Zimmermann ist es gar nicht wert, dass ich noch einen Gedanken an ihn verschwende.

Doch leider kann mich auch der rassige Spanier nicht aufheitern, ganz egal, wie sehr er mich auf seine ausgesprochen süße Enrico-Art auf dem Heimweg anflirtet.

Und dass, obwohl er eine Freundin hat, wie er mir gesteht. *Er hat sich wirklich nicht geändert.*

Kapitel 17

~oOo~

„Isa, ich brauche deine Hilfe."

„Ernsthaft?" Ein Gähnen am anderen Ende der Leitung und ein zu lautes: „Du hast die Wette gewonnen, Baringhaus", ehe sie sich ihm kichernd widmet. „Du hast es vergeigt, oder?"

Martin verzieht missmutig das Gesicht, wirft den Binder aufs Bett und öffnet den obersten Knopf seines Hemdes.

„Wie schön, dass ich euch den Abend versüßen konnte. Ich hoffe, der Wetteinsatz hat sich gelohnt."

„Oh, für Niklas schon." Martin hört den anzüglichen Unterton in Isas Stimme und verdreht die Augen. „Mir hingegen bist du jetzt etwas schuldig."

„Ja, später. Alles, was du willst. Aber zuerst brauche ich eine genaue Wegbeschreibung."

„Hä?"

„Klara ist von hier verschwunden und ich wüsste gern, wo genau im Schloss ihr Zimmer liegt."

„Willst du etwa dort aufschlagen? Ich bezweifle, dass ihr das so gut gefallen wird."

„Das lass mal meine Sorge sein. Da ich aber davon ausgehe, dass ich sie weder im Restaurant noch in der Küche finden werde …"

„Aber der Weg allein wird dir gar nichts nützen. Ohne den Code zu ihrem Zimmer kommst du gar nicht hin."

„Den Code zu ihrem Zimmer? Ich hatte vor, anzuklopfen."

Isa lacht. „Sie hat ein winziges Appartement im Ostturm. Du brauchst den Code für den Fahrstuhl. Es sei denn, du versuchst es mit *Rapunzel, lass dein Haar herunter*."

„Du bist so ausgesprochen witzig, Isabell Holzer."

„Ja, nicht wahr? Also ich würde wetten, dass Klara sich den Zopf abschneidet, sobald du auf halber Höhe hängst. Denn ich würde es tun." Sie kichert albern in den Hörer und Martin ballt die Hände zu Fäusten.

„Isa, gib mir den verfluchten Code."

„Jaja, schon gut. Ich verrate ihn dir. Aber auf eigene Verantwortung."

„Ich halte dich da raus, keine Angst."

„Ich habe das Gefühl, sie wird mich dennoch zur Rede stellen, also entschuldige dich angemessen und anständig, dann fällt mein Verrat nicht so sehr ins Gewicht."

Er hört ihren warnenden Unterton und wünschte, er könnte Isa beruhigen. Oder sich selbst. Doch er würde es durchaus verstehen, wenn Klara ihn mit ihren Schuhen bewirft, noch ehe er ein Wort der Entschuldigung über die Lippen gebracht hat.

„Ich gebe mein Bestes", verspricht er kleinlaut und legt auf, nachdem er den Code kennt.

Bevor er fährt, tauscht er den Smoking gegen eine Jeans, nutzt die Zeit, um sich selbst Mut zuzusprechen. *Martin Zimmermann ist nervös, wenn es um eine Frau geht?* Das hat es auch noch nie gegeben. Auch nicht, dass er das Bedürfnis verspürt, sich für sein Verhalten zu entschuldigen. In der Regel ist es ihm ziemlich schnuppe, was Frauen über ihn denken, wenn er mit ihnen fertig ist. *Aber mit Klara bist du noch längst nicht fertig, oder?* Ein unruhiges Gefühl der Rastlosigkeit breitet sich in ihm aus, als er seine Wohnung verlässt, an den Gästen seines Vaters vorbei zum Hinterausgang schleicht.

~oOo~

Mit Enricos Handynummer in der Tasche, gebe ich meinen privaten Code in den Fahrstuhl ein, der mich in mein Turmappartement bringt. Ich muss schmunzeln, denn es war eigentlich Enricos Appartement, ehe er vor sechs Jahren einfach aus dem *Schloßhotel* und somit auch aus meinem Leben verschwunden ist. Zumindest das hat er mir gelassen – 35 Quadratmeter Privatsphäre an einem Ort, an dem das Leben ansonsten rotiert.

Müde streife ich meine Schuhe ab und lasse sie an Ort und Stelle liegen, während ich meine Musikanlage auf volle Lautstärke drehe. Ich singe lauthals mit Tina Dico ihr *Count to Ten* im Duett, während ich mir aus dem Kühlschrank meiner Kochnische den restlichen Weißwein in ein handelsübliches Bierglas kippe. *Mir ist heute der Stil abhandengekommen, wie mir scheint.*

Barfuß, singend und mit meinem Glas bewaffnet, marschiere ich ins Badezimmer, starre mir selbst im Spiegel entgegen. Doch der Zauber, den ich bei meinem eigenen Anblick noch vor einigen Stunden empfunden habe, ist verflogen. Es ist wirklich eine Schande um all die Mühe, die Isa in diese kunstvolle Frisur gesteckt hat. Etwas ruppig ziehe ich die Haarnadeln heraus, als ich das vertraute *Bing* des Fahrstuhls über die Musik hinweghöre und mich ärgere, dass ich die Zwischentür nicht abgeschlossen habe.

„Mama, mit mir ist wirklich alles in Ordnung. Du wirst in der Küche dringender gebraucht." Meine Mutter hat mich bereits mit ihren Fragen gelöchert, wie es sein kann, dass ich schon wieder zu Hause bin. Ich dachte eigentlich, ich hätte ihr gerade glaubwürdig vermittelt, dass es mir gut geht. Ich hätte besser unverzüglich hochfahren sollen, anstatt mich in der Küche erst anzumelden.

Entnervt atme ich tief in den Brustkorb, weil sie mir nicht antwortet. „Mama, ich bin keine 16 mehr. Mein Herz ist nicht gebrochen, nur weil ein Kerl sich ..." Ich trete aus dem Badezimmer und glaube einen Moment, meinen Augen nicht zu trauen.

„... benimmt wie ein Arschloch?" Martin steht mitten in meinem Wohnzimmer, das gleichzeitig mein Schlafzimmer ist. „Du?" *Wie kann er es wagen?* Mir bleibt die Spucke weg, doch ich fange mich schnell wieder. „Da du es ja selbst weißt, hättest du dir den Weg sparen können."

„Entschuldige, ich hätte angeklopft ..." Er ignoriert meinen Einwand, deutet auf die Fahrstuhltür, die scheinheilig ihre Türen verschlossen hält.

„Dann hätte ich wenigstens so tun können, als hätte ich es überhört." Meine Arme verschränken sich vor der Brust.

Martin fährt sich durchs Haar, wie er es anscheinend immer tut, wenn er nicht weiß, was er antworten soll. Bis vorhin fand ich diese Geste unglaublich sexy. Jetzt empfinde ich es eher als Genugtuung, dass er sich ebenso unwohl zu fühlen scheint wie ich.

Aber ich habe ihn schließlich nicht hergebeten.

Er hat den Smoking gegen Jeans getauscht. *Also ist er dir nicht auf dem Fuße gefolgt, sondern musste erst darüber nachdenken, ob du es wert bist.* Warum mich der Gedanke so dermaßen erschüttert, weiß ich nicht. Doch die Enttäuschung darüber schnürt mir die Kehle zu.

„Martin, du hättest nicht extra herkommen müssen. Ich denke, zwischen uns ist alles gesagt. Richte Isa von mir aus …" Ich ziehe die Oberlippe zwischen die Zähne und drehe mich weg, um ins Bad zurückzukehren. „Nein, nicht nötig. Ich bringe Isa selbst um." Meine Hand wedelt durch die Luft. „Ach, und Martin? Beim Herunterfahren brauchst du keinen Code im Fahrstuhl."

Plötzlich liegen seine Hände auf meinen Hüften und ehe ich mich versehe, dreht er mich in seine Arme. „Ich bin gekommen, um mich zu entschuldigen. Ich habe nicht nachgedacht, als ich dich gebeten habe, mich ausgerechnet auf die Gala meines Vaters zu begleiten."

Seine Hände machen mich nervös und ich halte den Atem an - völlig überfordert mit der Situation.

„Aber du hast mir vorgeworfen, mich nicht zu kennen. Ich brauchte eine Begleitung für heute Abend. Da dachte ich, das wäre eine gute Gelegenheit …"

„Ja, das war eine fantastische Gelegenheit." Ich bin ein wenig stolz, dass es ebenso sarkastisch klingt, wie ich es meine.

Doch er fährt unbeeindruckt fort. „Heute Abend ist wirklich alles schiefgegangen, was nur schiefgehen kann. Das lag nicht in meiner Absicht."

„Schiefgegangen? Das ist …", ich nicke anerkennend, „nicht unbedingt das Wort, das ich gewählt hätte, aber ja, du hast recht." Seine Exfreundin erscheint vor meinem inneren Auge. „Erst küsst du mich aus heiterem Himmel und plötzlich stehe ich dieser dämlichen Kuh gegenüber, die mich vor einigen Wochen noch verklagen wollte." Ich sehe in die Luft und lache freudlos. „Ach nein, sie hatte einen *Freund*, der mich verklagen würde ..." Ich gebe mir wirklich Mühe, ihm nicht das Gesicht zu zerkratzen.

Da ist er ja wieder, der herrliche Wutknoten im Bauch, der sich erneut in meinem Magen zusammenballt.

„Klara, ich bin nicht hier, um über Silke zu sprechen. Ich will ehrlich sein. Ich hatte ganz vergessen, dass sie auch auf der Gala sein würde. Mit Roland. Ich habe sie nicht an ihn übergeben, sie hat ihn sich selbst ausgesucht." Er hebt die Hand. *Sollte er es jetzt wagen, sie in seinen Nacken zu legen, schreie ich.* Doch er streicht mir eine Haarsträhne hinters Ohr.

Ich wische seine Finger von mir. Silke ist mir völlig egal. Ich bin zornig, weil sein Kuss mich verwirrt hat. Und ich bin verletzt, weil er nicht mit mir darüber gesprochen hat, was zwischen uns geschehen ist. „Ich gebe dir den Tipp, bei deiner nächsten Verabredung darauf zu achten, dass so etwas nicht noch mal passiert. Womöglich fängst du dir bei einer anderen Frau mehr ein als nur eine läppische Ohrfeige." Ich möchte mich wegdrehen, doch er hindert mich daran.

„Lauf nicht schon wieder weg, Klara."

Ich schnaube undamenhaft. „Wo soll ich hin? Ich wohne hier, schon vergessen? Was hast du denn erwartet? Dass ich dir um den Hals falle? Oh nein, mein Freund, ich werde mich noch ein wenig in meiner Abscheu suhlen. Und es ist absolut unfair von dir, hier einfach so aufzutauchen."

„Aber es war fair von dir, bei dem erstbesten Kerl ins Auto zu steigen?"

Ich kann nicht glauben, dass er die Eifersuchts-Karte ausspielt. Ich ziehe meine Augenbrauen bedrohlich zusammen. „Ja, das ist dir noch nie passiert, oder? In der Regel betteln die Frauen um deine Aufmerksamkeit, habe ich recht? Aber weißt du was? Ich bin nicht andere Frauen. Enrico ist nicht *irgendein Kerl* und er war so nett, mich nach Hause zu bringen."

Mein Herz klopft bis in den Hals und mein Blut kocht. Doch dieser Mistkerl lächelt mich an. Er hat noch nicht mal den Anstand, verlegen auszusehen.

„Das war sogar ausgesprochen nett von ihm. Auch, wenn ich dich gern nach Hause gebracht hätte."

„Tja, ich bitte um Verständnis, dass ich diese Möglichkeit gar nicht erst in Erwägung gezogen habe."

„Hast du." Martin macht einen Schritt auf mich zu.

„Bitte was?"

„Mein Verständnis. Du hast völlig recht damit, wütend auf mich zu sein."

„Möchtest du jetzt einen Lolli, weil du so einsichtig bist?"

„Vielleicht würde es mir helfen, Rapunzel."

„Rapunzel?"

Sein leises Lachen kribbelt in meinem Magen.

„Ich musste Isa um Hilfe bitten. Immerhin wohnst du nicht in der Küche." Martin leckt sich über die Unterlippe. Mein Blick folgt der Bewegung seiner glänzenden Zungenspitze. „Sie gab mir den Rat, unter deinem Fenster nach deinem Haar zu fragen, weil sie mir den Code für den Fahrstuhl nicht geben wollte."

„Es wäre klüger für sie gewesen, ihn dir nicht zu geben."

„Ich bin ihr unsagbar dankbar."

„Ich hätte es besser gefunden, dich mit meinem Zopf in den Abgrund zu schicken."

„Das war auch Isas Vermutung." Seine Stimme bekommt einen hilflosen Unterton. „Ich bewege mich auf unbekanntem Terrain, Klara, und du machst es mir wirklich nicht leicht." Er kommt immer näher.

Ich beiße auf meine Unterlippe. „Das habe ich auch nicht vor."

„Nein, das hast du offensichtlich nicht." Ich spüre seine Hitze und sie entzieht dem Raum den Sauerstoff.

„Klara, das, was heute zwischen uns passiert ist … dieser Kuss im Garten, … hat mir den Boden unter den Füßen weggezogen."

„Aber warum das denn? Der Kuss war doch völlig bedeutungslos." Erneut schnürt sich mir die Kehle zu.

„Scheiße, Klara, er war alles andere als bedeutungslos." Seine Hände reiben über sein Gesicht. „Ich habe nicht damit gerechnet, dass das zwischen uns passiert. So profan es klingt, es war …" Er sieht gegen die Zimmerdecke. „Der einzige Grund, warum ich nicht darüber geredet habe, ist der, dass ich keine Worte dafür finde. Dieser Kuss hat etwas mit mir gemacht." Seine Worte überschlagen sich regelrecht.

Oh Gott, er ist tatsächlich nervös.

Er bestätigt meine Vermutung, indem er die Hand in den Nacken legt, und ich schmelze wie Butter in der Sonne. *Echt jetzt?*

„Du musst nichts dazu sagen. Ich weiß, ich habe mich ausgesprochen bescheuert verhalten." Sein Gesicht kommt noch etwas näher. „Ich war arrogant …"

Ich beginne zu blinzeln, als sich seine Hände auf meine Hüften legen. „Ja, und das hat sich seit vorhin nicht geändert."

Seine Nasenspitze streift meine Wange. *Ich sollte einen Schritt zurücktreten* …, sein Atem kitzelt meine Haut, *… ihn mit irgendwas bewerfen* … Er haucht gegen mein Ohrläppchen … *meinen Vater rufen, damit er mich vor den bösen Drachen rettet, wie Väter das eben für Töchter so tun. Ich sollte …*

Ich seufze genüsslich auf. *Erbärmlich!*

Seine Lippen streifen meine Haut. „Und doch bin ich hier und ich habe auch nicht vor, zu gehen, bis du mir verziehen hast."

„Martin, ich …" *Verflucht, Klara, konzentriere dich.*

„Ja?"

Er sieht mich reuevoll an und mein Mund ist plötzlich fürchterlich trocken. Er bringt mein Herz zum Stolpern, als er mein Gesicht umfasst. Mein Puls rast. Er sollte aufhören, mich zu manipulieren. Mein Körper stellt sich bereits in Position, damit er mich besser erreichen kann. Damit er näher bei mir steht. Damit ich ihn besser riechen kann. Seine Wärme spüren kann. *Klara, du dummes, dummes Ding.*

Kapitel 18

~oOo~

Klaras Augen verdunkeln sich um einige Nuancen. Martin fallen zum ersten Mal die grünen Sprenkel in ihren Iriden auf.

„Ich wäre dir wirklich sehr verbunden, wenn …“
Er zieht Klara näher an seinen Körper, fixiert ihren Blick.
„… wenn ich dich noch mal küsse?“ Er versteht sie absichtlich falsch, beobachtet ihr Mienenspiel. Das Repertoire an Gefühlen, das sich auf ihrem Gesicht spiegelt. Noch ehe sie ihm antworten kann, liegen seine Lippen bereits auf ihren. Martin ist sich durchaus bewusst, dass er mit diesem Kuss alles auf eine Karte setzt. Er gibt ihr die Zeit, sich an den Gedanken zu gewöhnen, dass sie ihm verzeihen muss. Von Anfang an keine Chance gegen ihn hatte. Ihr entfleucht ein leiser Seufzer und er spürt ihren Widerstand bröckeln. Vorsichtig teilt er mit der Zungenspitze ihre Lippen. Sie lässt es zu, erwidert seinen Kuss, schlingt ihre Arme um seinen Nacken. Ihre Finger vergreifen sich in seinem Haar.

Ihre Leidenschaft raubt ihm den Atem. Klara weckt eine Sehnsucht in ihm, die ihn mehr als nur irritiert. Er hatte bisher keine Ahnung, dass in seinem Leben etwas fehlt. Auch jetzt kann er es nicht benennen, doch er will verdammt sein, wenn er es nicht herausfindet. Wärme durchströmt ihn.

Es gab keinen Plan B für diesen Abend. Wenn er ehrlich ist, hatte er noch nicht mal einen Plan A. Er hatte wirklich nicht vorgehabt, sie zu küssen. Weder vorhin im Garten, noch jetzt. Doch nun will er nicht mehr darauf verzichten. Sie soll ihm gehören. Nicht nur als Partnerin für die Pension.

Verdammt, er verkauft ihr das Haus, wenn ihr so viel daran liegt.

Diese irrationalen, ihm völlig unbekannten Gefühle lassen ihn schwindelig werden.

Martins Hände gleiten über ihre Hüften, legen sich auf ihren wunderbar runden Hintern. Sein Schwanz zuckt ungeduldig, doch das ist nicht der richtige Zeitpunkt, um Druck abzubauen. Er verlagert sein Gewicht, in der Hoffnung, dass Klara nicht merkt, was sie mit ihm und seinem Schwanz anstellt.

Martin löst sich von ihr und es bereitet ihm fast körperliche Schmerzen, sie freizugeben. Klara legt ihre Stirn gegen seine Brust. Er hört ihren schweren Atem, der dem seinen in nichts nachsteht.

~oOo~

Dieser Kuss … dieser verdammte Kuss …

Selbst wenn ich gewollt hätte, ich hätte mich nicht wehren können. Ich bin auch nur eine Frau und Martin küsst einfach zu gut.

Er ist Martin Zimmermann, Klara. Er hat durchaus Erfahrung darin, Frauen aus dem Konzept zu küssen.

Aber warum muss er ausgerechnet mich aus dem Konzept bringen?

Seine Hände wandern über meinen Rücken, brennen sich durch den Stoff meines Kleides. Alles in mir sehnt sich nach mehr, als diesen einen Kuss, doch jedes *mehr* wäre auch mein Untergang.

Meine Stirn liegt an seinem Brustkorb, ich spüre das heftige Schlagen seines Herzens. Er ist also ähnlich aufgewühlt, was ihm nur Recht geschieht.

„Tanz mit mir, Klara." Viel zu heiser, viel zu rau, viel zu erotisierend. *Ach, verfluchter Mist, Klara!*

Die Musik erreicht mein Unterbewusstsein. *Sam Smith – Fire on Fire. Wie ausgesprochen passend.*

Als ich den Kopf hebe, versinke ich in seinen meerblauen Augen, in denen Stürme zu tosen scheinen. Er beginnt sich zu bewegen, führt mich im Rhythmus der Musik tiefer in den Raum, hält mich fest an seinen Körper gepresst, nimmt den Blick nicht von mir.

Seine Finger kreisen auf meiner nackten Schulter, zeichnen eine glühende Spur auf meiner Haut, und ich hoffe inständig, dass er das wilde Klopfen meines Herzens nicht bemerkt.

Was mache ich denn jetzt? Dass ich verloren bin, steht außer Frage, doch wie gehe ich damit um? Lass ich mich auf diese Gefühle ein, oder versuche ich, weiter dagegen anzukämpfen, mich selbst zu belügen? *Du belügst dich doch gar nicht, du Suppenhuhn.*

Ich versuche lediglich, dich vor dieser Enttäuschung zu bewahren, die der Name Martin Zimmermann unweigerlich mit sich bringen wird.

Er ist kein Mann, der für eine Beziehung geschaffen ist. Hier geht es längst nicht mehr um die Villa. Passende Häuser gibt es wie Sand am Meer, ich muss nur danach suchen. *Es geht um dein törichtes Herz und er hat es bereits jetzt in seinen Händen.* Aber es liegt ganz an mir, ob ich zulasse, dass er es bricht.

Enrico war meine erste große Liebe und ich habe sehr lange gebraucht, um darüber hinwegzukommen, dass er mich verlassen hat.

Doch mit Martin ist es anders. Ich bin älter geworden, reifer. Selbstverständlich wünsche ich mir einen Mann an meiner Seite, irgendwann eine eigene Familie.

Mein Herz jetzt an Martin zu verlieren, wäre wohl das Dümmste, was mir passieren könnte. Doch irgendwie ist wohl genau das geschehen.

Der Mann, der jetzt in meinem Appartement mit mir tanzt, hat scheinbar nichts mit dem Mann gemein, der mich noch vor einigen Stunden in den Wahnsinn getrieben hat. *Er treibt dich jetzt nicht minder in den Wahnsinn.*

Aber dieser Wahnsinn ist süß und verlockend. Süchtig machend.

„So hätte es von Anfang an sein sollen." Der Samt seiner Stimme lullt mich ein und ich gestatte es mir, mich diesem Augenblick hinzugeben. Martins Geruch einzuatmen. Für Selbstvorwürfe und Reue wird später noch genügend Zeit bleiben. Er küsst mich erneut, bringt mein Gedankenkarussell damit zum Schweigen. Ich lasse mich fallen in die Wärme seiner Lippen, in seine neckenden Zähne, in den Tanz unserer Zungen. Ein Keuchen löst sich aus seiner Kehle, mein Atem geht stoßweise und mein Körper beginnt erwartungsvoll zu zittern.

Martin streichelt über meine Haut und ich verbrenne unter seinen Berührungen.

„Ich werde jetzt gehen, Klara." Fünf Worte, die mich binnen Sekundenbruchteilen brutal ins Hier und Jetzt zurückkatapultieren.

Er kann doch nicht einfach herkommen, mich küssen, mit mir tanzen und dann verschwinden?

Er hebt mein Kinn und die Entschlossenheit in seinem Blick lässt mich schlucken.

„Aber ich komme wieder." Ein Kuss auf meine Nasenspitze. „Ich ruf dich an."

Damit dreht er sich um und steigt in den Fahrstuhl, der noch immer auf meiner Etage feststeckt.

Und ich? Ich stehe wie erstarrt in meinem Zimmer, schlinge die Arme um mich, sehne mich bereits jetzt nach der Wärme seines Körpers.

Alles, was zurückbleibt, ist das heftige Pochen in meinen Lippen, meinem Unterleib und einem dumpfen Gefühl der Hilflosigkeit.

~oOo~

Das ist mit Abstand der schwerste Gang, den er jemals gemacht hat. Es bereitet ihm fast körperliche Schmerzen, sie zu verlassen. Doch irgendetwas hat ihn daran gehindert, mit ihr zu schlafen. Jetzt.

Er kann es selbst nicht genau benennen, aber er möchte mehr. Mehr als nur bedeutungslosen Sex für eine Nacht.

Er möchte Klara und der Weg zu ihr führt definitiv nicht über ihr Bett.

Diese Erkenntnis trifft ihn wie ein wohl platzierter Schlag in den Magen.

Sein Körper vibriert und er hat keine Ahnung, wie er diese Nacht überleben soll. Ihr Geruch haftet an seinen Kleidern und sein Schwanz drückt noch immer schmerzhaft gegen seine Hose.

Minutenlang sitzt er einfach nur hinterm Steuer seines Autos, stiert auf das Hotel. So weit ist es also mit ihm gekommen? Er prustet freudlos, versucht eine angenehmere Sitzposition zu finden. *Ein Wort von ihr und er wäre geblieben.*

Er ist wirklich ein Idiot, wie er im Buche steht.

~oOo~

Ich starre mir selbst durch den Spiegel entgegen, noch immer völlig unschlüssig, wie ich mich verhalten soll. Ich bin total verknallt, das steht außer Frage. Ich habe all meine Prinzipien über Bord geworfen, indem ich Martin Zimmermann gestattet habe, sich in mein Herz zu schleichen und sich darin festzubeißen. Seine Versprechen sind süß. Seine Küsse noch süßer.

Doch wird das reichen? Bin ich die Frau, die einen Martin Zimmermann an sich binden kann?

Ich hatte nie ein Problem damit, etwas runder, schwerer zu sein als andere Frauen. Ich mag mich, wie ich bin. Doch kann ich einem direkten Vergleich zu den anderen Frauen in seinem Leben standhalten?

Plötzlich ist Silke allzu gegenwärtig. Schlank, groß, blond. Martin hat mir heute Abend wirklich keinen Grund gegeben, zu glauben, dass er es nicht mögen würde, endlich mal ein wenig Fleisch zwischen den Fingern zu haben. Woher weiß ich, dass das nicht nur dem Moment geschuldet war?

Ich lächle bei der Erinnerung an dieses Verlangen in seinem Blick, das man unmöglich vortäuschen kann. Nein, ich bin mir ganz sicher, dass es ihm sogar ausgesprochen gut gefallen hat. *Und doch ist er einfach gegangen.*

Ich stelle mich gerade, betrachte meine Brüste im Spiegel. Sie sind wirklich hübsch anzusehen. Fest und üppig. Ich streiche mit dem Daumen über meine Nippel, die sich zu Murmeln zusammenziehen. Sehe seitlich an mir herab, betrachte meine Hüften, quetsche die Haut meiner Oberschenkel zwischen den Fingern zusammen und seufze beim Anblick der Dellen, die sich bilden.

Hier war die Natur nicht ganz so reizend zu mir. Aber auch das ist eine Sache der richtigen Kleiderwahl und Zimmerbeleuchtung.

Mit einem Schnauben gehe ich ins Bett, nur um mich schlaflos von einer Seite auf die nächste zu wälzen. Ich bin verwirrt, frustriert und unbefriedigt.

Den Abend als Erfolg zu verbuchen, wäre wohl maßlos übertrieben. Martins Berührung schleicht sich in meine Erinnerung und erneut spüre ich diese Sehnsucht nach mehr. Sein Geruch hängt noch immer in meinem Zimmer und ich bilde mir ein, die Wärme seiner Lippen auf meinen zu spüren. Meine Finger zeichnen sich den Weg über meinen Körper, umfassen meine Brüste, wandern tiefer.

Setzen das fort, was er begonnen hat. Ich komme schnell und heftig.

Verdammt, Klara, ausgerechnet Martin Zimmermann?

Der Eingangston einer Textnachricht reißt mich aus einem unruhigen Schlaf. Benommen taste ich nach meinem Handy und öffne schlaftrunken ein Auge.

> Isa: *Guten Morgen. Ich hoffe, ihr habt euch nicht gegenseitig umgebracht!*

Ich stöhne auf. *Wirklich?*

> Klara: *Die Einzige, der ich nach dem Leben trachte, bist du!*

Der Fahrstuhl öffnet seine Tür und Isa steht unangemeldet in meinem Flur, ihr Handy noch in der Hand.

„Ach komm, sei nicht nachtragend. Er tat mir wirklich leid."

Ich werfe mein Handy zurück auf den Nachttisch und ziehe meine Bettdecke höher. „Wie schön, dass du mit ihm Mitleid hast. Was machst du hier? Wie spät ist es überhaupt?"

„Gleich acht. Steh auf, wir gehen frühstücken."

„Geh weg, ich habe keinen Hunger, und außerdem muss ich mir noch eine passende Foltermethode für dich ausdenken." Sie stellt einen Becher Kaffee auf den Nachttisch, den ich erst jetzt bemerke. „Ein Bestechungsversuch."

Der Duft versöhnt mich auf Anhieb. Ich nehme das dampfende Koffein, genieße den ersten Schluck. „Das verschafft dir lediglich ein bisschen mehr Zeit. Wirklich Isa, du hättest mich erst um Erlaubnis bitten müssen. Plötzlich stand er mitten im Raum."

„Ich glaube, das war von Martin so beabsichtigt. Willst du darüber reden?"

Ich hebe eine Augenbraue. „Etwa mit dir?"

„Na, hör mal, wenn jemand weiß, was für ein Blödmann Martin Zimmermann sein kann, dann ja wohl ich." Entrüstet richtet sie ihren Zeigefinger auf sich selbst.

Ich schnaube, würdige dem ansonsten keines weiteren Kommentars, sondern nippe lieber noch mal an dem herrlichen Kaffee.

Sie seufzt, setzt sich aufs Bett. „Ich merke schon, er hat es wirklich verkackt."

„Isa, lass es gut sein. Wir sind erwachsen. Er hat sich genau so verhalten, wie es seiner Natur entspricht."

Sie schüttelt den Kopf. „Nein, nicht ganz. Ich denke, dass ihm ziemlich viel an dir liegen muss. Denn sonst hätte er dich flachgelegt und sich anschließend bei Nacht und Nebel davongemacht."

Jetzt werde ich hellhörig. „Woher weißt du denn, dass er sich nicht bei Nacht und Nebel davongemacht hat?"

Isa zeichnet kryptische Zeichen auf mein Bettzeug. „Nun, dein Bett ist nicht zerwühlt genug."

„Mein Bett …?" Fast wäre mir die Kinnlade heruntergeklappt. Ich verenge meine Augen zu Schlitzen. „Vielleicht haben wir es ja auch auf dem Boden getrieben, Isabell Holzer."

Sie sieht auf. „Habt ihr?"

„Nein." *Noch einen Schluck Kaffee für die liebe Klara.*

„Weil du nicht wolltest?"

Ich schiele sie über den Kaffeebecher hinweg bedrohlich an. Sie hebt abwehrend die Hände.

„Ja, schon gut, ich frage nicht weiter."

„Das ist sehr klug von dir."

Gut, zumindest weiß ich jetzt, dass sie noch nicht mit Martin gesprochen hat, oder er zumindest den Anstand besessen hat, diese Schmach für sich zu behalten.

Und doch wollen mir Isas Anspielungen nicht mehr aus dem Kopf. Benimmt er sich wirklich merkwürdig, weil ihm etwas an mir liegt? Aufgeregtes Flattern in meinem Bauchraum nimmt mir den Appetit und ich schiebe Kopfschmerzen vor, um Isa wieder loszuwerden. Husche unter die Dusche und entscheide mich für Jeans und einen bequemen Pullover.

Ich bin erwachsen, verflucht. Und selbstbewusst. Aber vor allen Dingen lasse ich mich nicht so einfach abfertigen. Die Klara von früher hätte es getan, aber die Klara von heute erwartet mehr als leere Versprechen.

Ich schnappe nach meinem Autoschlüssel und mit klopfendem Herzen mache ich mich auf den Weg zu Martin Zimmermann. *Wenn der Berg nicht zum Propheten kommt, dann …* oder war es andersherum?

Zwischen den ganzen schicken Schlitten der Familie Zimmermann fällt mein Käfer auf wie ein rosa Elefant mit Baströckchen. Ich atme durch hohle Wangen ein, bekomme nicht zum ersten Mal an diesem Morgen Angst vor mir selbst. Wann wäre ich einem Mann jemals hinterhergelaufen? Ich erkenne mich selbst nicht mehr wieder und das verstört mich. Nimmt mir meine Gelassenheit. Ich bin in den letzten Jahren nicht mit geschlossenen Augen durch diese Welt marschiert, doch nach Enrico habe ich stets meinen kühlen Kopf bewahrt.

Warum nur will mir das bei Martin Zimmermann nicht gelingen?

Aber ich muss einfach wissen, was es zu bedeuten hat, dass ich in seiner Gegenwart ständig die Kontrolle verliere. Dass ich wie Wachs in seinen Händen bin, sobald er mich berührt oder mich küsst, wie er mich eben küsst. *Himmel hilf, wo soll das enden?*

Ich brauche Antworten. Und zwar so schnell wie möglich.

Meinen Blick skeptisch auf dieses riesige Haus gerichtet, in dem sogar das Gutshaus am See dreimal Platz hätte, steige ich aus dem Auto. Streiche meine feuchten Hände an der Jeans ab.

Du hättest ihn einfach anrufen können. Ja, das hätte ich, aber jetzt bin ich hier. *So viel also zur rational denkenden Klara.* Habe ich tatsächlich schon all meine Grundregeln vergessen? *Möglich ...*

Zögerlich mache ich einige Schritte, als sich ein Flügel der Eingangstür öffnet. Mit einem Satz schiebe ich mich hinter eine der Eichen, die die Zufahrt säumen. *Das wird ja lustig, wenn du dich jetzt schon verstecken willst ...* Doch als ich sehe, wen dieses Haus ausspuckt, sacken meine Beine unter meinem Gewicht zusammen. Ich blinzle, traue meinen Augen nicht. *Das ist nicht wahr ...* Ich starre entsetzt auf die blonde Frau, die sich überschwänglich von Martins Mutter verabschiedet und mein Magen stülpt sich um.

Sie trägt noch immer das Kleid von gestern Abend. Und auch sonst sieht sie ziemlich zerrupft aus.

Eine Faust schließt sich um mein Herz. Silke war also der Grund, warum Martin gestern Nacht nicht geblieben ist.

Die Verbitterung über diese Erkenntnis schnürt mir die Luft ab. *Ich denke, dass ihm ziemlich viel an dir liegen muss.* Aber sicher, Isa, er ist so wild auf mich, dass er direkt seine Ex zurückerobert. Ich lege eine Hand über meinen Mund, um den Schluchzer aufzuhalten, der sich seinen Weg durch meine Kehle bahnt.

Silke wirkt etwas wackelig, als sie die Stufen zur kiesbedeckten Zufahrt nimmt. Ihr Blick schweift über die parkenden Autos, bleibt einen Moment zu lang an meinem Anton hängen und ich sende ein Dankgebet in den Himmel, dass ich nicht mehr hinter dem Steuer sitze. Mein Auto ist ihr fremd und so bleibt es mir wenigstens erspart, dass sie mich entdeckt. Über meine Naivität lacht.

Denn nichts anderes bist du. Eine dumme, einfältige, aber vor allen Dingen törichte Gans.

Eine Limousine fährt vor und ohne sich noch einmal umzudrehen, steigt sie ein, und ich kann nichts weiter tun, als dem fahrenden Wagen hinterherzusehen. Ich höre das Blut in meinen Ohren rauschen und versuche, meine Atmung zu kontrollieren. Das war sie also ... die Antwort auf all meine Fragen. *Zieh keine falschen Schlüsse, Klara. Silke ist mit Roland hier.* Martins Worte hallen wie ein nicht enden wollendes Echo durch mein Gedächtnis und ich konzentriere mich auf die Wut, halte mich an ihr fest, wie an einem verflixten Strohhalm, der mich vor dem Ertrinken rettet.

Sie war wahrscheinlich so wackelig auf den Beinen, weil Martin sie nach allen Regeln der Kunst durchgevögelt hat, während ich es mir selbst besorgt habe. Sein Gesicht vor meinem inneren Auge, seinen Geruch in der Nase, seinen Geschmack auf meinen Lippen. Ich kann ein hysterisches Auflachen nicht unterdrücken. Wer hätte das gedacht? Der Kerl hat es wirklich drauf. Ich wette, davon könnte sich sogar Enrico noch eine Scheibe abschneiden.

Klara Möllenbrink, es wird Zeit, dass du wieder zu dir kommst und von hier verschwindest.

Allerhöchste Zeit!

Kapitel 19

~oOo~

„Und wann können Sie mit den Arbeiten beginnen?" Martin nimmt wohlwollend zur Kenntnis, dass der geplante Umbau des Gutshauses schneller als erwartet Gestalt annimmt. Er lässt die Mine seines Kugelschreibers unentwegt klicken und wirft ihn letztlich auf den Schreibtisch, als das Geräusch beginnt, ihm selbst auf die Nerven zu gehen. Ein Dachdecker ist bereits gefunden, ein Statiker engagiert. Er hat nicht mehr mit Klara gesprochen, seit er Samstagnacht nach Hause gefahren ist. Er hat versucht, sie anzurufen, ist jedoch nur auf ihrer Mailbox gelandet. Seine Textnachrichten hat sie ziemlich einsilbig beantwortet. Eine Einladung zum Essen hat sie ausgeschlagen. Angeblich hätte sie ihren Eltern versprochen, im Restaurant auszuhelfen.

Spöttisch verzieht sich sein Mund. Sein heroischer Plan, diesmal alles richtig zu machen, hat wirklich wunderbar funktioniert. Die erste Frau, bei der es ihm wirklich ernst ist, lässt ihn eiskalt abblitzen.

Martin fährt sich durchs Haar. Hat er einfach zu viel erwartet? Diese Situation ist ihm ja selbst fremd. Was weiß er schon davon? Er wollte sie keinesfalls überrumpeln. *Doch genau das hast du getan, indem du sie Samstag mit zu deinen Eltern geschleppt hast, Zimmermann.* Das war ausgesprochen gedankenlos. Doch er hatte tatsächlich ein gutes Gefühl, nachdem er Samstagnacht bei ihr war, um sich zu entschuldigen. *Und das, ohne mit ihr im Bett zu landen.* Jedoch hat sie ihn die ganze Zeit über begleitet.

Oh ja, sie ist eine hervorragende Wichsvorlage.

Schon allein der Gedanke daran, lässt ihn augenblicklich hart werden.

Er musste erst 31 Jahre alt werden, einer Frau wie Klara über den Weg laufen, um endlich zu wissen, worauf es ankommt. Was er wirklich will. Und er will Klara. Es wird Zeit, dass sie das ebenfalls begreift.

Nein, es wird Zeit, dass er es ihr begreiflich macht, verdammt. Seit zwei Tagen schreibt er ihr Nachrichten, die er sofort wieder löscht, ohne sie abzuschicken. Er ist verunsichert wie ein kleiner Junge und er hasst dieses Gefühl der Hilflosigkeit. Also hat er beschlossen, Nägel mit Köpfen zu machen. Er renoviert das Haus. Und spätestens morgen Abend wird er zu ihr ins *Schloßhotel* fahren.

Klara wird keine Möglichkeit mehr bekommen, sich ihm zu entziehen. Er hat ihre Ausreden satt. Wenn sie ihn nicht will, soll sie es ihm gefälligst ins Gesicht sagen.

Allein bei dem Gedanken daran, dass genau das passieren könnte, verkrampft sich sein Magen. *Nein, das wirst du nicht zulassen, Zimmermann.*

Fest entschlossen wählt Martin die nächste Nummer auf seiner Liste und Niklas meldet sich.

„Baringhaus, ich würde einen anderen Architekten beauftragen, aber ich fürchte, dass Klara mir das übel nehmen könnte."

„Ach, spricht sie wieder mit dir?"

Martin presst die Lippen zu einem schmalen Strich zusammen. Könnte es sein, dass Niklas mehr weiß als er selbst? Doch sein männlicher Stolz hindert ihn daran, genauer nachzufragen. Stattdessen geht er über diese Spitze hinweg.

„Kannst du dir das Haus ansehen? Der Statiker kommt morgen früh gegen neun Uhr."

„Die Villa?" Er hört die Verwunderung aus Niklas Stimme.

„Ja. Ich lasse sie sanieren und direkt nach Klaras Wünschen umbauen. Wie gesagt, ich kann mich auch nach einem anderen Architekten umsehen."

Eine kurze Weile herrscht Schweigen in der Leitung.

„Weiß Klara davon?"

Martin nimmt erneut den Kugelschreiber in die Hand, lässt ihn klicken.

„Ich denke nicht, dass ich sie fragen muss, ob ich mein Haus renovieren darf."

„Das nicht, aber ich könnte mir denken, dass sie bereits eigene Pläne hat."

„Die ich grob kenne." Er erinnert sich an den Rundgang, Klaras Ideen zu Durchbrüchen und möglichen Badezimmern. Die Küche, die erhalten bleiben soll. Der Wintergarten.

„Also seid ihr euch doch einig, was den Verkauf des Hauses angeht?"

„Das werde ich mit Klara besprechen, wenn es so weit ist. Also, was ist jetzt?" Er spürt die Ungeduld und ärgert sich, dass er Niklas überhaupt in sein Vorhaben eingeweiht hat.

„Ja, ich denke, ich kann es einrichten. Um neun werde ich dort sein."

„Gut." Damit beendet Martin das Gespräch und dreht sich in seinem Stuhl, starrt aus dem Fenster. Unruhe erfasst ihn. Ist er schon zu weit gegangen mit seinem eigenmächtigen Handeln? Aber noch ist es sein Haus. Er kann schließlich damit machen, was er möchte. Und eine Sanierung ist sowieso dringend notwendig.

Die nächste Telefonnummer zaubert ein Lächeln in sein Gesicht. „Guten Morgen, Zimmermann mein Name. Ich würde gern Blumen liefern lassen."

~oOo~

Ich benehme mich absolut kindisch, das ist mir durchaus bewusst. Doch selbst, wenn ich mir fest vorgenommen habe, mich nicht auf Martin Zimmermann einzulassen, erwische ich mich selbst ständig dabei, dass ich die Eingangsnachrichten meines Handys kontrolliere.

Ich seufze auf, schiebe mein Handy zurück in die Gesäßasche meiner Hose. Frustriert darüber, dass Martin sich seit zwei Tagen nicht mehr gemeldet hat.

Du bist ein Paradoxon, Klara Möllenbrink. Ja, das mag sein. Leider verfügt er immer noch über diese Macht, sich ständig in meine Gedanken zu schleichen. Dass ich unmittelbar Zeugin von Martins Verrat geworden bin, sollte mir eigentlich darüber hinweghelfen, doch meine Wut ist tiefer Enttäuschung gewichen.

Dass ich doch nicht so besonders bin, wie er es mir glauben machen wollte.

Du warst noch nicht mal besonders genug, damit er mit dir schläft. Ich schlucke trocken an dem Kloß in meinem Hals vorbei.

All diese süßen Worte – und ich bin darauf reingefallen. Ich hätte meinem Instinkt vertrauen sollen. Doch in erster Linie bin ich auch nur eine Frau mit Bedürfnissen und Wünschen. Und dass ausgerechnet Martin dieses Bedürfnis nach Nähe in mir geweckt hat, kann ich vor mir selbst wohl kaum abstreiten.

Ich muss ihm also eigentlich ausgesprochen dankbar dafür sein, dass er Samstag nach Hause gefahren ist. Wären wir weiter gegangen, hätten wir Sex gehabt, wäre ich jetzt hoffnungslos verloren. Sex ohne Gefühle funktioniert für mich einfach nicht. Ich hatte bisher einen einzigen Mann in meinem Leben. Und wäre dieser nicht über Nacht mir nichts, dir nichts nach Spanien verschwunden, wäre ich mit Sicherheit an ihm hängen geblieben.

Und Martin? Er lebt für sein Junggesellendasein. Ständig wechselnde Frauenbekanntschaften, den Glanz und Glamour dieser Welt, in die er hineingeboren wurde.

Dass Martin mein Herz früher oder später brechen würde, war so sicher wie das Amen in der Kirche. *Er hat es eben früher getan als später, kein Grund, ein solches Drama daraus zu machen.*

Ich weiß aus Erfahrung, dass das quälende Brennen nachlässt. Ich muss mich einfach ablenken, ehe ich verrückt werde.

Seit letzten Sonntag hatte ich wirklich eine Menge Zeit nachzudenken.

Ich möchte meine Pension, und zwar zügig. Das ist mir erst so richtig bewusst geworden, nachdem ich dieses wunderschöne Haus entdeckt habe.

Und jetzt, da ich weiß, dass ich es nicht haben kann, fühle ich mich rastlos, möchte so schnell wie möglich ein anderes Objekt finden, das meinen Ansprüchen gerecht wird.

Ich habe Niklas bereits gebeten, Augen und Ohren offen zu halten. Als Architekt bekommt er das ein oder andere hübsche Objekt noch vor einem Makler zu sehen. Auf seine Nachfrage hin, ob ich mich mit Martin nicht einig geworden wäre, habe ich ihn lediglich gebeten, sich um seinen eigenen Kram zu kümmern, was er sich hoffentlich zu Herzen nimmt.

Mit dem Immobilienteil der Tageszeitung hocke ich mich im Schneidersitz auf mein Bett, nur um ihn eine Viertelstunde später desillusioniert wieder zur Seite zu legen.

„Klara, warum stocherst du so in deinem Essen herum?" Mein Vater legt sein Besteck beiseite und betrachtet mich eindringlich.

„Entschuldigt. Ich habe keinen richtigen Hunger." Ich schiebe den Teller von mir.

„Du hast bereits seit Tagen keinen Hunger." Meine Mutter runzelt besorgt die Stirn. „Hat es etwas mit dem jungen Mann zu tun, mit dem du am Samstag verabredet warst?"

„Nein ... Vielleicht ein bisschen." Ich blicke zwischen meinen Eltern hin und her. Es hat keinen Sinn, ihnen etwas vorzumachen. Meine Mutter bekommt einen mitleidigen Gesichtsausdruck, den ich gerade gar nicht gebrauchen kann. *Zeit, das Thema zu wechseln, Klara.* „Aber es gibt da noch etwas anderes, was ich euch sagen muss."

Meine Mutter nimmt ihre Serviette, tupft sich die Mundwinkel ab. „Du möchtest ausziehen." Eine simple Feststellung.

„Ich ... Woher ...?"

Ihre Hand legt sich über meine. „Schätzchen, seit Tagen brütest du über dem Immobilienteil der Zeitung. Hast du wirklich geglaubt, dein Vater und ich würden das nicht mitbekommen?" Sie atmet tief ein und mich plagt mein schlechtes Gewissen.

„Ich hätte schon viel früher mit euch darüber reden sollen."

„Wir wussten, dass du es uns früher oder später schon erzählen wirst." Sie lächelt und mir wird direkt viel leichter ums Herz. „Wir lassen dich sicher nicht gern ziehen. Du bist unser Kind. Aber es wäre vermessen, dich bis an unser Lebensende hier festhalten zu wollen."

„Ach, Mama ..." Etwas empört entziehe ich ihr die Hand, doch sie schüttelt den Kopf. „Klara, du bist fast dreißig Jahre alt und lebst noch immer hier im Hotel. Es wundert mich eigentlich, dass du es so lange ausgehalten hast."

„Ihr wisst genau, wie gern ich hier wohne, meine Zeit mit euch verbringe."

„Und dafür sind wir sehr dankbar, Eule", erwidert mein Vater ausgesprochen tapfer, auch wenn ich ihm die

Wehmut ansehe, die meine Worte in ihm ausgelöst haben müssen.

„Wisst ihr, ich würde gern eine eigene Frühstückspension eröffnen. Mit dem Geld von Oma und Opa hab ich bereits das nötige Grundkapital zusammen."

„Das hört sich doch gut an. Dann war dein Studium ja nicht ganz umsonst." Mein Vater zwinkert und ich muss schmunzeln.

„Und jetzt suchst du ein passendes Haus?"

Eigentlich hatte ich es schon gefunden.

„Ja, denn es sollte nicht so weit von hier entfernt sein."

„Da wird sich bestimmt etwas finden, Eule. Ich habe einen sehr guten Kunden, der dir weiterhelfen kann." Mein Vater schneidet sein Steak. „Er ist Makler und hat die richtigen Kontakte."

Vor Rührung muss ich einige Male blinzeln. „Das würdest du für mich tun? Ihn fragen, ob er mir helfen kann?"

„Was ist das denn bitte für eine Frage? Ich helfe dir auch beim Tapezieren, wenn du möchtest."

Ich ziehe den Teller wieder näher zu mir, nehme eine Bratkartoffel auf die Gabel. „Das ist wirklich lieb gemeint, wird aber nicht nötig sein."

Um Gottes willen. Die handwerklichen Fähigkeiten meines Vaters bestehen darin, meine Mutter zu rufen, wenn es darum geht, eine Glühbirne auszuwechseln.

Seine Gabel fächert durch die Luft. „Aber bitte sag hinterher nicht, ich hätte es dir nicht angeboten."

Meine Mutter und ich brechen in haltloses Gekicher aus und mein Essen schmeckt plötzlich nicht mehr ganz so fad.

Mit einem Mal steht Gustav in der Küche, sein Gesicht ist von einem riesigen Sommerblumenstrauß verdeckt, der mich befürchten lässt, dass der alte Mann unter dessen Gewicht zusammenbricht.

„Gustav, hast du eine Freundin?" Meine Mutter schmunzelt.

„Nein, aber *Frau Möllenbrink* hat wohl einen Verehrer."

„Uhhh, Mama, du hast wohl wieder jemanden verliebt gekocht." Es kommt tatsächlich hin und wieder vor, dass meine Mutter nette Aufmerksamkeiten von zufriedenen Gästen erhält. Doch in der Regel geschieht das nach geschlossenen Gesellschaften als Dankeschön für die Organisation oder das gelungene Ambiente eines wundervollen Abends.

„Dabei war ich mit Salz so vorsichtig." Sie lacht leise, erhebt sich, um den armen Gustav von seiner Fracht zu befreien. „Klara, schau doch mal, ob wir eine Vase für dieses Monstrum haben. Zur Not musst du mal an der Lobby fragen und was aus dem Hotelfundus ausleihen."

Gerade als ich die Küche verlassen möchte, ruft sie mich zurück.

„Klärchen. Der ist nicht für mich."

Gustav schlurft an mir vorbei, zieht seine Pfeife aus der Weste und zwinkert mir zu. „Dann hast du wohl den Verehrer, *Frau Möllenbrink.*"

„Für mich?" Irritiert sehe ich Gustav hinterher, ehe ich mich auf den Blumenstrauß konzentriere. Meine Mutter wedelt mit der Karte. *„Es tut mir wirklich leid, Klara. Bitte ruf mich endlich an.* Ich gehe stark davon aus, du hast den jungen Mann am Samstag nicht *verliebt gekocht,* aber auf andere Weise ziemlich beeindruckt." Sie lässt die Lippen ploppen und ihre Augen lachen.

Mit einem Hechtsprung entreiße ich ihr die Karte. Der schwere Duft der Blumen umhüllt mich, verursacht ein widerliches Kratzen im Hals. „Das ist nicht witzig, Mama." *Heilige Maria, Mutter Gottes, er hat mir Blumen geschickt.* Ein Lächeln macht sich auf meinem Gesicht breit, welches ich jedoch unverzüglich wieder verbanne. Wiege die Karte in meinen Händen, als würde ich mich an ihr verbrennen.

„Verzeih ihm und lade ihn zum Essen ein."

„Das soll ein mütterlicher Rat sein? Ich verzichte."

„Ist der Strauß etwa von Herrn Zimmermann? Ein netter Kerl."

„Auch väterliche Ratschläge sind gerade nicht angebracht." Was mache ich denn jetzt mit den Blumen? Wenn das ein Bestechungsversuch sein soll, ist er ziemlich billig. *Silke bekommt die Pralinen, ihr Arsch kann Schokolade nämlich vertragen.*

Erschrocken über mich selbst, kneife ich die Augenbrauen zusammen. *Seit wann vergleiche ich mich mit anderen Frauen? Das hatte ich noch niemals nötig.* Spätestens jetzt sollte ich Martin Zimmermann verachten. Mir gefällt diese Frau nicht, die er aus mir gemacht hat.

„Herr Zimmermann ist nicht der Richtige für mich. Behalte die Blumen." Damit verlasse ich die Küche, ohne eine Vase zu besorgen. Die Karte hingegen schiebe ich in meinen Ausschnitt, unmittelbar an mein Herz, schließe die Lider, während ich auf den Fahrstuhl warte.

Das kann doch alles nicht wahr sein! Warum ist er nur so hartnäckig? Verflucht, ich gehöre nicht in sein Barbiebuch. Schlimm genug, dass ich fast darin gelandet wäre.

Ich habe weder Kraft noch Muße für aussichtslose Liebesgeschichten ohne Zukunft. *Hast du das verstanden, du dummes Herz?*

Kapitel 20

Martin: *Klara, was ist seit Samstag passiert?*
Warum rufst du mich nicht zurück?

Mein Herz macht einen Überschlag, als ich Martins Nachricht lese. Meine Finger werden feucht und ich lege das Handy vor mir aufs Bett, nur um es wieder in die Hand zu nehmen, damit ich die Nachricht erneut lesen kann. *Ich rufe dich nicht zurück, damit ich mir deine Lügen nicht anhören muss, du Bastard.*

Klara: *Entschuldige, ich habe einfach noch keine Zeit gefunden.*

Und ich werde auch in Zukunft keine Zeit haben.

Martin: *Sind meine Blumen angekommen?*

Ja, und plötzlich habe ich eine Allergie entwickelt.

Klara: *Ja, vielen Dank. Sie sind hübsch.*

Und es bricht mir das Herz, sie in der Küche welken zu sehen.

Martin: *Können wir uns später treffen?*

Auf gar keinen Fall!

Klara: *Ich melde mich bei dir, ja?*

Rechne lieber nicht damit!

Martin: *Lass mich nicht zu lange warten*
XXX

Ich warte, bis du keinen Gedanken mehr an mich verschwendest.
So soll es sein. Ich lasse mich in die Kissen sinken und starre gegen die Decke. In einer halben Stunde habe ich eine Verabredung mit Herrn Kunstmann. Mein Vater hat Wort gehalten und den Makler kontaktiert. Herr Kunstmann hat mir sogar direkt ein passendes Objekt vorgeschlagen, welches ich mir gleich ansehen werde. Ich sollte aufgeregter sein. Vor lauter Vorfreude meine Fingernägel abkauen.

Doch in mir ist nur diese seltsame Leere.

Wieder vibriert mein Handy, doch dieses Mal ist es Niklas.

Niklas: *Kannst du mal eben anrufen?*

Echt jetzt?

Klara: *Nein, ich habe gleich eine Verabredung und muss mich noch fertig machen.*

Wie auf Kommando fängt es auch schon an zu klingeln.

Entnervt nehme ich das Gespräch entgegen. Niklas wird sowieso nicht eher Ruhe geben, ehe ich mit ihm gesprochen habe.

„Niklas, ich habe wirklich wenig Zeit. Was kann denn nicht bis heute Abend warten?"

„Triffst du dich endlich mit Zimmermann? Wirklich, er wird langsam verrückt, wenn du mich fragst. Er schleicht um mich herum und erteilt seine merkwürdigen Anweisungen."

Ich verstehe nur Bahnhof, will es aber eigentlich gar nicht näher wissen. „Nein, ich habe eine Verabredung mit einem Makler. Er hat vielleicht ein passendes Haus für mich."

Eine Weile herrscht Stille zwischen uns. Dann fängt Niklas an zu lachen. Laut und dreckig.

Ich bin versucht, mein Telefon einfach auszuschalten. „Wirklich, Nikki, mir ist gerade nicht zum Lachen zumute. Sag einfach, was dir auf der Seele brennt. Ich bin heute nicht empfänglich für eure Hahnenkämpfe."

„Tust du mir einen Gefallen?" Noch immer wird seine Stimme vom Lachen erschüttert.

Ich verdrehe die Augen. „Komm-auf-den-Punkt!"

„Ich wollte eigentlich nur eine Auskunft wegen …, ach das kann warten. Ruf Martin endlich zurück. Ich befürchte, es herrscht Redebedarf." Nun ist er es, der auflegt.

Und ich marschiere ins Bad.

Erst soll ich mich von Martin fernhalten und plötzlich soll ich ihn ganz dringend anrufen? Mich mit ihm treffen?

Die Kerle um mich herum haben wohl alle den Schuss nicht gehört.

~oOo~

Ein Tapeziertisch im ehemaligen Wohnzimmer seiner Großeltern dient als Schaltzentrale der Großbaustelle. Kaffeetassen finden eine Abstellfläche. Zollstöcke, Klebeband, Bleistifte. Zwei Ziegelsteine fixieren die alten Baupläne, damit sich dieser nicht wieder zusammenrollt.

Niklas betritt den Raum und Martin stellt seine eigene Kaffeetasse neben die anderen. „Also, was sagst du jetzt zu meiner Idee? Das große Bad verschwindet, die Räume bekämen mehr Platz und jeweils ein kleines Duschbad." Er tippt mit dem Zeigefinger auf die entsprechenden Stellen im Bauplan. „Hier, hier und hier." Martin massiert sich gedankenversunken den Nacken. Der Statiker hat bereits eine erste Prognose abgegeben und durchblicken lassen, dass nichts gegen die vorgesehenen Umbaumaßnahmen spricht, und Martin stürzt sich mit Feuereifer in die Arbeit. Außerdem lenkt es ihn von seinem eigentlichen Problem ab. Klara.

Er hat ihr wirklich genügend Zeit gegeben, sich an den Gedanken zu gewöhnen, dass er ein Teil ihres Lebens werden will. Und jetzt bleiben ihr noch genau drei Stunden, sich endlich bei ihm zu melden. Sollte sie erneut versuchen, ihn mit fadenscheinigen Ausflüchten abzuwimmeln, ist seine Geduld am Ende.

Rückfragen bei Isa waren nicht sonderlich erbaulich. Isa ist verschlossen wie ein Grab. Ein Zustand, den er sonst gar nicht von ihr kennt und der ihn zunehmend wahnsinnig macht.

Und Niklas? Seine Meinung dazu trägt dieser offen im Gesicht.

Doch Martin ist sich bewusst, dass der Weg in Klaras Herz eben auch über ihren Cousin führt. Nur aus diesem Grund hat er sich zu einer Zusammenarbeit mit ihm entschieden.

Sicher, Niklas ist gut in seinem Job, dahingehend gibt es nichts zu befürchten. „Das ist doch kein Problem, oder?"

Niklas wirft einen beiläufigen Blick auf den Plan und sieht Martin ins Gesicht. „Nein, das ist machbar. Aber du solltest dringend mit Klara sprechen, Martin."

„Was meinst du, was ich seit Tagen versuche?" Seine Kiefer beginnen zu mahlen und er vertieft sich angelegentlich erneut in den Plan.

„Dann musst du dir mehr Mühe geben. Sie hat heute eine Verabredung."

Martins Blick schnellt nach oben. „Mit wem?"

Niklas beginnt zu lachen und Martin ballt die Hände zu Fäusten.

„Nicht so ein Date, Zimmermann. Sie trifft sich mit einem Makler."

Martins Faust landet auf dem Tapeziertisch, der gehörig in die Knie geht, zwei Tassen mitreißt, die zum Glück leer sind. „Verfluchtes Weib!"

„Hey, du redest von meiner Cousine."

„Weißt du, wo?"

„Nein. Ich habe nur kurz mit ihr gesprochen, weil sie es eilig hatte."

Bei Niklas nimmt sie also ab ... Die Enttäuschung macht sich wie bittere Galle in ihm breit. Er atmet tief ein, läuft einige Schritte durch den Raum. Was, verflucht, ist nur schiefgelaufen? Warum sucht sie über einen Makler ein anderes Haus?

„Ich bin kurz weg."

Niklas ruft ihm etwas hinterher, doch Martin hört nicht mehr hin. Das Blut rauscht hinter seinen Ohren, als er zu seinem Auto marschiert.

Klara hat keine drei Stunden mehr.

Er versucht, sie telefonisch zu erreichen, landet unmittelbar auf der Mailbox. Wild fluchend wirft er sein Handy auf den Beifahrersitz und macht sich mit quietschenden Reifen auf den Weg zum Hotel.

~oOo~

Ein mulmiges Gefühl macht sich in mir breit, als ich Anton vor der Immobilie zum Stehen bringe, welches Herr Kunstmann mir empfohlen hat. Ich bleibe noch einen Moment hinterm Steuer sitzen, betrachte die Fassade des im Jugendstil erbauten Hauses. Anders als das Gutshaus handelt es sich um ein Mehrfamilienhaus. *Gut, du hast mehr Zimmer.* Auch dieses Haus ist freistehend und wird von einem großzügigen Garten umschlossen. Jedoch befindet sich kein Naturschutzgebiet in unmittelbarer Nähe.

Die öffentlichen Verkehrsmittel sind fußläufig zu erreichen, das Messegelände ist nicht weit entfernt und das Theater quasi um die Ecke. Es gibt einige Parkmöglichkeiten vor dem Haus. *Wieder ein Pluspunkt.* Doch die Euphorie bleibt aus. Keine kribbelige Vorfreude und wenn ich ehrlich bin, würde ich am liebsten wieder kehrtmachen. Einfach ins Hotel zurückfahren. *Gib dem*

Haus eine Chance, du blöde Kuh. Schon allein, weil mein Vater sich die Mühe gemacht hat, den Kontakt zu Herrn Kunstmann herzustellen. *Wenn es dir auch nach der Besichtigung nicht gefällt, findet Herr Kunstmann auch ein anderes Haus. Eines, das mehr deinen Wünschen entspricht.* Ich ziehe meine Unterlippe zwischen die Zähne, verlasse mein Auto.

Herr Kunstmann erwartet mich bereits auf der Treppe, kommt mir lächelnd entgegen. „Frau Möllenbrink, wie schön, Sie kennenzulernen. Ihr Vater hat bereits viel von Ihnen erzählt."

Ich erwidere seinen festen, trockenen Handschlag. „Ich danke Ihnen, dass Sie sich Zeit für mich nehmen."

Er winkt ab. „Das ist doch selbstverständlich. Als Ihr Vater mir erzählte, was Sie suchen, ist mir sofort dieses Haus eingefallen. Wollen wir hineingehen?"

Ich lächle und folge ihm, lasse mich berieseln von seinen Ausführungen über Baujahr, Geschichte und Hintergrund dieses Hauses. Der Kaufpreis ist erschwinglich, Möglichkeiten des Umbaus offen.

Und es lässt mich völlig kalt.

Hinzu kommt, dass die einzelnen Wohnungen vermietet sind. Ich müsste die Mieter vor die Tür setzen, was mir ausgesprochen schwerfallen würde.

Der Rundgang dauert eine halbe Stunde, doch ich weiß bereits nach zwei Minuten, dass dieses Haus keine Frühstückspension werden wird.

„Es tut mir leid, Herr Kunstmann. Das Haus ist wirklich schön, aber für mich kommt es leider nicht infrage."

„Wir finden etwas Passenderes."

„Ja, denken Sie an mich. Allerdings sollte es leer stehen. Ich bringe es nicht übers Herz, Menschen aus ihrer gewohnten Umgebung zu vertreiben, nur um mir meinen Herzenswunsch erfüllen zu können."

Er nickt. „Vermutlich haben Sie recht. Ich höre mich um und melde mich bei Ihnen."

„Meine Nummer haben Sie ja. Vielen Dank noch mal."

Wir verabschieden uns und ich steige in meinen Käfer.

„Also, Anton, das war ein Satz mit x. Aber wir müssen ja auch nichts übers Knie brechen."

Mit einem letzten Blick auf das Haus mache ich mich auf den Weg zu Isas Werkstatt. Ich muss mit jemandem reden, sonst platze ich noch.

Kapitel 21

„Klara, ist was mit Anton?" Isa sieht besorgt an mir vorbei, sucht meinen Käfer.

„Nein, dem Knatterkasten geht es gut." Ich hole Luft. „Aber mir nicht."

Sie wischt ihre öligen Finger an einem alten Küchenhandtuch ab und nimmt mich in die Arme. „Was ist denn passiert? Willst du reden oder nur einen Kakao mit Sahne?" Isas Oma macht den besten Kakao, den ich bisher getrunken habe. *Entschuldige, Mama, aber er ist wirklich legendär.*

„Beides." Fast augenblicklich beginne ich zu schluchzen, was Isa veranlasst, mich noch fester an sich zu ziehen.

„Komm, wir gehen rein. Karl kann das hier übernehmen." Sie winkt ihrem Onkel zu, der bestätigend nickt und führt mich ins Haus, raus aus der Autowerkstatt.

Sie schiebt mich auf die Sitzbank, der Mittelpunkt dieser gemütlichen Küche, greift nach einer Thermoskanne, die auf der Arbeitsplatte steht. „Für Notfälle. Oma ist heute mit ihrem Strickkreis unterwegs. Als hätte sie es geahnt." Sie lächelt warm, füllt zwei große Tassen mit der wohlduftenden Schokolade und sprüht eine Haube Sahne auf, betrachtet ihr Werk skeptisch. „Nicht so kunstvoll wie bei ihr, aber als Seelentröster dennoch hilfreich."

Ich nehme einen Schluck, genieße die süße, heiße Flüssigkeit, die sich in meinem nervösen Magen ausbreitet.

Der Zucker scheint unmittelbar zu wirken, denn ich fühle mich ein bisschen besser. „Danke."

„Wofür? Ich habe doch noch gar nichts dazu gesagt." Ich stelle meine Tasse ab, lasse meinen Finger über deren Rand gleiten. „Wozu?"

„Na, über diese merkwürdige Sache, die Martin und du am Laufen habt."

Ich sehe auf. „Sache?"

„Ja, Klara. Sache." Isa lehnt sich auf dem Stuhl zurück. „Ihr tanzt umeinander herum, ohne irgendwas auf die Kette zu kriegen."

„Das ist nicht fair." Ich beginne zu bereuen, dass ich hergekommen bin, mache Anstalten, mich zu erheben.

„Du bleibst sitzen. Das mit dem Flüchten ist mein Ding. Du bist diejenige, die sich vor Türen stellt, um das zu verhindern." Sie spielt auf unser erstes Treffen an, an dem ich von Niklas dazu verdonnert wurde, auf Isa aufzupassen, die einen Hang dazu hat, aus Fenstern zu klettern und zu verschwinden, um unangenehmen Situationen zu entkommen.

„Ich bin eigentlich hergekommen, um mir eine Bestätigung zu holen, dass ich mich richtig entschieden habe, und nicht, um mich kritisieren zu lassen."

„Dafür müsste ich erst mal wissen, wie du dich entschieden hast, oder? Und vor allen Dingen, was genau zur Entscheidung stand."

Ich nehme noch einen Schluck Kakao und beginne ihr von der Gala zu erzählen. Von Martins Kuss, von Silke. Von meinem Gefühlschaos. Wie er später in meinem

Appartement stand, nur um mich erneut zu küssen und mich dann, irritierter als vorher, wieder zu verlassen.

„Das war alles, was er sich hat zuschulden kommen lassen?" Sie schiebt eine verirrte Locke unter ihr Kopftuch, das sie zum Arbeiten regelmäßig trägt, hebt kopfschüttelnd ihre Tasse an die Lippen.

„Alles? Entschuldige bitte, aber ich bin doch kein Versuchskaninchen oder Lückenfüller."

„Wie kommst du denn auf diesen bescheuerten Gedanken, Klara?" Sie scheint wirklich entrüstet zu sein.

„Ich bin zu ihm gefahren. Direkt nachdem ich dir erzählt habe, dass ich Kopfschmerzen habe."

Sie verschränkt ihre Arme vor der Brust, lehnt sich zurück. „Soso." Ein Schmunzeln auf ihren Lippen.

„Silke war noch bei ihm."

Ihre Arme fallen auf die Bank. „Wie jetzt? Du hast sie gesehen?"

„Ja. Sie kam aus dem Haus, noch ehe …" Plötzlich wird es mir klar. „Du wusstest es, oder?" Unfassbar. Wie konnte ich nur so dumm sein? *Sie ist seine beste Freundin! Selbstverständlich wusste sie davon.*

Dieser doppelte Verrat wiegt schwer. Verdammt schwer. Scheppernd stelle ich die Kakaotasse wieder auf den Tisch. „Ich muss hier raus."

Isas Hand schnellt vor, umfasst mein Handgelenk. „Nichts da, Klara."

„Lass mich los, Isabell. Ich glaube, ich muss mich übergeben."

„Wage es lieber nicht, dass hier in Omas Küche zu tun, also schluck es runter." Sie sieht mich auffordernd an und zieht mich zurück auf die Bank. „Wann hattest du denn vor, mit Martin darüber zu sprechen, Klara?"

Wieso bekomme ich nur das komische Gefühl, dass ich bei diesem Gespräch schlechter abschneiden werde als Martin? „Na, hör mal, wir sprechen hier von Martin Zimmermann, oder nicht? Der Kerl, der alles mitnimmt, was nicht bei drei auf den Bäumen ist."

„Das ist keine Antwort auf meine Frage."

„Wahrscheinlich gar nicht, Isa." Unsere Blicke treffen sich in einer stummen Auseinandersetzung, in der Isa als Erste kapituliert.

„Das ist wohl ein klassischer Fall von *dumm gelaufen.*" Sie beginnt zu kichern.

Ich öffne den Mund, nur um ihn wieder zu schließen. „Isa, wirklich …" Eine Träne läuft mir über die Wange und ich wische sie ärgerlich weg.

Isa bemerkt es und ihr Gesicht wird ernst, als sie mich in den Arm nimmt. „Nicht, Klara. Ich hätte nicht lachen dürfen. Doch wenn ich dir die Geschichte erzähle …", sie hält mich ein wenig auf Abstand, sieht mich an, „… die sich auf der Gala abgespielt hat, wirst du es ebenfalls tun."

Das kann ich mir beim besten Willen nicht vorstellen.

Erneut kommt ein Kichern über ihre Lippen, doch sie legt einen Finger darüber, um die Wirkung zu schmälern. Es gelingt nur nicht.

Ich fühle mich weder willens noch in der Lage, mir anzuhören, wie sich Martin und Silke … Immer wieder stößt mir der Kakao bitter auf.

„Silke hat sich fürchterlich betrunken. An diesem Abend auf der Gala …" Isas Finger gestikulieren durch die Luft.

Ihr Mundwinkel verzieht sich hemmungslos in die Höhe. „Und sie hat sich nach Strich und Faden blamiert. Sie hat Roland – Martins Arbeitskollege?", ich nicke, sie redet weiter, „… eine schreckliche Szene gemacht, weil er einer anderen Frau fast in den Ausschnitt gefallen ist."

Oh, Szene kann sie. Das weiß ich aus eigener Erfahrung.

„Sie hat einige unschöne Dinge über Roland ans Licht gebracht." Ihre Augenbrauen hoch in die Stirn gezogen, betrachtet sie ihre Fingernägel. „Vor versammelter Entourage hat sie ihm zu seinem kleinen Schwanz beglückwünscht und Martins Vorzüge diesbezüglich in den Himmel gelobt."

Ich presse meine Lippen aufeinander, habe ich doch ein genaues Bild vor Augen, wie in etwa sich diese Geschichte zugetragen haben könnte.

„Nun, was soll ich dir sagen? Als Silke anfing, zu bedauern, dass nicht sie irgendwann die Herrin über das Zimmermann'sche Vermögen sein wird, hat Martins Mutter ihren Snobismus für einen Moment aus den Augen verloren und ihr völlig selbstlos eines der Gästezimmer angeboten, damit die arme aufgewühlte Silke ihren Rausch ausschläft, um am nächsten Morgen für immer aus ihrem Leben zu verschwinden." Ihr eben noch belustigter Blick wird ernst, als sie meinen sucht. „Klara, du irrst dich gewaltig, wenn du vermutest, Martin hätte sich in dieser Nacht mit Silke vergnügt." Sie hebt ihre Schultern. „Er sieht keine andere Frau mehr an, seit er dich auf dieser Restauranthochzeit getroffen hat."

„Du spinnst." *Aber gewaltig.*

„Ganz im Gegenteil. Ich kenne ihn. Weißt du, dass er mich seit letztem Sonntag fast stündlich anruft und nach dir fragt? Das muss man sich mal vorstellen! Als würde ich an deiner Bettkante sitzen." Sie beugt sich vor, fixiert mein Gesicht. „Ich verrate dir jetzt mal was: Martin Zimmermann ist bis über beide Ohren in dich verschossen und hat überhaupt gar keine Ahnung, wie er damit umgehen soll. So was kennt er nämlich nicht."

Mit zittrigen Fingern nehme ich meine Tasse wieder zwischen die Hände, um sie irgendwie zu beschäftigen.

„Hast du auch nur einen Moment darüber nachgedacht, dass es ihm ähnlich geht wie dir?"

Ja, als ich zu ihm gefahren bin.

„Wenn du für ihn nur eines seiner üblichen Partymäuse wärst, hätte er dich Samstag ordentlich durchgevögelt, deinen Namen in sein Büchlein geschrieben und nicht den Umbau des Gutshauses in Auftrag gegeben, damit du es übernehmen kannst. So sieht es nämlich aus."

Fast wäre mir die Tasse aus den Händen gerutscht. „Er baut das Haus um?"

„Allerdings. Und wenn du ihn nur einmal zurückgerufen hättest, hätte er es dir selbst erzählen können." Sie atmet tief ein. „Und er hätte dir auch von Silke erzählt, Klara. Und diese Geschichte kennt er selbst nur, weil seine Mutter sie ihm erzählt hat."

Er baut die Villa um ... Deshalb hat Niklas am Telefon so gelacht, als ich ihm von meiner Verabredung mit dem Makler berichtet habe.

Hitze breitet sich auf meinem Hals aus, und die hat wirklich nichts mit dem Kakao zu tun. „Scheiße."

„Wenn du es so nennen willst." Isa grinst mich an, nimmt meine Hand. „Wovor immer du Angst hast, sie ist völlig unnötig. Er legt dir die Welt zu Füßen, wenn du es zulässt." *Wenn ich ihr nur glauben könnte.* „Isa, ich bin nicht sonderlich erfahren in Beziehungskisten. In meinem Leben gab es nur Enrico und wie das ausgegangen ist … Aber das ist eine andere Geschichte. Jeder denkt immer, ich wäre unglaublich taff und selbstbewusst. Ja, ich habe Haare auf den Zähnen und ja, ich flirte auch gern." Ich hebe meinen Blick, nur um Isas zu begegnen. „Aber mehr habe ich niemals zugelassen. Samstag …" Wieder eine verräterische Träne. „Ich hätte ihm tatsächlich erlaubt, zu bleiben. Ich war bereit, ihn in mein Leben zu lassen. Einfach so, weil ich es wollte." Ich atme durch, versuche, mich zu beruhigen. Isa drückt erneut meine Hand, animiert mich, weiterzusprechen.

„Als er dann gegangen ist, hatte ich einfach genügend Zeit, darüber nachzudenken, was es mit mir gemacht hätte, wenn ich mit ihm geschlafen hätte. Und auch darüber, dass er es tatsächlich schon geschafft hat, dass ich all meine Vorbehalte vergessen hätte. Kannst du meine Unsicherheit nicht verstehen, als ich dieses blonde Püppchen aus dem Haus kommen sah?" Erwartungsvoll sehe ich sie an.

Sie leckt sich über ihre Lippen. „Doch, ich kann dich verstehen. Sehr gut sogar. Und ich hätte genauso reagiert wie du." Wieder breitet sich ein Lächeln auf ihrem Gesicht aus. „Deshalb solltet ihr mich immer wie die Königin behandeln, die ich bin. Weil ich nämlich eure Köpfe geraderücke, wenn es nötig ist."

Jetzt muss ich lachen. Befreiend, erleichtert, glücklich.

Isa nimmt erneut meine Hand. „Martin kratzt an deiner Mauer und du hast nicht damit gerechnet, dass ein Kerl das noch mal schaffen würde. Aber bitte, denke auch immer darüber nach, um was du dich bringst, wenn du ständig die Notbremse ziehst. Wer sagt dir, dass er nicht *der Mann* für dich ist, ihr heiraten werdet, fünf zuckersüße Babys in die Welt setzt und glücklich bis ans Ende eurer Tage auf der Veranda eurer Pension sitzen werdet?"

Ich öffne den Mund, um etwas zu erwidern, doch sie hebt abwehrend den Zeigefinger. „Und komm mir jetzt nicht wieder damit, dass er schließlich Martin Zimmermann ist."

Ich schließe meinen Mund.

„Martin ist der beste Mensch, den ich kenne. Er ist loyal, hilfsbereit, ehrlich. Und ja, manche Frau behauptet sogar, er sei *sexy*." Sie verzieht ihr Gesicht und ich muss kichern.

„Nein, Klara, für mich sieht es einfach nur danach aus, als hättest du entsetzlichen Schiss vor deiner eigenen Courage bekommen. Die Klara, die ich kennengelernt habe, hätte ihm ordentlich die Schuhe aufgeblasen, wenn sie auch nur den Hauch eines Zweifels an seinen Absichten vermutet hätte. Ich weiß es: Sonntag wäre Martin geblieben. Und er wäre Montag wiedergekommen."

Ich brauche einen Moment, um das zu verdauen, und bin Isa mehr als dankbar, dass sie schweigend ihren Kakao trinkt.

Ist es so? Bin ich einfach nur zu feige, mich meinen Gefühlen zu stellen? *Brauchst du darauf wirklich noch eine Antwort?*

Kapitel 22

Ich entdecke Martins BMW sofort und sacke innerlich in mir zusammen. *Was macht er hier? Ich bin noch nicht so weit, mich ihm zu stellen.* Schweiß bricht mir aus und ich überlege, wo ich mich am besten vor ihm verstecken kann. *Jetzt werde mal nicht albern, Klara.*

Doch allein die Vorstellung, auf ihn zu treffen, verursacht mir einen Herzklabaster, lässt tausend Schmetterlinge in meinem Magen wild durcheinanderflattern. *Beruhig dich wieder. Langsam einatmen. Und wieder ausatmen. Ein und aus, ein und aus.*

Es nützt nichts. Ich hatte gehofft, noch ein wenig vor mich hinbrüten zu können, ehe ich vor ihm auf die Knie falle. Ihm gestehe, dass ich es bin, die sich wie eine Idiotin verhalten hat.

Ich seufze dramatisch und entscheide mich für den Personaleingang hinter der Küche. Jetzt, da Martin den Code für meinen Fahrstuhl besitzt, wird er ihn auch benutzen und oben auf mich warten.

Der alte Gustav sitzt auf der Bank vor der Küche, und ich finde Trost in dem Vanillegeruch seiner Pfeife. Er sieht auf, als er mich kommen hört. „Na, gönnst du dir ein Päuschen?"

Er zwinkert verschmitzt. „Mädchen, komm, setz dich zu mir."

Nur zu gern komme ich seiner Bitte nach, lasse mich neben ihm nieder und wir schweigen gemeinsam eine Weile vor uns hin. Die Stille wird lediglich von dem Paffen an seiner Pfeife unterbrochen.

„Sag, Mädchen, was beschäftigt dich?"

„Was soll mich beschäftigen, Gustav?" Fragend sehe ich ihn an, doch sein Blick schweift über die Grünflächen hinter dem Schloss.

„Du rutschst auf der Bank hin und her."

„Das mache ich doch …" Gustav zieht seine Augenbrauen zusammen und ich muss lachen. „Ja, du hast recht. Ich schinde Zeit und verstecke mich noch einen Moment."

„Vor wem?"

„Einem arroganten, selbstverliebten, elitären, reichen Schnösel, der auf der Suche nach mir ist."

„Hört sich doch eigentlich nett an."

„Was hört sich daran nett an, bitteschön?"

„Dass du dem arroganten, … elitären Rosenkavalier den Kopf verdreht hast?"

Gut kombiniert, Watson ...

„Mmh." Mehr weiß ich dazu gerade nicht zu sagen.

„Warum versteckst du dich dann?"

„Ich will ihn noch nicht sehen." Isas Worte schwirren durch meine Gedanken. Ich hatte nicht mal genügend Zeit, es selbst zu verarbeiten.

„Also hat er dir ebenfalls den Kopf verdreht."

„Vielleicht ein bisschen."

„Warum seid ihr jungen Leute nur so kompliziert? Zu meiner Zeit war das ganz einfach. Man hat sich gesehen, sich verliebt, geheiratet. Fertig." Er schüttelt fast unmerklich seinen Kopf, den Blick noch immer starr geradeaus gerichtet.

„Ja, die guten alten Zeiten. Wo sind die nur geblieben, Gustav?"

Er legt eine Hand auf meinen Oberschenkel, drückt ihn leicht.

„In meinen Erinnerungen, Kindchen." Jetzt sieht er mich an. „Geh schon, schaff deine eigenen Erinnerungen. Wenn es ein Schnösel sein soll, dann kannst du das nicht ändern. Dein Herz wird dich nicht vorher um Erlaubnis bitten."

„So weise Worte aus deinem Mund." Ich seufze.

„Wahre Worte, Kindchen."

Ich küsse ihn auf die Wange. „Ich geh dann mal rein."

Er pafft lediglich an der Pfeife, als hätte er mich bereits vergessen.

Ich atme durch hohle Wangen ein und öffne die Tür zur Küche.

Um diese Tageszeit ist hier die Hölle los. Das Servicepersonal schwirrt wie emsige Bienen ein und aus, ruft seine Bestellung in die Küche. Ich höre das Stimmengewirr, das Klappern von Töpfen, Messer, die über Lebensmittel zu fliegen scheinen. Schubladen, die surrend aus den Kühlwagen fahren. Türen, die sich lautstark öffnen und schließen.

Das sind meine Erinnerungen, Gustav. Ich spüre, wie Ruhe von mir Besitz ergreift. Hier inmitten des pulsierenden Treibens. Meine Mutter steht über das Buffet gebeugt, schafft kleine Kunstwerke auf den Tellern, ohne sich den Kopf an den tief hängenden Wärmelampen zu stoßen. Ruft die fertigen Gerichte auf und eine flinke Hand schnappt nach dem Teller, bringt ihn an den angedachten Platz.

Ich schließe für einen Augenblick die Augen, inhaliere das Aroma der Gewürze und möchte gerade nirgendwo anders sein.

„Schätzchen, da bist du ja wieder." Ein flüchtiges Lächeln, ehe sich meine Mutter wieder ihrer Aufgabe widmet. „Ich möchte alles wissen, hörst du? Aber jetzt gerade ist es schlecht. Das Restaurant ist rappelvoll." Sie hebt die Stimme. „Tisch 7." Und schon verschwinden drei Teller vom Buffet.

„Kein Problem, wir sprechen heute Abend. Ich suche Papa."

Sie nickt, auch wenn ich sicher bin, dass sie mir schon nicht mehr zugehört hat. Mit einem Lächeln im Gesicht mache ich mich auf die Suche nach meinem Vater, der sich mit Sicherheit an seinem Lieblingsplatz aufhält.

Ich schiebe mich an der Wand des Restaurants entlang und verharre mitten im Schritt. An der Weinbar sitzt Martin, lauscht den Worten meines Vaters, der das Weinsortiment für den heutigen Tag überprüft. Mein Vater entdeckt mich zuerst, winkt mir zu und Martin dreht den Barhocker in meine Richtung.

Mir stockt der Atem. *Oh Gott, warum muss er denn so gut aussehen?* Mein Herz wummert hinter meinem Brustkorb und ich spüre neuen Schweiß unter meinen Achseln.

Verflucht, egal wie sehr ich auch versucht habe, mich gegen ihn und seine Wirkung auf mich zu wappnen, sein Anblick allein genügt, dass meine Fassung wie ein Kartenhaus in sich zusammenbricht. Er zieht einen Mundwinkel nach oben, verschränkt die Arme vor der Brust, und mir wird klar, welchen Anblick ich gerade biete.

Langsam gehe ich auf die beiden zu, zwinge meine Libido zur Ruhe und verachte das Krabbelvolk in meinem Körper, das gerade eben einen Marathon in meinem Unterleib veranstaltet.

„Wie war das Haus, Eule? Hat dir Herr Kunstmann helfen können?"

Ich räuspere mich, möchte ich die Haussuche nicht unbedingt in Martins Gegenwart ansprechen.

„Ja, er ist sehr nett, aber das Haus ist noch bewohnt, also nichts für mich. Vielen Dank, dass du den Kontakt hergestellt hast."

Mein Vater schenkt mir ein breites Lächeln, befasst sich wieder mit dem Weinsortiment.

„Ach, du suchst ein Haus?" Spöttisch hebt Martin eine Augenbraue in die Stirn und ich senke den Blick. Achte auf gebührenden Abstand zwischen uns.

„Ja, genau das tu ich." *Ein Schnösel, ich sag´s doch die ganze Zeit.*

„Stell dir vor, ich hätte da ein Haus."

Mein Herz macht einen Satz. *Wie kann er es wagen, dieses Thema hier anzuschneiden?*

„Wirklich?" Es ist mein Vater, der sich überrascht zu Martin umdreht. „Wissen Sie, Klara möchte eine kleine Pension eröffnen. Wenn dieses Haus groß genug wäre …?"

„Oh, nicht nur das! Es hat sogar eine ausgezeichnete Lage. Mitten am Naturschutzgebiet, es gibt einen Badesee in unmittelbarer Nähe." Sein durchdringender Blick brennt sich in meine Haut und das Atmen fällt mir zunehmend schwerer.

„Hier ist wirklich nicht der geeignete Ort und auch nicht Zeit, um darüber zu sprechen, Martin."

„Nein? Dann sag mir doch, Klara, wann du mit mir sprechen wolltest? Ich hatte eher den Anschein, dass du mir aus dem Weg gehst."

„Martin …" Ich presse seinen Namen mahnend durch die Zähne, doch er lässt sich nicht davon beeindrucken. „Klara, du solltest dir Herrn Zimmermanns Haus ansehen. Vielleicht wäre das ja schon das richtige." Mein pragmatischer Vater hat wirklich keine Ahnung, wovon er spricht.

„Sie hat es bereits gesehen, Herr Möllenbrink. Und ich weiß, dass es ihr ausgesprochen gut gefallen hat." Er lächelt meinen Vater an, ehe er sich wieder mir zuwendet. Sein Lächeln verschwindet und mein Herz beginnt zu bluten.

„Ja, aber warum suchst du dann weiter, Klara?" Verständnislos stellt mein Vater den Wein vor sich ab, der eigentlich im Regal seinen Platz finden sollte.

„*Ja, warum,* Klara?" Martin stützt einen Ellbogen auf die Bar, legt sein Kinn auf eine Faust.

Ich fühle mich in die Enge getrieben und presse die Lippen aufeinander. Meine Nasenflügel beginnen zu beben. Martin sieht in mein Gesicht und sein Blick wird plötzlich weich. „Entschuldigen Sie uns bitte, Herr Möllenbrink. Ich muss dringend mit Ihrer Tochter ein privates Wort wechseln." Damit greift er nach meiner Hand und führt mich aus dem Restaurant, durch die Lobby, auf den Kiesweg, in die Gartenanlage des Hotels. Und ich folge ihm wortlos.

Aber vor allen Dingen völlig wehrlos.

Er bleibt stehen, dreht mich in seine Arme, küsst meine Stirn und wiegt mich hin und her. Alles, was ich zustande bekomme, ist ein herzerweichender Schluchzer.

~oOo~

Verfluchter Mist, er wollte sie nicht zum Weinen bringen. Das Schluchzen lässt ihren Körper beben und er nimmt sie noch fester in den Arm. „Es tut mir leid. Ich bin zu weit gegangen."

Sie schüttelt den Kopf. „Nein. I-ich bin ein dummes Scha-haf." Klara zieht ihre Nase hoch und er lächelt, ob dieses undamenhaften Geräuschs.

Martin umfasst ihr Gesicht und beim Anblick ihrer geröteten Augen legt sich eine Faust um seinen Brustkorb. „Einigen wir uns auf ein Unentschieden. Ich bin nicht hergekommen, um dich vorzuführen."

„I-ich wei-hß." Sie versucht, die Tränen zu unterdrücken, was er ausgesprochen zauberhaft findet. Sie atmet tief durch und ihre Stimme klingt gefestigt, als sie weiterspricht. „Ich war bei Isa." Kurz schließt sie die Lider, entzieht sich so seinem Blick, was er mit Bedauern zur Kenntnis nimmt.

„Hör zu, ich möchte dir so viel sagen, aber ich weiß noch nicht, wie …" Sie öffnet die Augen, sieht direkt in seine Seele.

Zumindest kommt es ihm so vor. Er räuspert sich, hat das Gefühl, etwas sagen zu müssen. „Klara, du musst nicht …"

Sie schiebt ihn von sich, macht einen Schritt zurück, und er verspürt fast physische Schmerzen, sie loszulassen.

„Doch ich muss. Lass mich aussprechen, Martin. Sonst verliere ich den Mut."

Er nickt lediglich.

Klara verschlingt ihre Finger miteinander, reibt sie nervös. „Können wir einige Schritte gehen, bitte? Dann fällt es mir leichter."

Martin weist auf die verschlungenen Wege des weitläufigen Schlossgartens. „Sehr gern."

Er verspürt den Drang, einen Arm um sie zu legen, doch er weiß intuitiv, dass Klara ihn abschütteln würde. Also begnügt er sich vorerst damit, einfach neben ihr herzulaufen.

Sie spricht noch immer kein Wort, also beginnt er das Gespräch. „Du warst bei Isa?"

„Ja. Gerade eben. Sie hat mir verraten, dass du den Umbau der Villa planst."

„Ich wollte dir davon erzählen."

Ihre Lippen bilden einen dünnen Strich und sie sieht gegen den Horizont. „Ich bin unsicher."

Etwa wegen ihm? Er wischt sich mit der Hand über den Mund, fragt jedoch nicht nach. Gibt ihr den Raum, den er selbst gerade nötig hat.

Sie sucht seinen Blick und sein Entsetzen muss ihm wohl ins Gesicht geschrieben stehen, denn plötzlich bleibt sie stehen, nimmt seine Hände. Plötzlich sprudeln die Worte nur so aus ihr heraus, dass er fast schon Schwierigkeiten hat, ihr zu folgen. „Ich habe Angst vor meinen eigenen Gefühlen für dich. Versteh mich nicht falsch. Martin, ich hatte eine einzige Beziehung in meinem Leben und die liegt bereits sechs Jahre zurück."

Wow, damit hat er nicht gerechnet. *Der Spanier!* Er unterdrückt das Stöhnen, das ihm in der Kehle steckt. „Klara, ich …"

„Ich war noch nicht fertig." Ihre Fingerspitzen legen sich über seinen Mund. „Und dann kommst du … Jedes Wochenende ein anderes Häschen am Arm und ich soll glauben, dass du dich plötzlich für mich interessierst? Oh, ich halte mich nicht für hässlich oder unscheinbar, das wollte ich damit nicht sagen." Ihre Hände wedeln durch die Luft. „Aber ich, Martin?" Ihr Blick ist ungläubig. „Klara Möllenbrink ist nicht Luxus oder Glamour. Ich bin auch nicht so anschmiegsam, wie du es gewohnt bist. Klara Möllenbrink ist bodenständig, pragmatisch, frech, unbequem."

„Und unglaublich stur", fügt er hinzu und sie schnaubt.

„Ich weiß einfach, was ich von meinem Leben erwarte, Martin. Ich möchte die Pension, jetzt mehr denn je. Ja, und ich möchte einen Mann an meiner Seite. Einen, der hinter mir steht, der für mich da ist. Mit dem ich meine Sorgen und Ängste teilen kann. Auch diesen Wunsch hast du in mir geweckt." Den letzten Satz spricht sie so leise, dass er nicht sicher ist, ob sie ihn überhaupt laut aussprechen wollte. „Was ich nicht brauche, ist ein Mann, der mir bei der nächsten Gelegenheit das Herz bricht." Ihre Nasenflügel beben. „Ich war bei dir und ich habe Silke gesehen."

Damit hat er nicht gerechnet. Er fixiert den Horizont, setzt zu einer Erklärung an, doch Klara gebietet ihm erneut, zu schweigen. „Nein. Nicht. Isa hat mir die Geschichte erzählt. Es ist in Ordnung. Aber dass ich nicht selbst den Mut gefunden habe, dich nach den Hintergründen für ihre Anwesenheit zu fragen ..., das macht mir Angst, Martin." Das muss er erst mal sacken lassen, bringt Abstand zwischen sich und Klara. Macht einige Schritte in die entgegengesetzte Richtung. Fährt sich mit beiden Händen durchs Gesicht. Als er sich ihr wieder zuwendet, steht sie noch immer regungslos mitten auf dem Weg. Die Arme um ihren Körper geschlungen und sieht ihm niedergeschlagen entgegen. Ihr Brustkorb hebt und senkt sich unter ihrer schweren Atmung, ihr Mund wirkt unglücklich verkniffen. Ein dicker Klumpen Trostlosigkeit liegt in seinem Magen und sein eigenes Herz schlägt schwermütig hinter den Rippen.

Was denkt sie jetzt von dir, Zimmermann? Dass du dich davonmachst?

Doch diese Erwartung wird er nicht erfüllen. Niemals war er sich einer Sache so sicher!

Mit zwei großen Schritten ist er bei ihr, umfasst ihre Schultern und unterdrückt den Impuls, sie zu schütteln, damit sie nur endlich wieder zu sich kommt. „Silke? Ach du liebe Güte, sie war tatsächlich nur eine Notlösung, nachdem Isa mich nicht mehr zu solchen Anlässen begleitet. Ich habe sie am Abend der Hochzeit nach Hause gefahren und seitdem nicht mehr getroffen." Martin schüttelt fast unmerklich den Kopf. „Sie könnte dir nicht ansatzweise das Wasser reichen. Dass sie nach der Gala bei uns übernachtet hat, war dem Umstand geschuldet, dass selbst meine Mutter es nicht übers Herz gebracht hat, sie in ihrem Zustand vor die Tür zu setzen."

Er sieht Klara in die Augen, möchte sich vergewissern, dass sie ihm glaubt. „Sie hat in einem der unzähligen Gästezimmer geschlafen. Ich wäre noch nicht mal auf die Idee gekommen, sie in meine Wohnung zu lassen. Klara, du bist die einzige Frau, neben der ich einschlafen und wieder aufwachen möchte. So verrückt das für dich auch klingen mag, aber das ist die Wahrheit." Er umrahmt ihr Gesicht, braucht ihre Wärme. „Seit ich dich kenne, bin ich nicht mehr ich selbst, Klara Möllenbrink. Du musst ständig das letzte Wort haben, du forderst mich heraus, du bist begeisterungsfähig. Meine Güte, ich glaube, du hast mir schon am Abend der Hochzeit in eurem Restaurant den Rest gegeben." Er beginnt zu lächeln. „Als du dieses alte Haus gesehen hast … Für mich ist es einfach nur das Haus meiner Großeltern. In deiner Vorstellung ist es bereits eine Pension mit verträumten Garten. Alles, was ich gesehen habe, ist ein abgerissener Gartenzaun, ein undichtes Dach und miefige Räume, umgeben von einem Urwald an Unkraut."

Ihre Iriden tanzen durch sein Gesicht. Die grünen Sprenkler darin schimmern dunkel. „Klara, die Art, wie du dich bewegst, wie du lachst." Er muss seinen Blick abwenden, sonst verschluckt er all die Worte, die er unbedingt noch sagen muss, um sie zu überzeugen, wie wichtig sie ihm ist. „Scheiße, wie scharf du mich machst, mit diesem verflixten Lipgloss, den du ständig auflegst." Er betrachtet ihren Mund. Die vollen Lippen, die er nur zu gern küssen würde. „Ich weiß noch immer nicht, wonach er schmeckt." Ihre Mundwinkel zucken und er spricht weiter. „Aber nicht nur das. Du hast mir klargemacht, dass ich auf all das verzichten will. Auf den Luxus und den Glamour.

Auf die *Häschen*, wie du sie nennst. Die einzige Frau, die ich aus den Klamotten schälen will, bist du, verdammt. Es scheint so, als wäre ich mein Leben lang auf der Suche nach dir gewesen. Und jetzt habe ich dich endlich gefunden." Er versucht zu lächeln, doch es will ihm nicht so recht gelingen. „Du hast wirklich keine Ahnung, was du mit mir gemacht hast. Mit mir machst." Mit einem resignierten Seufzer lässt er seine Hände sinken. „Ich bin gestorben, weil du dich nicht gemeldet hast. Die einzige Frau, an der mir wirklich etwas liegt, für die ich etwas empfinde, zeigt mir die kalte Schulter."

Kapitel 23

Ich kann gar nicht anders, als ihn an mich zu ziehen und zu küssen.

Die Welt hört auf, sich zu drehen, als seine warmen, weichen Lippen auf meine treffen. Er wirkt überrascht, doch nur für den Hauch eines Augenblicks, denn schon im nächsten Moment reißt er mich regelrecht in die Arme, presst mich derart fest an seinen Körper, dass mir fast die Luft wegbleibt. Doch es fühlt sich richtig an. Wahrhaftig. *Oh Gott, Klara. Das hier passiert wirklich!* Ich lache glücklich in den Kuss hinein und Martin sieht mich verdutzt an. „Entschuldige, ich bin einfach erleichtert. Und glücklich." Ich beiße auf meine Unterlippe, versuche mich selbst wieder unter Kontrolle zu bekommen. „Jetzt kann ich es ja zugeben."

Er schenkt mir sein Martin-Zimmermann-Lächeln und meine Beine verwandeln sich in Pudding. Meine Wangen werden heiß und er legt seine Stirn gegen meine. „Klara?"

Ich schiele zu ihm auf. „Ja?"

„Bitte lass uns sofort über solche Dinge sprechen. Ich schaff das nicht noch mal." Er schließt seine Augen, schüttelt entschlossen den Kopf.

„Das käme mir sehr entgegen."

Seine Augen suchen meinen Blick. „Und was machen wir jetzt?"

„Meine Mutter würde sagen: Erst mal etwas Anständiges essen, wohingegen mein Vater auf ein Glas Wein schwört."

„Das hört sich beides ziemlich verlockend an."

Ich knabbere an meiner Unterlippe, lässt mich doch ein Gedanke nicht los. „Würdest du mir zuerst das Gutshaus noch mal zeigen?"

Er atmet erleichtert aus. „Ich dachte schon, du würdest mich niemals fragen."

Hand in Hand schlendern wir zurück zum Restaurantparkplatz. Und ich kann nicht anders, als unsere Hände anzustarren. Er hat so schöne lange Finger. Warm, feingliedrig. Und meine Hand passt so zauberhaft in seine. *Ja, Klara, jetzt beruhig dich wieder.* Später. Doch zuerst möchte ich diesen Schmetterlingsflug in mir auskosten. Diese Glückshormone, die mein Blut durchfluten. Die rosaroten Wolken am Horizont betrachten und die Zuckerwatte in meinem Kopf willkommen heißen, die jeden Zweifel, jede Befürchtung einfach klebrig umhüllt und im Zucker zersetzt.

Niemals kam mir der Weg zur Villa so lang vor wie heute.

Martin hüllt sich in Schweigen, als ich beginne, ihn mit meinen Fragen zu bombardieren.

„Warte doch ab. Ich gehe zwar davon aus, dass Niklas nicht mehr vor Ort ist, aber die Pläne liegen im Wohnzimmer."

„Die Pläne? Du hast alles schon besorgt?" Mein Herz schwillt an, passt nicht mehr in meinen Brustkorb.

Er schenkt mir ein Lächeln. *Ach herrje.*

„Der Statiker war sogar schon da. Wir haben zwar noch kein Gutachten, aber seine Prognose war vielversprechend."

Wir. Plural. Ich kann mich noch genau an meine Abneigung erinnern, ihn an meinem Traum teilhaben zu lassen. Aber Zuckerwatte sei Dank, wirken seine Worte nicht mehr bedrohlich. *Wolltest du nicht einen Mann, mit dem du alles teilen kannst?*

Ich werde zu anderer Zeit darüber nachdenken, was das genau zu bedeuten hat.

Zuerst möchte ich das Haus noch einmal sehen. Und diese Pläne, von denen er gesprochen hat.

Ich möchte den miefigen Geruch der Zimmer einatmen und ich möchte den Dachboden besichtigen, den ich noch nicht kenne.

Martins Hand legt sich auf meinen Oberschenkel, als würde sie schon immer dorthin gehören. Und ich lege meine Finger über seine, drücke sie sanft. Sein warmes Lächeln lässt mich rundum zufrieden aus dem Fenster sehen, ohne die an mir vorbeifliegende Gegend überhaupt richtig wahrzunehmen.

Mein Herz überschlägt sich, als Martin die Tür aufschließt. Wie bereits vermutet, ist Niklas längst nicht mehr da.

Martin betätigt den Lichtschalter und eine Baustellenleuchte wirft ihr grelles Licht in die Halle. „Du hast Strom angemeldet?"

„Wir werden Strom brauchen, Prinzessin. Das erschien mir sinnvoll." Er läuft vor, ins ehemalige Wohnzimmer, öffnet die Fenster.

Blöde Frage, Klara, denn wir werden Strom brauchen. Ich habe es noch immer nicht realisiert, dass ich nicht gleich aufwachen werde, nur um festzustellen, dass das alles nur ein Traum ist. Plötzlich stehe ich direkt vor dem provisorischen Schreibtisch und werfe einen Blick auf den Bauplan, der ausgebreitet vor mir liegt.

Martin tritt hinter mich, legt einen Arm um meine Mitte. „Ich dachte, wir nehmen das Bad einfach weg und geben dafür den Räumen jeweils ein kleines Duschbad." Die Finger seiner freien Hand umkreisen besagte Stellen im Plan, sein Kinn ruht auf meiner Schulter. „Du hättest also auf der ersten Etage 12 Betten. Mit diesem Raum hier könntest du sogar ein Familienzimmer anbieten. Ein Etagenbett sollte in die Nische passen." Seine Finger fliegen über die Bauzeichnungen. „Diese beiden Zimmer sind über den Balkon miteinander verbunden." Er verschiebt einen Ziegelstein, um den darunter liegenden Plan zu erreichen. „Siehst du, in der zweiten Etage wäre ebenfalls Platz für mindestens 8 oder 10 Betten. Wenn du das Bad ausbauen möchtest, könntest du eine Verbindungstür einbauen, sodass diese beiden Zimmer sich das Bad teilen könnten."

Meine Augen füllen sich mit Tränen, so sehr rührt er mich mit seinen Ausführungen und Ideen. „Ich weiß nicht, was ich sagen soll, Martin." Meine Stimmbänder sind belegt und ich muss mich räuspern.

Martin hält inne, küsst meine Wange. „Du musst gar nichts sagen, Prinzessin. Lass es einfach auf dich wirken, wir haben Zeit." Ich drehe mich in seine Arme. Sein Blick wirkt dunkel, leicht verhangen, als ich mich auf die

Zehenspitzen stelle, um ihn zu küssen. „Lass uns wieder fahren, für heute habe ich genug gesehen", hauche ich gegen seine Lippen.

„Wohin? Zu mir oder zu dir?"

Er schenkt mir ein verschmitztes Lächeln und mein Körper beginnt unverzüglich zu beben.

„Das kommt darauf an, was von hier aus schneller zu erreichen ist." Ich ziehe meine Unterlippe zwischen die Zähne.

Er lacht. Tief, männlich, sexy und jagt mir damit sehnsuchtsvolle Schauer über den Rücken. Schiebt mich ein Stück tiefer in den Raum. „Dann bleiben wir einfach hier." Mit Schwung entreißt er einem Sofa die weiße Husse.

„Sie sind ausgesprochen verdorben, Herr Zimmermann." *Und dieses Sofa ist wirklich wunderschön.*

„Ich hörte davon." Er schenkt mir ein anzügliches Lächeln. „Aber es gibt eben Dinge, die können nicht warten." Seine Stimme wird kehlig. „Nicht mehr …"

Plötzlich sind seine Hände überall gleichzeitig, während sein Kuss fordernder, tiefer wird. Wenn Martin mich nicht halten würde, hätten meine Beine just in diesem Moment den Dienst versagt. Alles in mir flirrt, eine Ameisenmühle beginnt sich in meinem Bauch unentwegt im Kreis zu drehen. *Himmel, Klara, warum konntest du nur so lange darauf verzichten?*

Meine Brüste pressen sich gegen seinen Oberkörper, meine Hände vergraben sich in seinem Haar. Er umfasst meinen Po und ich lege intuitiv einen Schenkel um seine Beine, dränge mich gegen ihn. Ich spüre seine Härte durch den Stoff seiner Jeans, was mein Unterleib mit einem fast vergessenen Ziehen quittiert. Martin streicht eine Hand über meine Wade, positioniert mich an der Couch seiner Großeltern. „Oh Gott, Klara."

Niemals hat sich mein Name erotischer angehört und ich muss ein Stöhnen unterdrücken.

Wie ist es möglich, dass er mich so schnell um den Finger wickeln kann? *Das kann doch nicht gesund sein.*

Mit geübten Handgriffen entledigt er mich souverän meines Shirts. Zieht zischend die Luft ein, während er seinen Blick über meinen Oberkörper gleiten lässt, der vielleicht der üppigste ist, den er jemals in seinem Bett, *ähem – auf der Couch* gesehen hat.

Mit den Fingerspitzen zeichnet Martin die Konturen meines Schlüsselbeins nach, lässt damit wohlige Schauer über meine Haut rieseln. Sein offensichtliches Begehren nimmt mir jede Scheu, verleiht mir ein Selbstbewusstsein, über das selbst ich verwundert sein sollte und ich mache einen Schritt auf ihn zu. „Du kennst mich doch schon. Am See hatte ich auch nicht viel mehr an."

Er richtet seinen Blick von meinen Brüsten in mein Gesicht. „Versprich mir, dir nie wieder von einem dahergelaufenen Kerl den Rücken eincremen zu lassen. Sollte es jemand wagen …"

Ich presse meinen Mund auf seinen, ehe er sich noch um Kopf und Kragen redet. Martin öffnet meinen BH, schiebt ihn von meinen Schultern. Fast andächtig ziehen seine Fingerspitzen eine Spur zwischen meinen Brüsten, umkreisen meinen Bauchnabel und zeichnen den Bund meiner Hose entlang. „Zieh sie aus."

Sein Befehlston macht mich an und ohne darüber nachzudenken, öffne ich meine Jeans, schiebe sie über meine Oberschenkel, ehe ich hinaussteige.

Seine Lippen wandern über meinen Hals, zur dünnen Haut unter meinem Ohrläppchen, und ich schließe die Augen, lasse es geschehen. Genieße die Hitze, die sich in meinem Körper ausbreitet. Keuche auf, als er eine Brust mit den Händen umfängt, sie sanft knetet, eine Knospe zwischen Ring- und Mittelfinger festhält, mit der Zunge liebkost. „So perfekt, Klara. All das ist perfekt."

Mit zittrigen Fingern nestle ich an den Knöpfen seines Hemdes, welches er sich in einer schwungvollen Bewegung einfach über den Kopf zieht. Ich wusste, was mich erwartet, dennoch stockt mir der Atem. Seine Muskeln scheinen regelrecht für mich zu tanzen. Meine Finger gleiten über die Berge und Täler seiner Brust, folgen der Linie Haare, die sich von seinem Bauchnabel nach unten hin verjüngt. Kratzen über seinen Rücken. Hauchzart platzierte Küsse auf seiner Haut.

Mit einem Knurren stößt er mich sanft auf die Couch, küsst mich tiefer in die Polster. Er befreit mich aus meinem Slip und steckt ihn tatsächlich in die hintere Tasche seiner Jeans. Ich möchte protestieren, doch er erstickt jeden Einwand mit einem weiteren Kuss. „Der gehört mir, Klara", murmelt er gegen meinen Mundwinkel.

„Wenn das jeder machen würde, hätte ich bald keine Unterwäsche mehr, Martin Zimmermann."

„Ich bin nicht *jeder*, merke dir das." Er beißt zart in meine Brustspitze, nur um den Schmerz mit einem Zungenschlag zu lindern. Ich schreie leise auf. „Und, Klara, ich teile nicht gern." Martins Worte bringen meinen Herzschlag durcheinander und doch bin ich noch nicht bereit, dem allzu viel Bedeutung beizumessen.

„War das ein exklusives Versprechen?" Ein Grinsen macht sich auf meinem Gesicht breit. Doch sein eindringlicher Blick lässt kaum Raum für Zweifel. Ich schlucke trocken.

Er zieht seine Augenbrauen zusammen. „Allerdings. Ich weiß gar nicht, warum du das noch infrage stellst." *Sollte er es wirklich ernst meinen?* Mein Herz zerspringt regelrecht hinter meinen Rippen und meine Lider beginnen zu flattern, während ich langsam zustimmend nicke. „Dann sind wir uns in dieser Sache einig." *Diesen Satz kann ich morgen noch nicht mal auf den Alkohol schieben.*

Martin beginnt zu lächeln. „Gut, das hätten wir also geklärt." Sein heißer Atem an meinem Ohr lässt mich erschaudern. Er knabbert sich eine Spur über meinen Körper. Eine süße Qual, die er mit seiner Zungenspitze zu lindern weiß. Feuer jagt durch meine Blutbahn, das in meinem Unterleib sein Epizentrum zu finden scheint. Ich biege den Rücken durch, als er eine Brustspitze einsaugt. Sie wieder frei gibt. Seine Hände scheinen nirgends und überall gleichzeitig zu sein. Ein überraschtes Keuchen kommt über meine Lippen, als mich sein Atem an meinem Geschlecht trifft. *Verdammte Scheiße, das ist doch erst unser erstes Mal!* Seine Zunge leckt über meinen Kitzler und er schiebt meine Oberschenkel weiter auseinander. Meine Fersen suchen Halt, während ich mein Becken zielstrebend an sein Gesicht schiebe.

Äußerst unanständig, aber seine Zunge ist so unglaublich geschickt. Als er zudem noch einen Finger in mich schiebt und meine Perle mit dem Daumen stimuliert, habe ich ihm wirklich nichts mehr entgegenzusetzen. *Warum auch immer auf ein drittes Date warten, ehe man sich derartig nah kommt?* Blitze zucken hinter meinen Augenlidern, ich rolle meine Zehen ein, vergrabe mich in seinen Haaren, lasse die Welle der Ekstase über mir zusammenbrechen, die sich explosionsartig in mir zusammenbraut und mich in Sekundenbruchteilen zu verschlucken droht. Ich stöhne auf, beiße die Zähne zusammen, um nicht laut aufzuschreien, wimmere stattdessen seinen Namen, während ich um seinen Finger, seine Zunge krampfe. Plötzlich ist Martin über mir, und ich schmecke meine eigene Nässe auf seinen Lippen. Noch immer völlig benommen, umfasse ich sein Gesicht.

„Entschuldige, Geduld ist keine meiner Stärken."

„Der Tag ist ja noch nicht vorbei." Mit einem anzüglichen Grinsen erhebt er sich, nimmt etwas aus der Hosentasche, ehe er sich aus Jeans und Boxershorts schält. Ich genieße den urbanen Anblick des schönen nackten Mannes und kneife mir kurz in den Arm. *Nein, kein Traum.* Das hier passiert also wirklich.

Sein Körper spannt sich an, als ich seine beachtliche Erektion in die Hand nehme.

Martin atmet scharf ein, als ich meine Lippen um sie lege, meine Zunge seinen weichen, harten Schaft umschmeichelt. Er wird härter, greift stöhnend in mein Haar, während ich ihn tiefer in den Mund nehme, sauge und lecke. Ich genieße dieses Gefühl der Macht über sein Verlangen. Seine

Hingabe löst erneut ein elektrisierendes Kribbeln in mir aus.

Martin entzieht sich mir keuchend, sein Atem geht stoßweise. „Was …? Scheiße Klara, so war das nicht gedacht."

„Gefällt es dir nicht?" Ich sehe mit einem unschuldigen Lächeln zum ihm auf. *Du hast damit angefangen, mein Freund, und auch ich weiß, wie man dieses Spiel spielt.*

Er beugt sich herab, küsst mich tief und fordernd. Zwingt mich zurück. Seine Zähne schaben über meinen Hals. „Du hast ja keine Ahnung."

Ich höre das Knistern von Plastik und Martin lenkt seine Aufmerksamkeit kurzzeitig auf das Kondom in seinen Händen.

Ich will ihn berühren, seine Präsenz spüren, seine Wärme in mir aufnehmen.

Martin verschränkt unsere Finger. Legt sich wieder zu mir.

Fixiert mich mit einem Blick, der intensiver ist, als es jede Berührung sein könnte. Erneut verschließt er meinen Mund. *Wenn er nur nicht so verflucht gut küssen könnte.*

Sein Penis drängt sich gegen meine feuchte Hitze, während Martin süße Worte in mein Ohr raunt. Ich möchte ihn berühren, doch er lässt es nicht zu. Umfasst auch meine freie Hand, hält sie hinter meinem Kopf gefangen.

Mein Körper brennt vor Sehnsucht und ich seufze resigniert auf, was ihn lediglich ein müdes Lächeln kostet. Endlich dringt er in mich ein. Intuitiv öffne ich meine Schenkel weiter für ihn. Er füllt mich aus und ich strecke keuchend meinen Rücken durch, lege meinen Kopf nach hinten. Martin beißt in meine Schulter, beginnt sich in mir zu bewegen. Quälend langsam. „Gott, du fühlst dich so wahnsinnig gut an, Klara."

Meine Unterschenkel umschlingen seine Beine, meine Fersen liegen auf seinem Hintern, um ihn näher an mich zu drängen. „Und du erst." Meine Stimme verliert an Stärke.

Er ändert den Winkel, trifft einen Punkt in mir, den ich wohl selbst bisher nicht kannte und ich stöhne laut auf.

Dass das möglich ist ... Ohne Finger oder Zunge.

Ich versuche meine Arme zu befreien, doch Martins Griff wird fester, während er mich nimmt.

Ich höre seinen bebenden Atem, sehe den feinen Schweißfilm auf seiner Haut.

Mir bleibt keine Zeit, die Überraschung in Worte zu formulieren, als der nächste Orgasmus mich einfach über die Klippe fallen lässt. Ich schreie sie einfach hinaus. Martin erhöht sein Tempo, während sich meine Muskeln um ihn zusammenziehen. Mit einem letzten harten Stoß folgt er mir stöhnend, ehe er über mir zusammenbricht.

Kraftlos gibt er meine Arme frei, die ihn augenblicklich umfangen. Er schiebt seine Nase in meine Halsbeuge, ohne sich aus mir zurückzuziehen, und ich schließe die Augen.

Das war's dann, Klara Möllenbrink. Er hat dich endgültig verdorben.

„Ich möchte nicht aufstehen, aber ich fürchte, ich muss." Sein Lächeln ist einfach umwerfend und ich muss wirklich darauf Acht geben, nicht loszuheulen, als ich seinem nackten Hintern hinterhersehe, wie er aus dem Raum verschwindet, wohl um das Kondom zu entsorgen.

Noch ehe ich mich wieder völlig unter Kontrolle habe, ist er schon wieder zurück. Ein Blick in mein Gesicht scheint ihm zu reichen. Er legt sich neben mich, soweit es dieses Sofa eben zulässt, und zieht mich an seine Brust. Die alte Husse breitet er über uns aus. Unermüdlich streicheln seine Finger meinen Rücken und ich fühle mich peinlich berührt, dass er mich in diesem Zustand sehen muss. „Ich habe keine Ahnung, warum ich so rührselig bin. Beachte mich einfach nicht."

„Wie könnte ich dich nicht beachten, Klara?" Er drückt einen Kuss auf meinen Scheitel und ich schlucke hart an dem Kloß vorbei, der sich in meiner Kehle gebildet hat.

„Wir bleiben einfach noch einen Moment hier liegen, damit ich dich in meinem Arm spüren kann."

Ich drehe meinen Kopf, betrachte sein wunderschönes Profil. Presse die Lippen fest aufeinander. *Oh Gott, habe ich ihm wirklich die ganze Zeit über Unrecht getan?*

Kapitel 24

Ich muss tatsächlich eingedöst sein, denn lautes Magenknurren lässt mich erschrocken hochfahren.

„Ich wollte dich nicht wecken, Prinzessin, aber ich fürchte, mein Magen sieht das anders." Er küsst meinen Scheitel und ich wische mir über die verschlafenen Augen.

„Wie spät ist es denn?" Das Licht im Raum ist bereits dämmrig, die noch immer brennende Lampe in der Halle wirft Schatten ins Zimmer. Ich brauche einen Moment, um mich an die Lichtverhältnisse zu gewöhnen.

„Nach neun. Sollen wir noch irgendwo eine Kleinigkeit essen gehen?"

Also, wenn ich gerade alles bin, aber nicht gesellschaftsfähig. Alles an mir ist knautschig und strubbelig. „Wir könnten uns auch bei mir verkriechen und den Pizzaservice bemühen", schlage ich stattdessen vor.

„Das hört sich gut an. Ich müsste jedoch erst nach Hause. Ohne Zahnbürste darf ich nirgendwo anders schlafen." Er lächelt warm.

„Du möchtest bleiben?"

Er dreht sich leicht, um mich ansehen zu können. „Ja, das hatte ich vor. Ich muss zwar morgen ins Büro, aber ich habe keine Termine, daher bin ich flexibel." Er legt seinen Kopf wieder zurück, krault über meine Schulter. „Es sei denn …, es geht dir zu schnell?"

Er formuliert eine Frage und sein Herz unter meinem Ohr schlägt schnell und hart. Ich lächle in mich hinein, atme seinen männlich-herben Geruch ein und weiß, dass ich ab heute nicht mehr darauf verzichten möchte. Ich kneife die Augen zusammen, versuche, meinen eigenen Herzschlag unter Kontrolle zu bringen.

Was ist das jetzt? Die nächste Stufe in Richtung Beziehung? Klara Möllenbrink und Martin Zimmermann? Ein Gedanke, der mich heute Morgen noch vor Angst erzittern ließ, scheint plötzlich real.

Ich höre ihn ausatmen. „Klara, für mich ist das auch neu. Neben einer Frau einschlafen zu wollen und wieder aufzuwachen …" Er sucht meine Hand, verschränkt seine Finger mit meinen. „Wir sind nichts, was du nicht zulässt. Nichts, was du dir nicht von Herzen wünschst. Ich werde morgen früh bei dir sein und es kann alles bedeuten oder eben nichts."

Seine sanfte Stimme treibt mir unwillkürlich Tränen in die Augen. Ich bin mir nicht sicher, ob er mich beruhigen will, oder sich selbst, aber ich bin bereit, es darauf ankommen zu lassen. Für alles andere ist es jetzt sowieso zu spät.

Meine Angst ist einer erwartungsvollen Vorfreude gewichen. „Nein, es wäre schön, wenn du bleiben würdest." Ich ziehe ihn zu mir. Ohne etwas zu erwidern, küsse ich ihn, denn tief in meinem Inneren weiß ich schon, dass es mir alles bedeutet.

Nach einem kurzen Abstecher zum Zimmermann-Mausoleum, welches ich jedoch lediglich durch die

Windschutzscheibe von Martins Wagen betrachte, fahren wir zu mir.

Wir lachen, reden, bestellen Pizza, kleckern das Bett voll. Ich fühle mich so leicht und glücklich, wie seit Langem nicht mehr. Auch wenn ich noch diesen letzten kleinen Zweifel in mir verspüre, der verhindert, dass ich mich gänzlich in meine Gefühle für Martin fallen lasse, versuche ich nicht, ihn zu analysieren, sondern genieße den Moment. Denn egal was morgen oder übermorgen auch passieren mag, den heutigen Tag und die Nacht kann mir niemand mehr nehmen.

Nach dem Essen kuscheln wir uns ein, schmieden gemeinsame Pläne für den Umbau der Villa.

Lieben uns erneut, dieses Mal hingebungsvoll, zärtlich. Die grenzenlose Gier nach dem anderen scheint gestillt. Zumindest für den Moment.

~oOo~

Klara ist längst eingeschlafen.

Martin lauscht ihrem ruhigen, gleichmäßigen Atem und zieht sie näher an seine Brust. Sie seufzt leise und er legt seine Lippen auf ihr Haar, atmet tief ihren Geruch ein, den er niemals wieder vergessen wird. Vergessen will.

Viel zu aufgewühlt, um selbst in den Schlaf zu driften, lässt er die letzten Stunden Revue passieren. Es wäre töricht, zu behaupten, er hätte einfach nur Sex mit ihr gehabt. Das wäre zu simpel und schlichtweg gelogen. Er ist ihr längst verfallen. Er hat gespürt, dass sie lange mit keinem Mann mehr zusammen war, und doch hat sie ihn mit ihrer Leidenschaft regelrecht umgehauen.

Dass er jetzt neben ihr liegt, ihren warmen nackten Körper an sich geschmiegt, ist der Inbegriff von Wahnsinn.

All diese verwirrenden Gedanken und Gefühle ergeben plötzlich einen Sinn. Er hat sein Herz verloren. Das erste Mal in seinem Leben ist Martin Zimmermann verliebt. So unsinnig das auch klingen mag, selbst in seinen Ohren. Es ist berauschend und beängstigend zugleich.

Es dauert eine ganze Weile, bis der Schlaf sich schließlich gnädig zeigt und ihm die Augen vor Erschöpfung zufallen.

~oOo~

Irgendetwas ist anders, doch ich brauche einen Moment, bis ich realisiere, dass mein Bett zu voll ist. Schlagartig fällt mir der gestrige Tag wieder ein und ich halte mit klopfendem Herzen die Luft an, wage es kaum, die Augen aufzuschlagen.

Da ich mir gestern nicht mehr die Mühe gemacht habe, die Vorhänge zu schließen, gibt es für die Morgensonne auch keinen Grund, sich sonderlich bedeckt zu halten.

Für Martin gibt es den anscheinend auch nicht.

Er präsentiert sich mir auf dem Rücken liegend, nackt, wie Gott ihn schuf. Seine dichten langen Wimpern werfen Halbmonde unter seine Augen. Sein Gesicht wirkt entspannt und zufrieden. Sein Brustkorb hebt und senkt sich unter seiner Atmung.

Automatisch wandert mein Blick tiefer, über die definierten Muskeln seines Oberkörpers, die, obwohl er schläft, eine eindrucksvolle Kraft ausstrahlen. Die Decke über seinen Lenden versperrt mir die Sicht, auch wenn sich eine Erektion vielversprechend unter dem Stoff abzeichnet.

Ich kann mich an ihm nicht sattsehen und tausende Schmetterlinge erheben sich in meinem Magen, als die Erinnerung an die vergangenen Stunden äußerst bildlich zurückkehrt. Ich kann es gar nicht aufhalten, dieses schiefe ungläubige Lächeln, das sich Raum in meinem Gesicht sucht. Fast wäre mir ein hysterisches Kichern entfleucht, doch ich presse meine Faust fest gegen den Mund. *So weit kommt es noch, dass er mich dabei erwischt, wie ich ihn beobachte, während er schläft.*

Ich war wohl nicht so unauffällig, wie ich vermutet habe, denn ein breites Grinsen erscheint plötzlich auf seinen Lippen, noch ehe er die Augen öffnet. „Soll ich die Decke wegnehmen?"

Was? „Was?" Ertappt reiße ich meine Augen auf.

Martin öffnet träge ein Lid, blinzelt mich an. „Na, vielleicht hättest du gern den ganzen Mann?" Seine Finger zupfen an der Bettdecke, machen mir klar, worauf er hinauswill. Und auch, dass es ihm anscheinend nichts auszumachen scheint.

Meine Hand schnellt vor, um ihn an seinem Vorhaben zu hindern, jedoch bekommt er sie zu fassen, umschließt mein Handgelenk. Erschrocken lache ich auf und er nutzt meine Überraschung, um mich an sich zu ziehen. „Ich werde ganz scharf, wenn du mich derart anhimmelst, Prinzessin." Er knurrt leise, beißt auf seine Unterlippe. „Wirklich *scharf.*"

Um seine Worte zu bekräftigen, führt er meine Hand unter die Decke, direkt auf seinen steifen Schwanz.

Das wiederum macht mich ziemlich scharf.

Ich hebe die Augenbrauen, noch nicht bereit, ihm diesen Triumph zu gönnen. „Ich befürchte nur, dass du dich verausgabst."

„Tzz, es ist wohl nicht der geeignete Moment, den Mund so aufzureißen, Möllenbrink. Ich wette, du schaffst es nicht, ohne Schmerzen zu laufen."

Ich pruste. „Du bist sehr von dir eingenommen."

„Ich kann es mir auch erlauben." Er lässt seine Augenbrauen auf seiner Stirn tanzen und ich beginne zu lachen. Nehme seinen erigierten Penis in die Faust und er schließt genüsslich die Augen, doch nach einer einzigen Auf- und Abbewegung meiner Hand gebe ich ihn wieder frei. „Ich gehe duschen, du Aufschneider."

Damit verlasse ich das Bett und schwinge aufreizend meinen blanken Hintern, während ich im Bad verschwinde.

Erst als ich die Tür hinter mir geschlossen habe, schlage ich die Hände vor mein Gesicht. *Heilige Scheiße, was war das denn?* Ich kenne mich nicht so schamlos und muss mich über mich selbst wundern.

Allerdings mit einem Lachen im Gesicht. Ich fühle mich absolut großartig, auch wenn ich Martin recht geben muss. Ich bin definitiv wundgevögelt.

Mein Badezimmerradio spielt Shawn Mendes und ich trällere mit Camila Cabello um seine Gunst, während heißes Wasser das Shampoo aus meinen Haaren direkt in meine Augen spült. Ich höre, wie die Duschwand sich bewegt, und ein kalter Luftzug trifft meine nasse Haut. Doch dieses verflixte Shampoo verhindert, dass ich auch nur blinzeln kann.

„Oh, da hat der arme Shawn es aber wirklich schwer, sich zwischen dir und Camila zu entscheiden." Ich spüre Martins Hände in meinem Gesicht, wie er versucht, dem Malheur Herr zu werden. „Hättest du damit auf mich gewartet, wäre das nicht passiert." Er lacht und ich klapse mit der flachen Hand auf ihm herum, ohne zu wissen, wo ich ihn überhaupt treffe.

Er fängt meine Hand und zieht mich in seine Arme. „Hey, ich bin gekommen, um dich zu retten, … oder Shawn … und du schlägst mich?" Sein Lachen bringt meinen Körper zum Vibrieren, *schon wieder*. Seine nackte nasse Haut an meiner. Der darauffolgende Kuss tut sein Übriges. Seine Hände auf meinem Rücken. Das warme Wasser, das uns berieselt.

Doch er gibt mich leider schnell wieder frei. „Auch wenn das Zeug nach Apfel riecht, es betäubt meine Zunge." Er prustet und ich reibe über meine Augen, um auch den letzten Schaum zu beseitigen, beginne zu kichern. „Niemand, wirklich niemand übt Kritik an meinem wunderschönen glasklaren Gesang, ohne eine gerechte Strafe zu kassieren."

Er besitzt tatsächlich die Frechheit, mich auszulachen.

„Ich weiß gar nicht, was daran so lustig ist."

„Ich denke, du wärest die Erste, die Stadien leer singen würde."

„Du unverschämter …", ich taste nach der Shampooflasche, drücke ihm den Inhalt auf die Brust, „ … Kerl."

„Hey, das habe ich nicht verdient." Er umfasst mich, reibt sich an mir und verschmiert die seifige Masse so auf meinen

Brüsten, meinem Bauch. „Das, Klara Möllenbrink, hat auch noch niemand ungestraft mit mir getan." Er zieht die Unterlippe zwischen die Zähne, hebt seine Augenbrauen. „Das zieht eine wirklich harte Strafe nach sich."

„Oh, da bin ich aber gespannt, wie die wohl aussieht." Ich drücke meine Brüste gegen ihn, spüre seinen Schwanz zwischen uns, der hart und steif gegen meinen Bauch drückt. „In dieser winzigen Duschkabine und Apfelshampoo zwischen uns? Das wird spannend."

Er beginnt mich einzuseifen und ich reibe mich noch ein wenig anzüglicher an ihm. Er knabbert an meinem Ohr. „Ich stehe auf Herausforderungen."

Ich greife nach seinem Penis. „Oh, hier *steht* noch etwas ganz anderes." Ich kratze mit den Zähnen über eine seiner Brustwarzen und er tritt einen Schritt zurück, um mir Platz zu verschaffen, stößt gegen die Kabinentür und knurrt. „Wir gehen doch lieber ins Bett. Hier ist tatsächlich kein Platz für wilden hemmungslosen Sex."

„Uhhhh, wild? Worauf wartest du dann noch?" Ich streiche der Länge nach über seinen wunderschönen harten Schwanz, der mir nichts als Freude verspricht.

Martin schließt den Kran hinter meinem Rücken, streicht sich das Wasser aus dem Haar und steigt aus der Dusche. Ich hefte meinen Blick auf seinen wunderschönen Arsch und kann es noch immer nicht glauben, dass der jetzt mir gehören soll.

„Starrst du mir auf den Hintern?"

„Ja, er ist aber auch wirklich ein ganz entzückendes Exemplar seiner Gattung."

„Ich weiß." Er spannt die Pobacken an und beugt sich langsam vor, um mein Badetuch zu nehmen.

Ich verdrehe die Augen, nehme das Badetuch, das er immer noch nicht erreicht hat, und wickele es um meinen eigenen Körper. „Also, wenn du *meinen* Hintern noch mal sehen möchtest, solltest du langsam aus dem Quark kommen, Zimmermann."

Er wirft mich über die Schulter. „Hast du die Augen gerollt?" Seine Handfläche klatscht auf meinen blanken Po. Ich quicke erschrocken auf, beginne mit den Beinen zu strampeln. „Klara, halt still. Ich bin eindeutig in der besseren Position", sagt er und wirft mich aufs Bett.

„Du bist ein chauvinistischer Gockel."

„Das bin ich. Aber ein ganz entzückendes Exemplar meiner Gattung." Mit einem Augenzwinkern nutzt er meine eigenen Worte gegen mich. Ich verschränke meine Beine in seinen Kniekehlen und er verliert das Gleichgewicht, fällt neben mich. Ich setze mich auf ihn und hindere ihn mit meinen Küssen am Weitersprechen.

Das Handtuch habe ich längst verloren.

Kapitel 25

„Meinst du, ich könnte noch einen Kaffee bekommen, ehe ich ins Büro fahre?" Martin knöpft sein Hemd zu, was ich ausgesprochen schade finde. Er gefällt mir nackt um so vieles besser.

„Du hättest sogar eine Chance auf Rührei." Ich werfe einen Blick auf die Uhr. „Meine Mutter müsste vom Großmarkt wieder da sein. Also gibt es Frühstück."

Er hält in der Bewegung inne. „Du meinst, ich soll mit dir und deinen Eltern frühstücken?"

Ich ziehe meine Stirn kraus. „Warum nicht? Du wirst nicht als Tagesgericht auf der Speisekarte enden, wenn es das ist, wovor du Angst hast." Ich sehe ihn skeptisch an. „Und außerdem kennst du meinen Vater bereits."

„Ja, aber ich habe dich gestern Abend an deinen Haaren in meine Höhle gezogen und entehrt."

Ich beginne zu grinsen. „Es ist meine Höhle, schon vergessen?"

„Leben Eulen überhaupt in Höhlen?" Er schließt den Hemdknopf, zieht den Kragen gerade. „Wieso nennt dein Vater dich überhaupt Eule? Du bist schon manchmal etwas kauzig, aber weitere Ähnlichkeiten kann ich beim besten Willen nicht feststellen." Abschätzend blickt er mich durch den Spiegel hinweg an.

Ich binde meine Haare zum Zopf und atme tief ein. „Kautzig, he?" Ich reiße meine Augen auf und er beginnt zu lachen.

„Der Spitzname ist noch aus meiner Kindheit. Ich war immer ein wenig pummeliger als die anderen Kinder. In Kombination mit dieser fürchterlichen Brille, die ich als Kind mein Eigen nannte, wurde ich eben seine Eule."

Martin kommt auf mich zu, legt seine Arme um meine Mitte, streicht über meine Hüften. „Ich finde deine Kurven ziemlich heiß. Und diese Brille würde ich wirklich gern mal sehen. Das weckt ziemlich dreckige Fantasien, musst du wissen."

Das Schlafzimmertimbre seiner Stimme lässt mich fast erneut schwach werden.

„Lass das lieber nicht meinen Vater hören. Womöglich nagelt er dich doch darauf fest, seine Eule zu heiraten, weil du sie kompromittiert hast." Ich knabbere an seinem Kinn.

„Wer sagt, dass das nicht von vornherein mein Plan war, Eule?"

Keine Ahnung, warum diese Worte meinen Magen zum Flattern bringen. „Aber es ist nicht ausgeschlossen, dass dich die kauzige Eule gleich verspeist und später aus deinem Gewölle ihre Zukunft liest."

„Das ist bösartig und morbide, Möllenbrink. Ich habe mir so viel Mühe gegeben, dir zu gefallen." Er zwinkert, küsst meinen Mundwinkel.

„Bisher ist dir das ziemlich gut geglückt." Ich drücke einen Finger zwischen seine Rippen. „Also fordere mich lieber nicht heraus."

„Ich werde mich hüten." Er hebt abwehrend seine Hände in die Luft, betrachtet mich eingehend. „Ich sollte wirklich mit euch frühstücken. Man soll sich doch immer zuerst die Mutter der Braut ansehen, oder?"

„Spinner."

Er lacht und ich bestätige den Lift. „Jetzt komm schon. Nicht, dass du mir noch umfällst, weil du hoffnungslos unterzuckert bist. Die letzte Nacht war ziemlich anstrengend für dich."

~oOo~

Martin starrt auf den Bildschirm seines Laptops, ohne den Sinn der E-Mail zu verstehen, die er bereits zum vierten Mal begonnen hat zu lesen. Er klappt ihn zu, denkt an den Morgen zurück. Das Frühstück bei Möllenbrinks war nichts, was man mit einem Frühstück im Hause Zimmermann vergleichen könnte. Martin bekam, ohne große Rückfragen, ein Gedeck vor die Nase gesetzt, und als wäre es das Selbstverständlichste der Welt, wurde er in jedes Tischgespräch involviert. Es wurde gelacht und über den bevorstehenden Tag gesprochen.

Dass Klara von sich aus über die Villa gesprochen hat, über die Umbaupläne, hat Martin überrascht. Er ist also auf dem richtigen Weg.

Etwas befremdlich hat er den Blumenstrauß zur Kenntnis genommen, der auf einem Buffet der Küche in einem Eimer stand, doch er hat nicht weiter nachgehakt.

Das Klingeln seines Telefons reißt ihn aus den Gedanken und die Nachricht seiner Sekretärin Frau Kranich, dass eine Frau Möllenbrink ihn in einer neuen Angelegenheit zu sprechen wünsche, allerdings ohne Termin gekommen sei, lässt sein Herz schneller schlagen.

„Bringen Sie sie doch bitte schon ins Besprechungszimmer. Ich komme sofort." Lächelnd nimmt er sein Jackett vom Haken und macht sich auf den Weg zu seiner neuen Mandantin.

~oOo~

Die Klinke wird heruntergedrückt. Ich schiebe die Brille auf meiner Nase wieder höher und presse die Lippen noch einmal zusammen, um den Lipgloss anständig zu verteilen. Ich hätte Martin durchaus verraten können, dass er nach Vanille schmeckt, aber ich wollte ihm ja nicht den Spaß verderben.

Mein Anwalt betritt den Raum und Erstaunen huscht über sein Gesicht, als er mich in meinem Aufzug hier sitzen sieht. Ich mag das Röckchen. *Er anscheinend auch.*

Er selbst muss noch mal nach Hause gefahren sein, denn diesen Anzug hätte ich ihm mit Sicherheit wieder ausgezogen. Ich hatte bis jetzt gerade keine Ahnung, dass ich auf Anwälte stehe. *Konzentrier dich, Klara, ausgepackt wird später!*

Mir wird ein bisschen heiß, und mein eigenes Outfit ist alles andere als sonderlich warm. Die arme Frau Kranich hat meinen Namen wahrscheinlich mit Bindestrich-Schlampe in Martins Kalender vermerkt. Ihrem Gesichtsausdruck war jedoch nichts anzumerken.

Ich sollte ihr bei Gelegenheit Pralinen schenken und versuchen, herauszufinden, ob so etwas öfter passiert.

„Ich möchte in der nächsten Stunde bitte nicht gestört werden, Frau Kranich." Damit schließt er die Tür. Geschmeidig wie eine Raubkatze macht Martin einige Schritte auf mich zu. Diese smarte Eleganz ist ihm auf den Körper geschneidert, darauf verwette ich meinen Hintern. Und davon habe ich wirklich eine Menge.

Ich erhebe mich, ehe er auf den dummen Gedanken kommt, ich wäre privat hier und reiche ihm die Hand zur Begrüßung. „Es ist ausgesprochen nett, dass Sie sich tatsächlich Zeit für mich nehmen, Herr Zimmermann. Ich hatte schon die Befürchtung, einer Ihrer Kollegen würde den Termin wahrnehmen müssen."

Er lächelt verschmitzt auf meine Hand, ergreift sie jedoch. „Ich bitte Sie, Frau Möllenbrink. Das ist doch selbstverständlich. Das ist doch Ihr Name? Möllenbrink?"

Ich nicke, unterdrücke ein Grinsen. Er deutet auf den Stuhl und ich setze mich wieder.

„Was führt Sie zu mir?" Er entscheidet sich für den Stuhl unmittelbar neben meinem. Ich rieche sein Aftershave und meine Nasenflügel beginnen leicht zu beben. *Schluss damit, Klara.*

Ich ziehe den Ordner aus meiner großen Aktentasche, beuge mich absichtlich weit nach vorn, gestatte ihm einen tiefen Einblick in mein Dekolleté. Diese hübsche Bluse war ein klassischer Fehlkauf. Viel zu tief ausgeschnitten, zu körperbetont, um in die Kategorie Business zu fallen. Doch heute erfüllt sie ganz hervorragend ihren Zweck.

„Wie Ihnen Frau Kranich bereits erzählt haben wird, handelt es sich um eine ziemlich prekäre Angelegenheit."

Ich breite die Unterlagen vor mir aus. Die Brille rutscht erneut über meine Nase.

Martin lehnt sich in seinem Stuhl zurück, lockert seine Krawatte. „Frau Kranich erwähnte lediglich eine neue Angelegenheit. Einzelheiten hat sie mir leider noch nicht verraten."

Ich schiele ihn über den Brillenrand hinweg an. „Oh. Nun gut, dann erzähle ich es Ihnen gern." Ich schlage meine Beine übereinander, was den Rock über meine Oberschenkel gleiten lässt. Die Spitze meiner Strümpfe wird sichtbar und ich nehme mit Genugtuung zur Kenntnis, wie Martin auf seinem Platz hin und her rutscht. *Okay, das scheint also auch zu funktionieren.*

„Herr Zimmermann, ich versuche mich kurzzufassen. Ihre Zeit ist sicher kostbar. Wissen Sie, ich habe vor, in absehbarer Zeit eine Pension zu eröffnen. Zu meiner großen Freude habe ich sogar schon ein passendes Haus gefunden."

„Das hört sich doch vielversprechend an, Frau Möllenbrink." Er leckt sich grinsend über seine wunderschönen vollen Lippen und bringt mich damit fast aus dem Konzept.

„Nun, es werden immense Kosten auf mich zukommen. Zum einen wäre da das Haus selbst. Wissen Sie, ich habe ein wenig Geld gespart, aus einer Erbschaft einige Rücklagen. Das Haus braucht unbedingt ein neues Dach, was den Kaufpreis wahrscheinlich sogar drücken wird. Das dürfte also kein Problem darstellen." Ich sehe kurz auf, Martin nickt. Lächelt.

Ich lecke aufreizend an meinem Zeigefinger, blättere die erste Seite meiner Unterlagen um. „Doch der Umbau, Herr

Zimmermann", ich schüttele resigniert den Kopf, seufze dramatisch, „... der Umbau wird sehr kostenintensiv." Mein Blick schweift an die Zimmerdecke, ich zähle an meinen Fingern ab. „Die sanitären Anlagen, einige Wände müssen weg, andere dafür her. Die Schließanlage der einzelnen Zimmer, Rettungswege müssen geschaffen werden." Die Oberlippe zwischen den Zähnen, betrachte ich erneut mein Exposé, als hätte ich etwas vergessen. „Die Brandschutzauflagen, Herr Zimmermann. Unter 13 Betten sind sie ohne Weiteres einzuhalten, aber das Haus bietet Platz für mehr. Das wird eine Herausforderung der besonderen Art." Wieder richte ich meine Brille, beuge mich ein wenig über den Tisch. „Es ist so, dass der jetzige Eigentümer den Verkauf und Umbau des Hauses an eine Bedingung geknüpft hat."

Er hebt seine Augenbrauen, doch seine Stimme verrät keine Gefühlsregung, als er das Thema vertieft. „Welche Bedingung, Frau Möllenbrink?"

Sehr eloquent, Herr Zimmermann.

Ich lehne mich zurück, gebe den Blick frei auf meine Beine. Tatsächlich bleibt seiner eine Spur zu lang an meinen High Heels hängen.

„Er wäre gern Teilhaber bei Kostenteilung. Verstehen Sie mein Dilemma?" Ich atme tief ein. „Hier ist also Ihre Expertise gefragt, Herr Zimmermann."

Seine Stimme klingt etwas kehlig, als er von meinen Füßen zu mir aufsieht. „Ich sehe mir das sehr gern an, Frau Möllenbrink. Haben Sie mir Dokumente zur Prüfung mitgebracht?"

„Oh, gut, dass Sie es ansprechen." Ich bücke mich erneut nach meiner Aktentasche, krame darin herum, was meinen Rock nur noch etwas höher rutschen lässt. „Hier wäre also der Businessplan, die Liste, der Genehmigungen, die eingeholt werden müssen, der Nachweis meines derzeitigen Barvermögens und das festgelegte Vermögen." Ich schiebe das Konvolut über den Besprechungstisch, lasse jedoch meine Hand darüber liegen, als er es an sich nehmen möchte. „Herr Zimmermann, meine Bitte an Sie: Arbeiten Sie einen Vertrag aus, der genau regelt, welche Rechte und Pflichten jeder Teilhaber an der Unternehmung haben wird."

„Das wird mir eine ganz besondere Freude sein, Frau Möllenbrink." Und dann zieht er doch wahrhaftig eine Lesebrille aus der Innentasche seines Jacketts und mein Höschen ist verloren, als er sie aufsetzt, meine Unterlagen überfliegt.

Verfluchte Scheiße, dieser Anwalt ist mein Untergang!

„Ich sehe schon, Sie haben alles sehr genau geplant, sind sehr gut vorbereitet."

„Ja, das habe ich."

Er zieht einen Mundwinkel nach oben, nimmt seine Brille wieder ab, dreht sie zwischen den Fingern und meine Möpse legen sich bei diesem Anblick von ganz allein in die erste Etage.

„Wissen Sie, Herr Zimmermann, ein Teilhaber ist keine so schlechte Idee. Ich könnte Urlaub nehmen, wenn mir danach ist. Ich hätte jemanden, der die Glühbirnen austauscht, die Möbel aufbaut, kleinere Reparaturen vornimmt."

Er leckt sich über die Lippen, schiebt seine Brille wieder in die Innenseite seines Jacketts. „Das ist es, was Sie von einem Teilhaber erwarten, Frau Möllenbrink? Ich bin sicher, ich werde einen Weg finden, das vertraglich zu regeln."

„Oh, ich wusste, dass Sie der richtige Ansprechpartner für mich sind. Sie sind anscheinend so clever, wie man Ihnen nachsagt." Ich zupfe meine Bluse zurecht und erhebe mich, schiebe mit den Handflächen meinen Rock wieder in seine ursprüngliche Länge. „Herrschaftszeiten, diese kurzen Dinger sollten wirklich verboten werden, oder was meinen Sie, Herr Zimmermann?" Wieder ein Fingertipp gegen meine Brille, ehe ich ihn ansehe.

Er packt mich, positioniert mich knurrend vor sich auf dem Tisch.

„Ach herrje, Herr Zimmermann", protestiere ich atemlos, als er mir die Brille abnimmt.

„Jetzt sprechen wir über mein Honorar, Frau Möllenbrink."

„Das wird bestimmt nicht günstig, Herr Zimmermann." Ich lege eine Hand auf meinen Ausschnitt. „Ein Anwalt mit Ihren Qualitäten."

Sein Grinsen wird diabolisch. „Oh, ich denke, auch hierfür finden wir eine Lösung, Frau Möllenbrink."

Seine Hand wandert über meinen Oberschenkel, verweilt an der Spitze meiner Strümpfe. Er zieht scharf die Luft ein und ich spüre bereits die Nässe, die sich zwischen meinen Beinen sammelt. Lege meine Waden um seine Schenkel, zwinge ihn näher an mich. „Das würde mir sehr entgegenkommen, Herr Zimmermann. Sie wissen schon, das Haus … der Umbau. Das kostet." An der Krawatte ziehe ich ihn zu mir, presse meine Lippen auf seine. Die Luft zwischen uns knistert bereits, seit er diesen Raum betreten hat und alles in mir schreit nach Erlösung.

Er schiebt mein Höschen zur Seite, versenkt einen Finger in mir und ich stöhne in seinen Mund.

„So feucht und bereit, Frau Möllenbrink." Er schiebt mir den Finger zwischen die Lippen und ich sehe ihm in die Augen, als ich meine Zunge darumlege.

Sein Blick wird dunkel, gefährlich. Ich öffne seine Hose, schiebe meine Hand ungeduldig unter den Bund seiner Shorts. Seine Erektion zuckt in meiner Hand, wird in meiner Faust härter.

„Mit diesen Konditionen habe ich gerechnet, Herr Zimmermann."

Martin greift in den Ausschnitt meiner Bluse, schiebt das BH-Körbchen hinunter, nimmt einen Nippel zwischen seine Zähne. Ich biege mich ihm entgegen und das Kondom, welches ich vorher genau dort platziert habe, fällt ihm entgegen.

Mein Anwalt grinst anerkennend. „Sie sind ausgesprochen weitsichtig, Frau Möllenbrink." Er nimmt das Päckchen zwischen die Zähne, reißt es auf.

„Oh, ich war mir ziemlich sicher, dass Sie sofort auf einer Bezahlung bestehen würden." Ich klinge bereits ein wenig atemlos, beobachte, wie er sich die Hose über den Hintern zieht und das Kondom überrollt.

Er macht sich nicht die Mühe, mich zu entkleiden, sondern hebt mich vom Tisch, dreht mich herum und drückt meinen Oberkörper nach unten. Ich keuche überrascht auf.

Seine Hände streichen fast andächtig über meine Nylons, meinen Rock über den Po. Ich spüre die Hitze seiner Haut durch die Seide meines Slips. Das Blut beginnt hinter meinen Ohren zu rauschen und ich kann nicht mehr warten. „Martin, bitte …"

„Waren wir bereits beim *Du*, Frau Möllenbrink? Ich kann mich nicht daran erinnern." Er schiebt mein Höschen erneut zur Seite, spreizt meine Schenkel und ist mit einem einzigen kräftigen Stoß tief in mir. Ich beiße mir stöhnend auf die Unterlippe, suche Halt an den Tischkanten. Martins Hände graben sich in das Fleisch meiner Hüften. Unsere Körper klatschen gegeneinander und heißes, flüssiges Magma durchbricht mich, lässt mich erbeben. Die Welt verschwimmt vor meinen Augen und Blitze zucken durch mich hindurch. Ich höre einen Schrei, doch ich bin mir nicht sicher, ob er von mir gekommen ist.

„Oh Gott, Klara." Mit meinem Namen auf den Lippen bricht Martin über mir zusammen, beißt in meine Schulter. Ich kann seinen Herzschlag hören, der dem meinen in nichts nachsteht.

„Er schmeckt nach Vanille." Martin zieht seine Hose hoch, verschließt den Gürtel. Das Kondom, unauffällig in ein Taschentuch gewickelt, landet in einem kleinen Papiereimer neben dem Besprechungstisch.

Ich grinse, verpacke meine Brüste, ziehe den Rock gerade. „Ich hätte es dir verraten können, aber so war es doch spannender."

Er nimmt mich in seine Arme. „Ja, das war ein ausgesprochen informativer Termin."

Ich lege meine Hände auf seinen festen Knackarsch. „Ich denke, ich bin Ihnen nichts mehr schuldig, Herr Zimmermann?"

Er sieht nachdenklich an mir vorbei und verzieht schelmisch seine Mundwinkel. „Das kann ich leider nicht gelten lassen, Frau Möllenbrink. Doch wenn Sie mir Ihr Höschen überlassen wollen, wäre ich durchaus gewillt, es mit der Differenz meiner Gebühren zu verrechnen."

So ein Winkeladvokat. Ich lasse das Höschen über meine Beine fallen, ohne herauszusteigen.

„Wissen Sie, Herr Zimmermann, das scheint eine ganz neue Marotte der Männer in meinem Leben zu sein. Stellen Sie sich nur mal vor, unlängst habe ich bereits ein ähnlich hübsches Exemplar an Wäsche an meinen zukünftigen Geschäftspartner verloren." Ich zucke jedoch nur belanglos mit den Schultern. „Aber vielleicht hat sich das Phänomen der Jagd auch nur verlagert, nachdem keine Hasen mehr geschossen werden müssen, um hungrige Mäuler zu stopfen."

Martin leckt sich über die Lippen, sieht auf meine Schuhe. Oder auf mein Höschen. Ich möchte mich da nicht so genau festlegen. Ich trete heraus, bücke mich nach meiner Aktentasche, ohne das Höschen weiter zu beachten, und bin mir ziemlich sicher, dass er meinen blanken Hintern sehen kann.

„Sie sollten wirklich dringend das Fenster öffnen ... Von dem ganzen Dopamin in diesem Zimmer wird Frau Kranich sicherlich schwindelig werden, wenn Sie hier nach dem Rechten sieht."

Ich streiche mein Haar zurück, setze die Brille auf. Drücke ihm einen Kuss auf den verdatterten Mund und marschiere zur Tür, um sie zu öffnen. „Sollten Sie noch Rückfragen haben, rufen Sie mich einfach an, Herr Zimmermann. Meine Nummer ist in den Unterlagen vermerkt."

Zum Abschied winke ich Frau Kranich zu, die mich mit weit aufgerissenen Augen ansieht. *Wir waren wohl etwas lauter als beabsichtigt.*

Rot zu werden gestatte ich mir erst, als ich das Gebäude verlasse. Peinlichst darauf bedacht, dass der Rock gefälligst an seinem Platz bleibt.

Kapitel 26

Die letzten Wochen sind wie im Flug vergangen. Entgegen all meinen Erwartungen ist meine Welt tatsächlich rosarot und voller Glitter. Mittlerweile übernachtet Martin regelmäßig bei mir. Ich gestehe, meine Motivation, noch einmal in dieses Zimmermann-Taj Mahal zu müssen, ist verschwindend gering. Doch er hinterfragt es nicht, nimmt es als gegeben hin, dass er seinen Kaffee morgens an unserem Frühstückstisch kredenzt bekommt.

Und meine Eltern hat er sowieso schon um den Finger gewickelt.

Der Umbau des Gutshauses hat begonnen. In kleinen Schritten, aber ich fühle mich noch immer, als würde ich über Watte laufen.

Wie bereits von Martin vermutet, spricht nichts gegen eine Umgestaltung in eine Pension. Niklas darf sich an den Plänen austoben, nachdem der Statiker sein Gutachten fertiggestellt hat. Die Handwerker sind bereits informiert und stehen in den Startlöchern.

Und ich? Ich bin völlig erschlagen, von den Ereignissen, die mein Leben innerhalb kürzester Zeit völlig auf den Kopf gestellt haben.

Plötzlich ist es in greifbare Nähe gerückt, dass ich meine eigene kleine Pension eröffnen werde.

Martin hat sich bereits mit den notwendigen Genehmigungen auseinandergesetzt, alles in die Wege geleitet. So ein Winkeladvokat kann durchaus nützlich sein.

Ein Lächeln huscht über mein Gesicht. Auch wenn ich mittlerweile ein wenig vorsichtiger damit geworden bin, ihm ständig meine Höschen zu überlassen. Es geht ziemlich in die Geldbörse, mich ständig mit neuer Wäsche eindecken zu müssen.

Das leise Klopfen reißt mich aus meinen Gedanken. Martin hat mich eiskalt beim Träumen erwischt.

„Oh, hey. Ist es etwa schon so weit?" Scheinheilig sehe ich auf meine Uhr.

Er steht in der Tür zum Büro, in dem ich die Buchhaltung für das Restaurant erledige. „Sag nicht, dass du mich nicht sehnsüchtig erwartet hast." Sein Lächeln lässt mein Herz höherschlagen und ich lächle zurück.

„Das, mein Lieber, erzähle ich dir, wenn du dich als würdig erwiesen hast."

Er lacht und zieht mich vom Stuhl, unmittelbar in seine Arme. „Dann fang ich mal besser damit an." Sein Kuss ist zart, vielversprechend. „Können wir?"

Ich nicke und genieße das Gefühl, als er seine Finger mit meinen verschränkt.

„Ich habe einen Bärenhunger. Gehen wir etwas essen?"

„Das ist eine sehr gute Idee von dir."

„Gute Ideen sind meine Superkraft, Klara Möllenbrink. Hast du das denn immer noch nicht begriffen?" Seine Augenbrauen tanzen anzüglich über seine Stirn und ich lache.

„Aber wir nehmen heute mein Auto, Super-Martin. Ich muss nämlich dringend tanken und du kannst dich von den Strapazen erholen, die ein solcher Ideenreichtum zwangsläufig mit sich bringt."

Super-Martin hebt abwehrend die Hände, ohne meine vorher loszulassen. „Das kommt überhaupt nicht infrage, dass ich in dieses Matchbox-Auto steige."

Ich spitze die Lippen, ziehe meinen Arm wieder herunter. „Und ob du das wirst. Seit wann genau besitzt du die Gunst meiner Zuneigung? Es wird allerhöchste Zeit, dass ich euch bekannt mache." Um meine Absichten zu unterstreichen, ziehe ich den Autoschlüssel aus meiner Hosentasche.

Er tippt mit den Fingerspitzen dagegen. „Was ist das hier? Es sieht so antik aus." Er runzelt seine Stirn und beugt sich über den Schlüssel, als könne er ihn nicht richtig erkennen.

„Das ist der Schlüssel, mit dem man das Matchbox-Auto aufzieht, damit es losfahren kann." Ich simuliere die Aufziehbewegung und er kratzt sich am Kopf.

„Und das funktioniert?"

Meine Faust trifft seinen Brustkorb und er krümmt sich. „Ja, was denn? Ich habe so etwas noch niemals gesehen!"

„Du wirst es lieben!" Wir stehen vor meinem heiß geliebten Knatterkasten und ich streichel über die Motorhaube, flüstere gegen den Seitenspiegel. „Stell dir vor, dieser arrogante Schnösel hat Angst vor dir."

Martin verschränkt die Arme vor der Brust. „Du sprichst mit deinem Auto? Echt jetzt? Hat es auch einen Namen?" Er wölbt eine Augenbraue.

„Na, hör mal … Dein Schlitten etwa nicht?"

„Nein, er ist zu eitel für einen Namen."

„Uhh, wie sein Besitzer." Ich beuge mich wieder über den Spiegel. „Hörst du, Anton, der Schnösel ist sich zu fein, um eine Beziehung zu seinem besten Freund aufzubauen."

„Anton? Er heißt Anton?"

Ich schiebe meine Fäuste in die Hüften. „Allerdings. Anton Knatterkasten. Seit fast zehn Jahren in meinem Besitz. Gehegt, gepflegt und ein vollständiges Familienmitglied. Und nur zu deiner Information: Isa findet ihn bezaubernd."

„Isa? Warum wundert mich das jetzt überhaupt nicht?" Er verkneift sich das Lachen, geht um das Auto herum. „Und wo schiebt man diesen Dings, diesen Aufziehschlüssel jetzt genau rein, damit es losfährt?"

Ich verdrehe die Augen, schließe die Fahrertür auf. „Steig ein, du Banause."

„Einfach hier, an diesem Griff ziehen? Nicht, dass ich es kaputt mache", gibt er zu bedenken und versucht, die Beifahrertür zu öffnen. Was selbstverständlich nicht funktioniert.

„Dieses Auto kennt noch keine Zentralverriegelung, Super-Martin. Es hat Klasse." Ich lehne mich über den Sitz, ziehe am Knopf der Verriegelung, damit er einsteigen kann.

Er versucht es. Wirklich.

Aber er ist so groß, dass sein Kopf unters Wagendach schlägt und für seine Beine keinen Platz findet. Fast bekomme ich ein wenig Mitleid. „Du kannst den Sitz noch ein Stück nach hinten schieben."

Er wirkt ein wenig hilflos, wie er die entsprechende Vorrichtung an seinem Sitz zu ertasten versucht. Wir stoßen mit den Köpfen zusammen, als ich ihm dabei helfen möchte und kapituliere lachend, reibe mir die schmerzende Stelle an der Stirn. „Okay, du hast gewonnen. Dieses Auto ist nichts für dich. Aber vielleicht wehrt sich auch Anton gerade nur vehement gegen dich. Er spürt, wenn er nicht respektiert wird."

Er sieht mich an, schüttelt entschieden den Kopf. „Nein, das ziehen wir durch. Ich bin Super-Martin, schon vergessen?" Wärme breitet sich in mir aus und ich fasse lächelnd nach seinem Kragen, damit ich ihn küssen kann. „Ja, das bist du." Seine Augenbrauen tanzen erneut hin und her und ich schiebe grinsend den Autoschlüssel in den Zünder, starte meinen 34-PS-Knatterkasten.

„Wenn du mir einen Umhang besorgen würdest, könnte ich ihn aus der Tür hängen lassen. Er würde bei Antons 60 km/h in der Spitze sicher eindrucksvoll im Fahrtwind flattern."

Jetzt ziehe ich meine Augenbrauen in die Stirn. „Das mache ich doch glatt. In Neonweiß?"

„Neonweiß?"

„Ganz genau. Und ich weiß auch schon, wo wir den herbekommen." Ich trete das Gaspedal durch und genieße den fassungslosen Ausdruck in Martins Gesicht, denn Anton macht ein ordentliches Getöse. Ganz so, wie es sich für ein Superhelden-Mobil gehört. *Herrlich.* Das wird ein Spaß.

Und der beginnt auf einem Trödelmarkt, etwa zwanzig Kilometer entfernt. Sicher die längsten 20 Kilometer in der Geschichte von Martins Hintern. Er streckt sich durch, als er wieder festen Boden unter den Füßen spürt, und ich verkneife mir ein Grinsen.

Wirklich ausgesprochen heldenhaft.

„Ein Flohmarkt?"

„Trödel." Ich schließe Anton ab und nehme Martins Hand.

„Ein Trödelmarkt. Hier gibt es wirklich Schätze zu entdecken. Und bestimmt gibt es hier auch einen Superheldenumhang." Ich zwinkere und ziehe ihn hinter mir her. „Und etwas zu Essen gibt es hier auch."

„Gut, auch wenn ich auf etwas anderes Hunger habe als auf eine läppische Bratwurst im Brötchen." Er zieht mich in seine Arme und küsst mich. Nicht unbedingt jugendfrei, aber absolut ausgehungert. Ich lecke mir über die Unterlippe, verstehe ihn absichtlich falsch. „Oha, vielleicht bekommen wir ja auch Pommes, Super-Martin."

„Ja, vielleicht." Sein Mundwinkel verzieht sich nach oben und gemeinsam machen wir uns auf den Weg zu den Ständen. Mit ineinander verschlungenen Fingern, auf die ich immer wieder einen Blick werfe.

Es ist so ein unglaubliches Gefühl, dass dieser Mann zu mir gehören soll. Und es für ihn anscheinend selbstverständlich ist, meine Hand zu nehmen und sich mit mir durch diese, für ihn doch fremde Welt zu wagen.

Ich liebe die Atmosphäre auf Trödelmärkten. Die Menschen, die sich durch die schmalen Gänge drängeln, das Feilschen mit den Händlern und all die wunderschönen Dinge, die nur darauf zu warten scheinen, den Besitzer zu wechseln.

Martin wirkt noch ein wenig gehemmt, ganz im Gegensatz zu mir. Hier bin ich in meiner Welt. Kitsch wird von Nippes abgelöst. Abgewechselt von namhaften Produkten und Wohnaccessoires verschiedener Händler dieser Gegend.

Als ich das Kaffeeservice entdecke, schlägt mein Herz ein wenig höher.

GreenGate, das erkenne ich sofort. Ich zerquetsche fast Martins Finger, die noch immer mit meinen verschlungen sind. „Martin, das ist es."

Fragend folgt er meinem Blick, doch ich ziehe ihn schon hinter mir her. Ein kunterbuntes Sammelsurium an Geschirr und Porzellan wunderhübsch arrangiert.

„Stell dir nur vor, draußen tobt ein Sturm und wir sitzen im Wintergarten, eine heiße Tasse Tee in der Hand." Ich deute auf die entsprechende Tasse. „Oder wir reichen unseren Gästen zum Kaffee den köstlichsten Käsekuchen." Der dazugehörige Teller, lediglich in einer anderen Farbe. „Oder ich nehme unsere ganz private Keksdose aus dem Buffet deiner Großmutter und verschwinde mit dir im Schlafzimmer." Eine wunderschöne Porzellanschale mit passendem Deckel.

„Oh Martin, ich liebe dieses Geschirr. Es ist bunt und doch so miteinander zu kombinieren, dass es weder kitschig noch zusammengewürfelt aussieht."

Martin sagt nichts, sieht mich nur an. Und in seinem Blick liegt etwas, das ich nicht genau benennen kann.

„Habe ich etwas Falsches gesagt?"

Er presst die Lippen aufeinander, schüttelt den Kopf. „Nein." Er legt seine Finger auf meine Wangen, umrahmt mein Gesicht. „Ich liebe dich, Klara Möllenbrink."

Mein Herzschlag setzt aus und ich zweifle an meinem Verstand. „Sag das bitte noch mal."

Womöglich habe ich ihn nicht richtig verstanden.

„Ich liebe dich."

Wow. Mit meinen Ohren ist anscheinend alles in Ordnung.

Epilog

Mit prüfendem Blick wandere ich durch den Frühstücksraum, streiche hier und da über die Tischtücher, zupfe an den Servietten.

Die Blumen sind frisch, nirgendwo ist ein Staubfussel zu erkennen.

Die Fenster des Wintergartens stehen weit auf, lassen den Sommerduft des endenden Tages herein. Die Vorhänge blähen sich im Abendwind und Motte versucht vergebens, einen Zipfel Stoff zu erwischen.

Ich lächle und schiebe die junge Mischlingshündin in den Wintergarten. „Suche lieber dein Bällchen und lass meine Vorhänge in Frieden."

Als hätte sie meine Worte verstanden, begibt sie sich schwanzwedelnd ins Freie. Ein Hund gehört seit drei Monaten zu uns. Wir drei leben im hinteren privaten Teil des Hauses, der unseren zukünftigen Gästen verwehrt bleiben wird. Martin hat tatsächlich das Mausoleum verlassen, um hier mit mir zu leben. Eines Abends stand er mit diesem winzigen Fellbündel in der Tür und ich konnte es nicht fassen, dass er sich noch daran erinnert hat, dass ich mir als Kind immer einen Hund gewünscht habe.

Und heute Abend feiern wir endlich die Eröffnung unserer Pension.

Nach fast einjähriger Umbauphase ist es vollbracht.

Doch ehe die ersten gebuchten Gäste hier übernachten, werden es unsere Freunde und Verwandten sein, die unsere 26 Gästebetten einweihen.

Ich blicke auf die Uhr. In weniger als zwei Stunden wird das Buffet aus dem *Möllenbrinks* geliefert. Meine Mutter hat es sich nicht nehmen lassen, eigens für unsere Eröffnung etwas zu zaubern. Sie hat sogar die Leitung heute an ihren Souschef übertragen, um mit uns feiern zu können. Die Getränke hat mein Vater bereits gestern hergebracht. Wein, Sekt und Prosecco gibt es also bis zum Abwinken. Bier und alkoholfreie Getränke sind kalt gestellt, die Vorräte fürs Frühstück morgen früh sind besorgt und für mich gibt es eigentlich nichts weiter zu tun, als glücklich zu lächeln.

Martin hat Feuerkörbe im Garten verteilt, überall stecken Fackeln im Boden, die wir zu späterer Stunde entzünden wollen.

Ich setze mich in einen der Loungesessel, mit denen wir einen Teil des Wintergartens bestückt haben, und lasse noch für einen Moment meine Seele baumeln. Aus dem Haus erklingt Musik und ich schließe die Augen, völlig überwältigt von den Gefühlen, die mich in diesem Moment durchfluten.

„Möchtest du tanzen, Prinzessin?"

Ich sehe auf und mein Herz geht über vor Liebe zu meinem Winkeladvokaten, der mit fragendem Blick im Türrahmen steht. Das Haar noch feucht vom Duschen.

Ich habe noch immer Schmetterlinge im Bauch, wenn ich ihn sehe, und werde aller Wahrscheinlichkeit nach irgendwann an einer Dopaminüberdosis sterben, aber das wird ein schöner Tod.

„Selbstverständlich möchte ich tanzen." Lächelnd ergreife ich seine Hand und er zieht mich in seine Arme.

Sam Smith beginnt sein *Fire on Fire* für uns zu singen und ich erinnere mich an unseren ersten Tanz zurück. Damals, in meinem Appartement im *Schloßhotel*.

„Unser Lied, Prinzessin." Martin zwinkert und ich schmelze dahin. *Selbst daran erinnert er sich noch.*

„Habe ich dir schon mal gesagt, wie glücklich du mich machst?" Das samtige Timbre seiner Stimme lullt mich ein.

„Habe ich dir heute schon gesagt, wie sehr ich dich liebe?", antworte ich mit einer Gegenfrage. Er lächelt auf mich herab und ich versinke in der Wärme seiner Augen. Niemals habe ich mich geborgener gefühlt als in den Armen dieses Mannes.

„Das hast du, aber ich höre es so gern."

„Ich liebe dich."

Sein Kopf kommt näher. „Sag´s noch mal."

„Ich liebe dich, Martin Zimmermann."

„Das trifft sich gut, denn mir liegt etwas auf dem Herzen." Er nimmt eine Hand von meiner Hüfte, um etwas aus seiner Hosentasche zu ziehen. Ich folge seiner Bewegung mit meinem Blick, doch er hält die Hand hinter seinem Rücken versteckt, während wir uns noch immer zur Musik bewegen. Ich ziehe die Nase kraus, Martin lacht leise, ehe er weiterspricht. „Im letzten Jahr gab es so unglaublich viel zu feiern. Dass du dich für mich entschieden hast; Isas und Niklas` Hochzeit; das Baby, das die beiden erwarten; Mottes Einzug; heute feiern wir die Eröffnung unserer Pension."

Er hört auf zu tanzen, hält mich mit einem Arm noch immer fest umschlungen. „Klara, ich möchte nicht, dass die Feste in unserem Leben aufhören. Ich möchte mit dir lachen, leben, tanzen. Ich möchte jeden Abend neben dir einschlafen und wieder bei dir aufwachen. Ich möchte dich küssen ..." Er senkt den Kopf, streicht mit seinen Lippen hauchzart über meine. „Ich möchte mich leidenschaftlich mit dir streiten, damit wir uns noch leidenschaftlicher wieder vertragen." Seine Augenbrauen tanzen anzüglich über seine Stirn und ich muss lachen. „Ich möchte mindestens acht kleine Zimmermannbabys, die unser Leben durcheinanderwirbeln ..."

Jetzt fühle ich mich gemüßigt, ihn zu unterbrechen. „Acht Babys?"

Er leckt sich über die Lippen. „Wir können bei einem anfangen, aber der Name ist keine verhandelbare Option."

Er fällt vor mir auf die Knie und mein Herz setzt vier bis zwölf Schläge aus.

„Möchtest du meine Frau werden, Klara Möllenbrink?" Er lässt das kleine Kästchen in seiner Hand aufschnappen.

Seine Augen leuchten, seine Hand zittert leicht und ich weiß, dass ich gleich sterben werde.

Dopaminüberdosis, ich habe es befürchtet.

Ich knie mich ebenfalls hin, denn meine Beine tragen mich nicht eine Sekunde länger. Das Funkeln des Klunkers blendet mich, aber es könnten auch meine Tränen sein, die meinen Blick verschleiern.

Ich krächze ein *Ja*, ehe meine Stimme bricht. Nehme sein Gesicht zwischen die Hände, küsse ihn. „Ja, ich will."

Wer hätte denn geahnt, dass Klara Möllenbrink mal an einem Geldsack hängen bleibt?

Ende

Danke,

an euch, die ihr meine Bücher lest. Ohne euch würde die ganze Schreiberei keinen richtigen Sinn machen.

Und wenn ihr Spaß hattet, dann hat es sich gleich doppelt gelohnt.

Sollte *Herzklopfen zum Frühstück* euch gefallen haben, freue ich mich über eine positive Rezension, denn damit helft ihr auch den Unentschlossenen, sich für mein Buch zu entscheiden.

Wie immer dürft ihr mich kritisieren, gerne auch loben unter

nicoles.valentin@aol.de

Alle Mails werden selbstverständlich von mir beantwortet.

Ein besonderer Dank gilt auch dieses Mal meinen beiden ersten Leserinnen Sandra und Petra.

Hase, du bist vom ersten Absatz einer Geschichte bis zu deren Ende dabei. Du fieberst mit und trittst mich in den Hintern, wenn ich nicht schnell genug tippe. Das ist mit keinem Geld der Welt zu bezahlen.

Und Petra … komisch, wie sich manche Dinge entwickeln. Wir haben uns noch nicht persönlich kennengelernt und doch denke ich, dass wir uns schon ewig kennen müssen. Schon allein wegen deines erlesenen Musikgeschmacks. Danke, dass du so ein treuer Fan bist.

Jeanine, du hast mich mit deiner Meinung über dieses Buch zu Tränen gerührt. Fast hätte ich einen Herzklabaster bekommen. ;)

Nicht zuletzt muss ich Cassy danken. Deine Cover sind einfach wunderschön und verzaubern mich ständig aufs Neue. Danke, dass du immer so geduldig mit mir bist.

In Liebe,
eure *Nicole* S. *Valentin*

Leseprobe

Von Autos und Prinzen
Kapitel 1

„Ich brauche mehr Licht hier unten! Wer hat den zweiten Strahler schon wieder …?"

„Chef? Hier ist jemand für dich."

Ich atme tief in den Brustkorb. Es ist zum Verrücktwerden. In dieser Werkstatt zu arbeiten, ist manchmal eine Zerreißprobe für meine Nerven.

„Kannst du das nicht für mich erledigen? Ich stehe unter der Bühne." Ich drehe den mir verbliebenen Strahler hoch, mitten in Karls Gesicht. Er kneift die Augen zu und zuckt lediglich mit den Schultern.

„Er verlangt ausdrücklich den Chef. Tut mir leid. Du musst wohl da rauskommen." Verlegen schiebt er seine Hände in die Taschen seines Overalls. „Wirklich, Kleines, und du solltest dich beeilen. Der sieht aus, als würde er gleich explodieren."

Mit einem tiefen Seufzer fische ich nach meinem Handtuch und klettere nach oben. Ein Blick auf meine schwarzen und rissigen Fingernägel lässt meine Mutter vor meinem inneren Auge erscheinen. *Kind, du bist ein Mädchen. Wasch dir gefälligst die Hände und feile deine Nägel. Wie sieht das denn aus?*

Nach Arbeit, Mama! Das sieht *verdammt noch mal* nach Arbeit aus.

Halbherzig wische ich mir die Schmiere von den Händen.

Ich sehe ihn sofort. Tief rot, glänzende 4,5-Zoll-Leichtmetallfelgen, Ledersitze, so viel ich von hier aus erkennen kann, verfügt er über ein Holzlenkrad, bestimmt 69er Baujahr, 91 kW, 124 PS.

Ich bemerke, wie sich mein Schritt verlangsamt.

Verflucht, sieht der gut aus.

Und es qualmt eindrucksvoll unter seiner Motorhaube.

Ich schnuppere kurz. Der beißende Geruch lässt mich vermuten, dass die Öffnung des Öleinfüllstutzens nicht ordentlich verschlossen ist.

Da kann man nur beten, dass der Wagen schnell genug hierhergefunden hat.

Ich unterdrücke den Impuls, dem armen Volvo sofort zur Hilfe zu eilen, sondern folge Karls Blick zu dem Mann, der unweit entfernt mit dem Rücken zu mir in die Gegend starrt und anscheinend mehr als ungeduldig in ein Handy spricht.

Die Schuhspitze seiner unbestritten teuren Oxford-Schnürer treten die weißen Kiesel meiner Einfahrt fast wütend in das liebevoll angelegte und gepflegte Blumenbeet meiner Großmutter.

Na, Freundchen, dann bete mal zum lieben Gott, dass sie nicht hinter der Gardine lauert.

Etwas ungehalten räuspere ich mich, unterbreche sein Telefonat.

Zumindest versuche ich es.

„Sie wollten mich sprechen?"

Ein erhobener Zeigefinger erscheint unverzüglich hinter seinem Rücken, gebietet mir, still zu sein, ohne dass er sich überhaupt die Mühe macht, sich zu mir umzudrehen.

Ich bemerke den Knoten Wut in meinem Magen.

Das ist doch wohl das Letzte …

Gerade als ich Karl andeute, dass er sich selbst um diesen arroganten Arsch von Scheißkerl kümmern soll, schiebt der Typ das Handy in die Innentasche seines dunkelblauen Jacketts und wendet sich mit einem süffisanten Lächeln in meine Richtung.

„Entschuldigen Sie bitte vielmals. Das war ein wichtiges … Telefonat." Seine graugrünen Augen scannen mich abschätzend und das Lächeln verschwindet aus seinem Gesicht. Mit einem Wink auf mich fährt er Karl an. „Sagte ich nicht, ich will den Chef sprechen?"

Karl zuckt stoisch die Schultern und verschwindet in der Garage.

„Der Chef steht vor Ihnen." Ich beiße die Zähne fest zusammen, zähle innerlich langsam bis zehn.

Der Kunde ist immer König, Isa.

Obwohl ich fest daran glaube, dass selbst mein Vater diesen hier direkt vom Gegenteil überzeugt hätte.

„Aber Sie sind eine Frau!?"

Ach ne? Sach an …

„NEIN!" Gespielt entsetzt blicke ich an meinem Körper hinab und bleibe mit den Augen auf meinen Brüsten liegen. „Oh Mist, verdammter. Das sind ja tatsächlich Titten! Da habe ich wohl heute Morgen glatt vergessen, sie in meine Hose zu stecken."

Ich verschränke meine Arme vor eben diesen und funkele ihn an. „Das ist wohl gleichzeitig Ihr Glück. Denn dann wären sogar meine Eier größer als Ihre. Und jetzt wäre ich Ihnen sehr verbunden, wenn Sie hier verschwinden."

Er kratzt sich am Hinterkopf, schließt verschämt die Augen. „So war das nicht gemeint. Ich wollte Sie nicht …"

Dieses Mal fahre ich ihm über den Mund. „Es interessiert mich nicht, was Sie *NICHT* wollten. Ein geringes Maß an Höflichkeit ist sicherlich nicht zu viel verlangt. Und jetzt steigen Sie in diesen bemitleidenswerten Volvo und bemühen Sie den ADAC oder besser noch", mit einem Fingerzeig deute ich auf die roten Nummernschilder, „bringen Sie ihn zurück zum eigentlichen Besitzer."

Meine Augen wandern erneut zu diesem Traum von Auto und es fällt mir schwer, nicht hinzuhechten und mich um sein Wehwehchen zu kümmern.

„Sie können mich doch jetzt nicht hier stehen lassen …?"

„Und ob ich das kann. Ich drehe mich einfach um und weg bin ich." Ich lasse meinen Worten Taten folgen.

Und höre ihn hinter mir her laufen. „Bitte, es war nicht so gemeint. Ich zahl auch das Doppelte, wenn Sie ihn nur wieder …"

Jetzt reicht es!

Mit einer mahnenden Geste weise ich ihn in die Schranken.

„Kerle wie Sie meinen anscheinend immer noch, dass Geld alle Probleme löst. Tut mir leid, diese Schmach müssen Sie schon über sich ergehen lassen." Mit hochgezogenen Augenbrauen kann ich mir eine letzte Spitze in seine Richtung nicht verkneifen. „Dabei ist es doch eigentlich so ein Frauending, das Auto bei der Probefahrt bereits zu Schrott zu fahren."

Er zieht seine Stirn in Falten, mustert mich mit einer Mischung aus leichter Bestürzung und unverhohlener Anerkennung.

„Wow, Sie sind wahrlich nicht auf den Mund gefallen.“

Ich schnaube wenig damenhaft. „Und Sie sind wahrlich ein Idiot.“

Ich drehe mich endgültig um und ziehe mein Handtuch von der Schulter, einfach nur, um irgendwas zwischen den Fingern zu haben. Wringe es förmlich und vergehe bei dem Gedanken, es wäre der Hals dieses … dieses … unglaublich … gut aussehenden chauvinistischen Arschloch-Idioten.

Isabell Holzer, ich muss mich sehr wundern.

„Karl? Kümmerst du dich bitte einmal um den Volvo? Wahrscheinlich muss nur die Öleinfüllöffnung richtig verschlossen werden. Prüf direkt den Ölstand und das Kühlwasser. Es wäre schade um dieses hübsche Auto.“

„Klar Chef.“ Er zwinkert mir zu und begibt sich wieder in den Hof. Und ich gehe geradewegs durch die Werkstatt in die sich daran angrenzende winzige Küche.

Jetzt habe ich einen Kaffee bitter nötig.

~oOo~

Da steht er nun. Vorgeführt von einer Frau.

Einer ungeschminkten Frau mit Arbeitsoverall, klobigen Stiefeln und einem um den braunen Lockenkopf gewickelten Kopftuch.

Das Ganze ist so abstrus, dass sich Niklas nur schwerlich das Lachen verkneifen kann, dass seinen Brustkorb hinaufklettert.

Mit Fug und Recht kann er behaupten, dass eine Situation wie diese absolutes Neuland für ihn ist.

In der Regel trifft er auf Frauen in der Bar, in einem Restaurant, in einem Klub.

Und sie sind normalerweise mehr als nur bemüht darum, einen bleibenden Eindruck bei ihm zu hinterlassen. Wenn es sich ergibt, hinterlassen Sie gerne den Zimmerschlüssel eines Hotelzimmers oder eine Telefonnummer, die er bei Bedarf nutzen soll.

Aber mit an Sicherheit grenzender Wahrscheinlichkeit trifft er sie nicht in einer Autowerkstatt.

Tatsächlich gibt es hier nicht den allerkleinsten Hinweis darauf, dass der Chef eine Frau sein könnte. Keine Vorhänge vor den Werkstattfenstern, kein rosa lackiertes Tor. Das Firmenschild verrät lediglich einen *Kfz-Meisterbetrieb Holzer.*

Das kann anscheinend alles bedeuten.

„Verdammte Scheiße." Das Ausmaß dieser Katastrophe wird ihm bewusst, als er einen Blick auf seine Uhr wirft.

Er ist mal wieder zu spät. Christina wird ihm die Hölle heißmachen.

Gerade, als er sein Handy zur Hand nehmen will, bemerkt er den Mechaniker am Volvo. Selten war er so erleichtert.

„Vielen Dank. Ich fürchte, Sie retten gerade mein Leben."

„Jap."

Niklas beobachtet die routinierten Handgriffe des wesentlich älteren Mannes.

„Ist ihr ... *Chef* immer so gut gelaunt?" Er hat keine Ahnung, was genau ihn zu dieser Frage veranlasst. Eigentlich sollte er nur froh sein, wenn er gleich mit dem Auto den Hof verlassen kann und nie wieder einen Fuß auf dieses Gelände setzen muss.

Aber irgendwas hat diese Frau an sich ...

„Meine Nichte. In der Regel ist sie ein umgänglicher Mensch."

Das überrascht Niklas. „Ihre Nichte?"

„Jap." Karl schließt die Motorhaube des Volvos 1800S und erklärt gelassen, „Sie sollten besser darauf achten, dass der Verschluss des Öleinfüllstutzens immer ordentlich verschlossen ist. Ihnen ist Motoröl aus dem Ventilgehäuse in den Motorraum und auf den Auspuffkrümmer gespritzt. Sie waren früh genug hier … allerdings kann das in die Hose gehen. Kühlwasser war auch zu wenig." Er schüttelt den Kopf, als wäre das ein Kapitalverbrechen. „Sonst wird es irgendwann teuer."

„Ja … ja natürlich. Was bin ich Ihnen schuldig?" Nach seinem Portemonnaie suchend greift er an seine Hose.

Karl winkt ab. „Lassen 'se ma stecken. Das geht auf's Haus."

Sagt's, und schlurft zurück zur Werkstatt.

Niklas presst seine Lippen aufeinander, unsicher ob er auf einer Bezahlung bestehen soll. Entschließt sich dann jedoch dagegen. Er ist wirklich verdammt spät dran und es wird Zeit, hier zu verschwinden. Mit einem tiefen Seufzer steigt er in den Volvo und startet den Motor.

~oOo~